泰州先生

徐同华 著

中国民族文化出版社
北　京

图书在版编目（CIP）数据

泰州先生 / 徐同华著. — 北京：中国民族文化出版社有限公司，2021.3
（海陵红粟文学丛书）
ISBN 978-7-5122-1462-0

Ⅰ.①泰…　Ⅱ.①徐…　Ⅲ.①散文集－中国－当代　Ⅳ.①I267

中国版本图书馆CIP数据核字（2021）第053499号

泰州先生

作　　者：徐同华
责任编辑：江　泉
责任校对：李文学
出 版 者：中国民族文化出版社　地址：北京东城区和平里北街14号
　　　　　邮编：100013　联系电话：010-84250639　64211754（传真）
印　　装：三河市金元印装有限公司
开　　本：710mm×1000mm　1/16
印　　张：16
字　　数：228千
版　　次：2021年6月第1版第1次印刷
标准书号：ISBN 978-7-5122-1462-0
定　　价：55.00元

版权所有　侵权必究

海陵红粟文学丛书编辑委员会

主　任：刘　燕　王健军

顾　问：子　川　刘仁前　庞余亮

主　编：薛　梅

副主编：徐同华　王玉蓉

编　辑：毛一帆　孙　磊

前　言

　　红粟作为海陵的人文符号，流传已逾千年。

　　海陵人文荟萃，"儒风之盛，凤冠淮南"，历史上一直是文化昌盛之地，有着深厚的传统文化底蕴，素有"汉唐古郡、淮海名区"之称。香粳炊熟泰州红，随着岁月的流逝，海陵地域和空间面貌发生了沧桑之变，却遮掩不住海陵文化的神韵飞扬，这为文学创作提供了丰富的精神滋养和灵感源泉。平原鹰飞过，街民走过，花丛也作姹紫嫣红开遍，从这里走出的小说家、散文家、诗人、评论家，无不用自己的笔讴歌家乡的美丽，书写人生的梦想，彰显海陵与时俱进、开拓向前的文化力量。海陵之仓，储积靡穷的不只是红粟，海陵人还以文学的方式，记录多姿多彩的形态与品性，标记一代又一代海陵人的辛勤探索与不断创新。因为执着，故而海陵历经沧桑而风采依然。

　　文学的生命力或许就在于这样繁衍不绝、生生不息地传承与开拓。2015年海陵区文联成立十周年之际，海陵区曾集萃本土十二位作家，推出一辑十二卷的海陵文学丛书。著名作家、江苏省作家协会原主席范小青为之作序，她指出这套书"不仅是一个'区'的文学，更是地级市泰州乃至江苏省文学的一个缩影。为此，我们有更多的期待"。如今五年已过，而这份期待还在，海陵文学也在这份期待中奔腾不息地流淌和前进，大潮犹涌，后浪已来，那份律动依旧，我们也能从中感受到文字的力量和写作的意义。"海陵红粟文学丛书"的推出就是对此的检验，一辑十册，分别是：

　　《碧清的河》　　　　沙　黑

　　《青藜》　　　　　　刘渝庆

　　《日涉居笔记》　　　李晓东

　　《草木底色》　　　　王太生

　　《雪窗煨芋》　　　　陈爱兰

《本色·爱》　　　　　董小潭

《船歌》　　　　　　　于俊萍

《泰州先生》　　　　　徐同华

《纸面留鸿》　　　　　李敬白

《长住美与深情里》　　姜伟婧

  如同一粒又一粒的红粟，唯有汇集，才有流衍的可能。十本书中有朝花夕拾的拾趣，人间至味的煨炖，深秋韵味的老巷，青藜说菁的今古，寻本土丹青翰墨真味，或半雅半俗生活，或山高水长追思。生活总是爱的表达，愿在这桃红花黄的故乡，因为文字，截留住生命里的美与深情。

  我们处在一个伟大的时代，既然"生逢其时"，必然"躬逢其盛"。文化特别是文学的繁荣，渊源于悠久的历史，植根于今天的实践。历史赋予我们这一代人的一项任务，就是要充分挖掘海陵文化的丰富宝藏，古为今用，推陈出新，更好地为社会经济发展服务。我们将常态化推出文学系列丛书，以继续流衍的姿态，不断丰富、延伸、充实海陵古城当下的文化内涵。

海陵红粟文学丛书编委会
2020 年 6 月于海陵

满足呢是喜悦自己的池沼

写给同华

池莉

2019.1.18 于荆州

作家池莉题署

目 录

第一辑　山高水长

幸有梅郎识姓名 /002

鹤冢 /024

小城哲学家 /031

秋天的怀念 /039

春天里的追思 /043

麻花尚飨 /046

落凤歌 /050

铁生先生 /059

东河往事 /063

老冯走了 /069

我的老师赵龙骧 /073

第二辑　雨丝风片

十年一曲又逢君 /084

沙黑的意义 /092

肖爹的意象 /141

一清二三事 /147
我与观澜 /157
闻古有香 /162
拈花说明 /165
大美彭年 /171
近云三叠 /176
五砚楷模 /187
退庵的水墨辰光 /191
日用即道 /195

第三辑　鸿爪雪泥

风情岂惟里下河 /200
巴山几场夜雨 /202
唯观戴琪神采 /207
写下来就是一场盛宴 /211
美好初心 /215
人间风物清宜画 /218
城春草木深 /220
西出阳关有故人 /224
书家江华 /225
聊与之谋 /227
还有多少栏杆待人拍遍 /231
会唱歌的蝈蝈 /234
人间八十最风流 /238
有风在下里 /241

行行向不惑（代跋）/245

第一辑　山高水长

幸有梅郎识姓名

还有几日才中秋，天气已然很凉了，息列索落的一层雨过，天复泛晴，故都的秋味尤浓。又入北国，与郁达夫一样的不远千里，倚在院中的柿树下，午后的日光一丝一丝漏下来，天色果是碧绿的，只是青天下已很难再听到驯鸽的飞声，属于大师们的时代已经一去不复返了。

护国寺的时代在元，当蒙古君臣在北海扩建琼华岛之时，也就有了这香火一炉灯一盏。寥寥数百年，及至梅兰芳到来时，曾经的簇山梵所，已只剩下一个地名。而今尽管梅郎驾鹤已六十余年，晨光郁郁里，我穿过一条连着一条的深深胡同，从寄住的广济寺步行走到这条悠长的古街，盈目依旧是他的气息，如同仍在属于他的岁月。古朴幽雅的四合院，在这王府接连、名宅比邻的什刹海西，着实只是一寻常人家，如果不是邓小平题写的"梅兰芳纪念馆"匾额，路人或会忽略它的存在。推开朱漆大门，青砖灰瓦，清幽素净，影壁前是先生的一尊汉白玉半身像，几丛翠竹斜伸相依，微露秀色。过仪门入内院，草木扶疏，海棠依旧，庭中是两棵高大的柿子树，树高已过屋顶，树冠亦大，旁逸斜出的树干苍虬多劲，枝繁叶茂，浓荫匝地，静谧得小院如在尘嚣之外。梅郎的故宅，不少的自然是皮黄之声，远远传来老唱片里的鼓点与琴音，如透彻心底的催眠，让我挪不动步子，脚下的青砖似有履痕，或是梅郎练功的足迹。学戏多年，谙曲经久，从凤凰墩到护国寺，这是此行北国的第二站，我有种回家般的感觉。靠上柿树，神思就这样渐行渐远。

梦欲成时惊觉了，一阵人声喧沸，十数人鱼贯而入，为首者正是仰慕已久的梅葆玖先生。对于梅兰芳的记忆，于我可谓是空白，尔时今人成古人，我这个年纪，梅兰芳大师已隐入书本，归为影像，那个藏在历史褶皱里的美艳男子，如何的风情，未曾面见，难以描摹。梨园之梦，梅郎做了一辈子，梅郎之梦，我也做了半生，直至结缘小梅先生，才了却多年来的夙愿。

那是1994年的秋天，我14岁，刚读初一。从纪家庙到我念书的城东中学，隔着城河只三四里路，出了村庄仍是土路，在深深的车辙印里骑着单车总是晃晃悠悠，直至过了鲍家坝，才有了水泥大道。每当这时，我总是习惯地抬头，远远地可以望见凤凰墩上高处的老树，树梢有巢，常有鹊儿在上面盘桓飞绕，依稀可闻其叫声，鸟鸣嘤嘤。神往之间，我常常不知不觉地迟到。故意的停留也是有的，就在那个周末，凤凰墩一改静幽，松梢桂子，日融香暖闹枝头，连人行道的香樟绿岛间也竖起一杆杆彩旗，梅苑广场上人头攒动，烘衬着一种欢腾的气氛。随着一阵欢呼，车队由远及近，车门次第而开，只听得人们纷纷指认，这个是老大葆琛，那个是老二绍武，女的是葆玥，最小的那个是老么葆玖——人语纷纷，我才知道这天是梅兰芳大师百年诞辰纪念日，凤凰墩新立了梅兰芳塑像，梅氏的几位后人以及戏剧界的前辈一应前来拜谒。对于远客，我是既陌生，又熟悉，那会儿的我在一位村老的引领下已在听戏，除了梅氏姐弟，谭元寿、张学津、叶少兰、马小曼、景荣庆……乍见从唱片上走下的菊坛名流，颇让我激动不已。葆玖先生尤为谦谦，当年梅郎返乡演出，诸子中唯其是随行的，只见他双手合十，连连向人们躬身回礼，在一行人中让人尤为瞩目。我远远地在人群之外，目光随着他一路而去，恍然初见，心向往之，思慕着何时能够有幸拜识此人。

戏结有缘，及长之间，我恋之尤深，亦曾粉墨登场上过央视，台步剧院，以票友之相示人。凤凰墩是常去的，因为写过几篇介绍梅苑的文章，偶有宾客来此参观，我也会被请去兼回导游。步进门厅，瞻仰梅兰芳像，参观史料陈列馆，复转往梅亭小憩，古戏台就在亭侧，倘若此刻有客人想起听上一段，我则每每被推上前台。游人中不乏名家，尚长荣、李蔷华、李玉芙、黄孝慈及省城李洁、范以程、龚苏萍皆是，我私淑多年之奚派名家张建国也曾于此予我以指点，想来人间有味是清欢，我自感味足矣，最可称幸之欢即是谒见小梅先生了。

杜宇花残银杏过，每年十月，吴陵高秋盛会，梅兰芳艺术节如期开幕，小梅先生每每应邀返乡，为活动站台。身临其境，我也参加过其中的几场活动，中有间歇，蒙陆镇馀老师的引见，我得以在先生下榻的宾馆拜谒，这也是一种因缘巧合吧。窗外是凤凰河的秋色，风起青萍，水上微微有些波摇，如同我内心的忐忑。恭恭敬敬地呈上自己的一本旧作请之指教，小梅先生笑呵呵接过去，翻开扉页，目光停留在我新填的一阕《一剪梅·初谒梅葆玖先生》上。

缀玉清音万代长。剑舞烽烟，酒醉娇棠。梨园独步冠群芳，昔日伶王，今日伶王。

乡以人名人重乡。鸾凤还巢，桑梓迎觞。千街万巷复空廊，曾见梅郎，再见梅郎。

顿挫萦味，由其一字一字念来，别有动听，陋词经此一读，倒显得"字句珠玑"了。谢辞频频，连称"谬奖"。眼前的大师意态谦谦，局促之感不再，瞬间被其谈吐间的大师风范所倾倒。而后的日子里，或座谈或揭幕或票友聚会，我与小梅先生又得数度重逢。柏子清阴的梅苑古戏台，先生为我们亲身示范；《宇宙锋》里的一段西皮原板，一字一腔浸润雍容华贵，一举手一抬足尽显典雅大方，观之如醉，听之欲狂，让人称美不已，即于席间奉酒举觞，听其耳提面命，亲切之余，令人直叹戏缘难得。

在南大学戏剧，多有名师授业，郭小男先生是特邀而来的，为我们上编导课。小男是以导戏出名的导演，茅威涛的先生，用情却不止于越剧，葆玖老师在《太真外传》基础上重新演绎的《大唐贵妃》，即是请郭做导演的。课堂之余，穿插于戏剧品鉴之间，郭老师给我们欣赏他与葆玖先生的合影，说一些当年排戏的后台掌故。他对小梅先生是颇为推崇的，言其唱法刚柔并济，糅合中国传统和西洋美声的发音，既有梅派韵味，又能表现剧中人的情感。"雏凤"几将"清于老凤声"矣，我深以为然。他曾在解玉峰老师的课上听过我唱昆曲，毕竟是排全本《牡丹亭》的名家，对其中的不尽之处数言便点明要害，让我心悦诚服。戏剧的珍贵在于其深邃，戏剧的希望在于其传承，作为泰州人，如若拍曲度曲，不去一趟万花山，焉能不是个遗憾，这是郭导对我的嘱咐。

万花山者，"畹华"山也，北京西郊香山碧云寺的北麓，那里有梅兰芳的墓地。我如约来在香山脚下时，秋风已起，只是节令略早了些，看不到那丛枫流丹的盛景，远远的阆风亭与森玉笏几处略有些黄叶扬摇，显示着一点清秋景象，花未开尽霜意懒，还算怡人天气。转过几道山路弯弯后，只见梅兰芳的墓掩映在一片苍翠的松柏间，空山语静，一派肃穆。顺着布满梅花图案的甬道缓缓行至墓前，焉知多少载？躬亲扫陵墓，我的心情如季羡林一般不可名状。我默默地站立了良久，深深地鞠躬了良久，脑海里浮现出梅氏经典的温和笑容，几句唱词哼在嘴边，"通宵酒啊捧金樽，高装二士殷勤奉！人生在世如春梦，且自开怀饮几盅……"仙调犹未终，眼泪已润湿了脸颊，悲从中来，双膝一软，终于不由自主地跪了下去。一群鸽子从天空飞过，撒下一阵清脆悦耳的哨声，将我从触目伤怀中带离，冥冥去鸟，天高云淡，相守梅郎原来亦非只我一人。

香山归来，一夜旅愁，及至温温暖暖在护国寺梅宅的柿树下，意外地重逢小梅先生，欣喜是情不自禁的。梅宅又见梅葆玖，消息传开，小院里顿时轰动起来，游人咸聚于此。经年不见，小梅先生略显清癯，寿庆耄耋的他，看上去仍是那么精神，带着满脸的笑容，与周边的游客一一握手致礼，"祖孙知几传，不改君子性"，正如古人诗云。轮到我时，我赶紧翻出包里刚买的一本《梅韵玖传梅葆玖》，央请先生签名。小梅先生先是一愣，盯着我看了两眼，爽快地答应了——

"看着你，总有点眼熟！"

"我是泰州的，您回家乡我们见过几次。"

"对，对，你姓徐，给我送过书、填过词，我在泰州也听过你唱戏。你叫——徐同华？！"

……

我惊讶于先生的记忆，百忙之中，竟还记得我这个远在故乡的后生。幸有梅郎识姓名,感动万千,捧着难得的签名本,梅韵玖传,恰似这耳畔的皮黄之声,盎然醺人如酒美,蓦然间如同回到了属于大师们的时代。

再无梅郎识姓名

人生如戏,人如戏,人亡也如戏散一般。

葆玖先生走了,舞榭歌台,前辈风流就此去尽。小城泰州,梅苑里早非梅花时节,繁李夭桃落如积,已值暮春节气。花开花落,并无梨花同梦,江北这块地方少有梨花消息,梅苑里也是,尽管人们习惯称戏班、剧团作梨园,这儿却真难寻到一枝。梅亭一侧静静的戏台上只我一个人,无有锣鼓,圆场紧紧跑过,折扇缓缓打开,是唱是念还是吟,是亦不是,"梨花开,春带雨,梨花落,春入泥……"曲调未成,泪水已划过脸颊,梨花一枝春带雨,零落的心情无处可栖。

与往年不同,这个春天雨水一直很多,甫过立春淅淅沥沥至谷雨,红尘阡陌滋润得葳蕤一片。同样是在梅苑,为了纪念梅兰芳大师返乡60周年,我所在的票房排练了诸多节目,《凤还巢》《西施》《穆桂英挂帅》《霸王别姬》……清一色的梅派戏,只待迎接葆玖先生归来欣赏。怎奈事与愿违,先生这一次并未能如期回乡出席活动,因为要参加全国"两会",时间上有了冲突,手书之信委托侄孙梅玮带回:

……转眼间60年过去了,60年一个甲子,父亲也已经离开我们55年了,我现在也已经80多岁了……向老家人问好,等我有时间,一定会再回到家乡,与各位父老乡亲们见面!

乡思撩人拨不平,字里行间皆是散向故土的眷恋,白发梨园,青衫老传,耄耋老人又剩下多少时间呢?家近难归,总觉伤怜。因为葆玖先生的缺席,当日的活动我也没有再去,该我的节目借故推辞了。不过一月时间,京城传来葆玖先生重病昏迷的消息，我心中一紧，信句如谶，不好的预感涌上心头。又不过一月时间，讣告已至，斯人杳然而去。我坐在退庵的书房里，门外雨狂风亦横，黑沉沉的天空仿佛要崩塌下来一般。我哽咽着给陆镇馀老师打去电话，还没开口，他即告知已经得到了消息，"小徐，不要太难过——"不劝则已，片言入耳，泪水忍不住流了下来。

关于与葆玖先生的结识，我曾写过一篇《幸有梅郎识姓名》。文章在小城晚报发出的第一时间，沙黑老师就打来电话，说那是他见过我写得最好的文章。白乐天有"感人心者莫先乎情"语，情实方能文美，感动沙黑老师的前提是先感动自己。算起来从陆镇馀老师的初次引见，我与葆玖先生的缘识也近十年，回忆昔日之景仍历历在目。只记得年逾古稀的葆玖先生坐在沙发上，与另一侧的陆镇馀老师说话，侍立在一旁的我静静听着，沉浸在先生的儒雅气质与温润话语中，至于他后来诵念我的《一剪梅》词，抚案称好连言"谬奖"之意态谦谦样，更如镜头一般深深刻在我的脑海里。初会葆玖先生，激动之情溢于言表，临别时央之合影留念，笑容可掬的先生欣然应允。那张照片至今还挂在我书房最显眼的地方，夜深人静疲倦之时，抬头看见先生的笑容，就如鲁迅当年仰在灯光中看藤野先生的照片一样，我也会良心发现，耳边琴鼓声起，"我不挂帅谁挂帅，我不领兵谁领兵……"口中一段哼来，懈怠之心也就渐趋于无了。

在小城，比我熟悉葆玖先生的人太多了，乡里乡亲，数十年间先生在故乡的旧雨新知不胜枚举，我与之论不过一个恋着戏的小青年罢了。然而也正因为恋着戏，对于葆玖先生也就维持着一贯的信崇，宣传、文化、旅游等部门的公务接待，居涌、孔令挥、李萍等老友的私下会面，每每有谒见葆玖先生的机会我都会尽力争取，日久年深次数多了人也就慢慢熟稔，及至壬辰秋日于北京护国寺街梅兰芳故居的意外重逢，先生竟然认出并回忆起我的名字，感怀无限情，《幸有梅郎识姓名》所记之事，也就是源于这样的典故。

这种意外溯而论之也不是偶然，较之其他乡友，我与葆玖先生确实要亲近一些，起码地理上的距离是挨着的。梅氏老家在泰州东门外的鲍家坝，而我的老家纪家庙与之阡陌相连，纪家庙在城东三里，进城先经鲍家坝，过迎春桥穿凤凰墩才到东门大街，我曾念书的城东中学就在这儿。年少时光，每日里骑着自行车一路飞奔，循着这样的路我度过了自己的初中三年，第一次见到葆玖先生就是上初一的辰光。第一次看到传说中的葆玖老师，笑容满面的他一身黑色西服倍显优雅，眉宇间依稀可见乃父儒雅之风，只见其举高双手连连抱拳，与欢迎的人群打着招呼，还是孩子的我也跳起来朝之挥起手，似乎也得到了回应！二十二前的旧事今朝浮现眼前，感兹发长喟，芳华绝代，风流戛然而止，而今故人不在，梅苑里的故事如何再续？

是天籁，总有袅袅余音。而今的小城有我之筵，唱戏几乎成为循例之事。巴秋老师去年冬日自京华归来，几个朋友假座稻河边的酒肆为之接风，席间点曲一支，《贵妃醉酒》的四平调，老友重逢推辞不得，凭案而立，以箸当扇，"通宵酒啊捧金樽，高裴二卿殷勤奉。人生在世如春梦，且自开怀饮几盅……"唱着唱着，寂静的夜空，大雪飘然而至，纷纷扬扬，人间何时最好？众人皆叹良辰美景，我亦将之视作难得之赏心乐事。曲终客醉，很多人都会在这时询问我的家学，笑着摇摇头，有时连我自己都觉得诧异。关于我的学戏，旧日之散文《皮黄供奉》交代了很多，寻常农家子弟出身的我，往上数单传几代都是做的油漆营生，家慈以及祖母皆不识字，族中并无什么可供传习的所谓家学，清新温暖的童年记忆，乡野农事占了一大半，此外就只有油漆涂抹的五彩斑斓了。我常常想是不是因为梅苑下的那次邂逅，是不是因为与葆玖先生的结识，让我恋上了戏，恋之弥深而渐将之视为至道，旧云"弗学不知其善"，或是出于对自身家学欠缺的一种匡补，南大学戏也就成了我的必然功课。

蝉，每每躁动着南京的夏天，从鼓楼到仙林，伴董健教授说史，跟吕效平教授排戏，随解玉峰教授拍曲，听陆炜教授评剧……重入校园收获的远不止激动，再闷躁的心也趋于一片清凉。特邀而来的郭小男导演给我们上编导课，白天看戏，讲戏，晚上排戏，成为每日学习的固定模式。郭导安排的戏多为自己的作品，诸如其与夫人茅威涛联袂推出的《梁祝》《西厢记》《孔乙己》《藏书之家》等多部越剧,唯一的一出京剧就是《大唐贵妃》了。作为取材于梅派名剧《太真外传》,同时参考白居易《长恨歌》、白朴《梧桐雨》、洪升《长生殿》等名作改编而成的《大唐贵妃》,是葆玖先生毕生最可称誉之佳作,"梨花开,春带雨,梨花落,春入泥……"一段《梨花颂》,真正只属于葆玖先生的原唱也出自此戏。郭导是该剧导演,他与葆玖先生的合作只此一次,亦成经典。经典弥高,和者弥寡,如同诗中吟叹一般,所谓"古调虽自爱,今人多不弹",时下听戏之人真正是不多了,即便是在有学府之称的南大校园,离午饭时间还早,听戏的同学已几乎走光了。空余一人的教室,引诱得我又犯起了戏迷的毛病,看着听着不自觉地就跟着唱起来,"杨玉环在殿前深深拜定,秉虔诚一件件祝告双星……"亦步亦趋于戏里的葆玖先生,浑然不知站在我身后多时的郭导。"唱得不错,你这嗓子,可以唱梅派!"吓了一大跳,回头看见郭导,我的脸瞬间便羞红了。如实相告自己偶尔票些须生戏,对于梅派青衣那可是高山仰止。郭导一点儿也不意外,耐心指出我的咬字和气口问题,笑着言明这可是当年导戏时葆玖先生所传,如此转述也就算老人家间接"实授"了。闷热在躁动中愈发厉害,骤雨说来就来,哗啦哗啦的雨声中一起看至戏终,我们共着一把伞前往食堂,一路之上意犹未尽,继续谈论着《大唐贵妃》的不寻常意义。有人说葆玖先生没有一部完全属于自己的代表作,梅韵玖传,他的一生都是对于父亲的模仿与继承。其实不然,仅就《大唐贵妃》而言,其创作宗旨可以概括为"旧中见新,新而有根",这根源自梅兰芳大师的梅派艺术,这"新"则是葆玖先生对于父亲"移步不换形"思想的发展,传承一种优雅,复兴一种审美,尽管说葆玖先生没能如父亲一样,在京戏最繁荣的时代创造经典,然而在纷繁的世事变迁中能够维护住传统戏曲应有的尊严,这本来就非易事。对于我的妄谈,郭导笑笑听听,没有太多的插叙,末了重重拍了几下我的肩膀,"你是泰州人,有机会遇到梅先生,好好说给他听听!估计对你也要刮目相看,到时我给他电话,弄不好会收你做徒弟。"郭导一句话听得我好一阵惶惶然,唱戏拍曲怡情悦性而已,功名我岂敢,动若手足缚,无妄的奢念如何要得。

人生幻化，无妄本就虚无，有些事情还未出现就已然泡影了。南大学毕，我如愿成为植根于戏剧百花园的艺术硕士，及至归来，却再也没有听闻葆玖先生返乡的消息，再多心得更与何人去说。每到花开春已暮，而今又是春时，人未至，信转来，接着便是讣书传至，一切归于人亡世哀。"梨花开，春带雨，梨花落，春入泥"，往下唱便是"此生只为一人去"，接着还有"天生丽质难自弃"……坐在静静的戏台上，折扇合起，微风乍起，吹散一地的桃花落瓣，似雪纷飞，梅园春色依旧，两代梅郎皆已不再。人生如戏，人如戏，人亡也如戏散一般，念着《梨花颂》的词句，我的眼中满是泪水，葆玖先生走了，一张大幕缓缓拉上，一个时代徐徐终结，这方美好我有幸窥得一点儿，虽然仅是瞬间，亦感足矣，再无梅郎识姓名，我的戏如何恋下去呢？

检点诗笥，韶光冉冉，经年间拢共为葆玖先生填过三阕词，《一剪梅》为初谒时拜呈之礼，前文已述及。《雪梅香》与《凤凰台上忆吹箫》皆为纪念梅兰芳大师诞辰120周年时所作，前者请书家曹洋写以手札赠予葆玖先生收存，后者由书家孙志勇书之，今收藏于北京梅兰芳纪念馆。现皆录于文后，聊寄余思，天上梅郎，伏惟尚飨——

乱疏影，危阑独倚对新妆。笛声花前醉，嫣然一枕黄粱。高阁横斜引明月，子亭浮动濯沧浪。凤墩下，绿水悠悠，低映霓裳。

伶王，已双甲，供奉灵霄，款曲仙乡。冷落氍毹，世人渐远皮黄。小苑犹听佩环响，好风随雨透寒香。唯予在，一谒深深，遥拜梅郎。

——《雪梅香·过梅亭寿畹华双甲》

香暖氍毹，别来无恙，管弦依旧琳琅。羯鼓声声慢，一曲霓裳。多少风流过往，谈笑里、不觉天凉。青春瘦，凭谁折取，渐老红妆。

梅郎，故园正好，归去凤凰墩，玉蕊犹芳。月满清波上，余梦高唐。无限江山堪叹，花解语、都在伶王。人间事，寥寥数言，尽入皮黄。

——《凤凰台上忆吹箫·又赠梅葆玖先生》

《梅兰芳》序

梅兰芳，名澜，又名鹤鸣，乳名裙姊，字畹华，别署缀玉轩主人，艺名兰芳，江苏泰州人。从20世纪20年代至今，在中国乃至世界范围内，"梅兰芳"逐渐成为中国传统艺术的化身和特定的符号，吸引着中国乃至世界各地人们的目光。在中国近代戏曲史上，恐怕再也没有哪位艺术家的受关注程度能够超过他。

1894年，梅兰芳生于北京一个京剧世家，作为杰出的京昆旦行演员、"四大名旦"之首，在其五十多年的舞台生涯中，他精心钻研、勇于革新，将诸多艺术领域的创作思想融于京剧艺术舞台表演之中，在音乐、唱腔、台词、舞蹈、舞美、服饰、化妆乃至理论教学方面都留下了宝贵的艺术资料和实践积累，创造了众多优美的艺术形象，积累了大量优秀剧目，形成了独特的艺术风格，深受国内广大群众的喜爱，并在国际上享有盛誉。以梅兰芳为代表的中国京剧艺术体系被誉为"世界三大表演体系"之一。

章诒和有言："艺术是个奇异之物，有些人与事，可谓空前绝后，比如李白的诗、司马迁的文、王羲之的'快雪时晴'真迹，还有梅兰芳的戏。"并深有感慨地说："梅兰芳离世愈久远，感觉愈深刻。在戏曲更多地被作为一种元素或添加剂而广泛使用的今天，他更是不可企及！所以我说，浮云太近，心事太远。梅兰芳或热情或宁静，他距离这个世界都是遥远的。"

梅兰芳距离这个世界遥远了吗？他如李白、司马迁、王羲之般的"空前绝后"，却又始终就在我们身边。

梅兰芳深刻吗？梅兰芳说"我这个梅派，就是没派"，没有特点的特点，恰恰谙合儒家提倡的中庸思想，中规中矩、中正平和、圆融高远，天成之美，与中国传统的审美原则相统一。这样一位有仙气的天才，难以"深刻"一言蔽之。

的确，高山仰止，孰能企及。作为一位京剧表演艺术大师，梅兰芳不仅在舞台表演艺术领域取得了众所瞩目的非凡成就，更由于他在超过艺术领域所做的贡献和构成的影响，使得他的名字几乎可成为整个中国近代戏曲表演艺术的代名词。

中国戏曲学院傅谨教授称梅兰芳为20世纪中国戏剧的一个奇迹。朗润明珠，翩仙彩凤，梅郎合受千秋供。对于这样的一个奇迹，他的思想需要系统研究，他的成就值得认真总结，他曲折的人生经历，更是我们认识时代变迁的重要窗口。

《梅兰芳》一书以口袋本的形式，将梅兰芳这个"奇迹"推荐给读者，尤其是青年读者，力求对京剧艺术及梅兰芳一生所走过的不平凡的生活和艺术道路有较为全面的展现。

梅兰芳为戏曲，执著一生，奉献一生，他一生上演过的剧目甚多，但究竟有多少出？众说不一。据说他的能戏有三百多出，而最经典的要数"梅八出"。出于礼敬先贤，本书亦分八章，各章的主要内容分别是：第一章以《家道：前生造定今世缘》为题，取梅戏《凤还巢》唱词，主要讲述梅兰芳的家世以及其家族在故乡泰州的世系源流；第二章以《绽蕊：海岛冰轮初转腾》为题，取梅戏《贵妃醉酒》唱词，主要讲述梅兰芳的师承渊薮，从拜师吴菱仙到首次登台演出的经历；第三章以《伶王：我不领兵谁领兵》为题，取梅戏《穆桂英挂帅》唱词，主要讲述梅兰芳成为"四大名旦"之首的前后过程，旁涉其与谭鑫培等菊坛名角的因缘；第四章以《尘劫：山河万里几多愁》为题，取梅戏《生死恨》唱词，主要讲述梅兰芳于抗战期间从息影舞台到蓄须明志的一段经历；第五章以《新生：屏翳收风天晴明》为题，取梅戏《洛神》唱词，主要讲述梅兰芳在中华人民共和国成立后的主要经历，细说其从参加开国大典到"移步不换形"风波的个中细节；第六章以《飘香：散天花粉落十方》为题，取梅戏《天女散花》唱词，主要讲述梅兰芳在海外的影响，细述其赴日本、美国等国访问演出的故事；第七章以《群芳：何年再会眼中人》为题，取梅戏《西施》唱词，主要讲述梅兰芳身边的亲人、友人以及弟子，特别是齐如山等"梅党"的主要事迹；第八章以《余音：赏心乐事谁家院》为题，取梅戏《游园惊梦》唱词，主要讲述梅兰芳的身后哀荣、各界的高度评价,以及其对后世的深远影响。

综观其一生,恰如哲学家叶秀山所言:"一个民族拥有自己的伟大的艺术家是这个民族的福分……人家有贝多芬、舒伯特是人家的福分,而我们有梅兰芳,也是我们的福分。"

《梅兰芳》跋

我写梅兰芳先生,也可以算是前生造定今世缘。

我们是乡亲。旧日出了泰州东门,第一个村子是鲍家坝,也就是现在常提及的梅兰芳祖居之地,过了鲍家坝下一个村子是纪家庙,这便是我的衣胞之地。阡陌交通,鸡犬相闻,就这么近!在众多为梅先生著书立传的作家与学者中,大概没有谁比我与之乡情再近的了。

从另一个方面来说,梅兰芳先生也真切地影响了我。文友戏言我是"唱戏圈中最能写的,也是写作圈中最能唱的"。或是一种与生俱来的习性,我爱唱戏,多年从文,闲暇之时唱几段戏仍是我最大的爱好,因此而得了一个"名票"的誉号,归根到底还是要感谢梅先生的。

为了这个爱好,我到中国京剧院奚派名家张建国老师门下诚心求教;为了这个爱好,我到南京大学专门读了戏剧专业的硕士研究生,从实践到理论,念兹在兹,情有独钟。及至与梅葆玖先生认识后,更得到了其多次指点,如沐春风、如饮甘醇。我曾写过题为《幸有梅郎识姓名》的一篇散文,叙述那一段难忘的交谊。葆玖先生很欣赏我写的泰州梅亭,他觉得写得很美,有曲辞的感觉,期许我何时也写一篇梅兰芳,继续这份美意。

真是一种冥冥注定吧,在葆玖先生去世两年之后,我接受了江苏凤凰美术出版社这本《梅兰芳》的写作任务,我将之视作一种君子之约。

然而不管与梅兰芳先生有着多么近的乡情,对于这样一位名满天下的京剧大师,理应由比我更为有力的大手笔来描述。美籍学者唐德刚教授1952年出版过《梅兰芳传稿》,前辈作家刘彦君与李伶伶也分别著有《梅兰芳传》与

《梅兰芳全传》，乃至中国戏曲学院傅谨教授主编的《梅兰芳全集》问世，更是集梅先生生前著述、发言、诗稿书信两百多万字，可谓洋洋大观，葆玖先生生前曾为之作序，赞之为是"'中国梦'中的一瞬间，精彩的瞬间小梦"。

眼前有景道不得，崔颢题诗在上头，我的《梅兰芳》该如何落笔？刘彦君女士撰《梅兰芳传》也曾面临过这样的难题，面对梅兰芳这样一位达到戏曲艺术峰巅的大师，把握好度并做出准确评价实非易事。之前已有太多的著述，当下也仍是热议话题，一本体量不大的口袋书，又该如何抽丝剥茧存真求实，而求得到读者的普遍心仪与认可呢？

继续一份美意，我首先想到葆玖先生的嘱咐。关于梅兰芳先生，有太多的词可以用来形容，最直接最形象的，那就是梅兰芳是美的。欧阳予倩总结梅先生的特点，第一个结论是真正的演员，第二个结论是美的创造者。凭着那份乡情，凭着与葆玖先生的君子之约，凭着自己尽最大可能写好梅先生的诚挚愿望，我的写作也力求以美文为尚。

主要行文依据是两本书，梅兰芳先生所著的《舞台生活四十年》，梅绍武先生所著的《我的父亲梅兰芳》，这两本书都是作者亲撰，理应作为第一手资料，余则参阅《梅兰芳文集》与傅谨教授所主编的《梅兰芳全集》部分内容，主要是梅先生署名发表的一些文章以及书信。限于体例和篇幅，行文中仍有部分引述的内容未能一一详细注明作者、篇名和出处，在此谨表歉意。

书稿撰写及完成后，梅兰芳先生之孙梅卫东、外孙范梅强拨冗垂阅，提出了一些修改意见，纠正了一些史实，补充了一些珍贵史料；业师费振钟与作家沙黑、庞余亮、王振羽偌多指正；江苏凤凰美术出版社编辑王林军亦为拙稿付出了大量心血，特此致谢！

梅卫东、范梅强及梅玮等梅氏亲属，泰州市梅兰芳研究会、泰州市梅兰芳纪念馆为本书提供了部分图片，在此表示衷心感谢！

梅兰芳的家世

百川归海，当扬子江汇聚千流即将东归大海之际，就在江之北，有这样一座城市，"以其地傍海而高故曰海陵"。海是大海，陵从阜指高地。一个朴实而形象的名字，而拥有这个名字的城市就是泰州。

泰州之泰，取的是通泰的意思，自古以来"儒风夙冠淮南"。从堪舆学上讲，这里又是江北淮南少有的吉祥之地，据说从空中俯瞰，泰州城就如同一个凤凰的形样，也就有了凤凰城的美誉。

凤凰展翅，泰州这座凤凰城的两个翅膀就是东西城河里的两个高墩，东墩尤美，故名凤凰墩。

凤凰墩，因为凤凰的传说，注定了一段百年传奇。

父老相传，凤凰墩以及墩东的鲍家坝一带就是泰州梅氏的祖居地。泰州梅氏，主要说的就是梅巧玲家族。

梅巧玲的孙子就是梅兰芳。

而今的凤凰墩，也正是泰州梅兰芳纪念馆的所在地。

我们说梅兰芳，就不能不提梅巧玲。

且说说梨园世家是怎么一回事。

白居易《长恨歌》里有"梨园弟子白发新"的句子，作为唐代训练乐工的机构，梨园已衍变成为古代对戏曲班子的别称，戏曲界习惯地被称为梨园界或梨园行，戏曲演员也被称为梨园弟子，而一家几代人从事戏曲艺术的家庭便被称为梨园世家。

所谓的梨园世家，其传承少则三代，作为一个历久弥新的话题，梨园世家所代表的家族式传承赋予了其传承的特殊性以及传承之外的社会意义和文化内涵。京剧里的梨园世家据统计有百余家之多，比较有名的比如谭家、梅家。

梅家自是以梅兰芳而臻其梨园世家的巅峰高度，然而到他为止，却已然是第三代了，梅家开始唱戏是从其祖父梅巧玲开始的。在此之前，梅家还是泰州城外半耕半读的一个务农人家，1950年10月27日梅兰芳刊载在《文汇报》上的回忆录就有这样一段：

  我出生在先祖去世十一年之后，我没有能亲受他老人家的教诲，他的事迹，我是从前辈口中一鳞半爪地听来的。关于他学艺的经过，先伯大略对我说过。先祖生于道光二十二年（1842），巧玲是他的艺名。他原名芳，号蕙仙，又字雪芬。原籍江苏泰州，迁居苏州。上辈都是务农的，半耕半读，家境贫寒，而先祖自幼就对戏剧发生兴趣……

  清道光二十二年（1842），中英鸦片战争清廷战败，把让香港割让给了英国，中国近代史的耻辱至此开始。然而对于在僻处江尾海头的泰州来说，国家运势的兴衰一时还影响不到这里，庶民生活，主要关注的还是柴米油盐。

  泰州的梅家，这一年秋天也添了一个儿子，起的名字叫梅芳，多少年后，他有了一个巧玲的艺名。

  还是直接称呼其梅巧玲吧。

  关于梅巧玲的家族，刘粲夫、朱君冶两位先生曾对其在泰州的族系有过考略，并得到了梅兰芳的确认。

  据刘朱二位的考略所云，梅巧玲的曾祖父名为梅世贤，康熙五十一年（1712）生于泰州城东，是个地地道道以种田为业的农民。世道生计艰难，仅靠几亩薄田维持生活当属不易，他遂将儿子梅万春送到泰州城里吴家雕塑铺学手艺。

  据说吴家雕塑铺的店主就是雕塑大师吴广裕。吴广裕的名字在《中国美术家人名大辞典》里有记载，"吴广裕，江苏泰州人。相传在乾隆年间以泥塑佛像得名，后供奉内廷。在泰州有塑像数处，一，净因寺十八罗汉，粉面彩身，形状类常人，而嘻笑自然，绝无俗气；……城隍庙内四值功曹日夜神像，务本宫内土地神及皂隶像，岳王殿岳飞父子像，部将十六人像吴广裕仅作面部，其弟子塑全身……"此外夏兆麐的《吴陵野纪》也提及，"十八罗汉像以净因寺为最工，其妙清癯绝俗，神灵活现，出于名手，闻清大内之像，亦有如此塑工者……光孝寺戒台壁上观音，塑工仿吴道子观音像为之，笔墨楚楚可观，与庸工俗手所为大异……"可见名不虚传。

多说了几句吴广裕，一个原因就是而后的泰州，一度将在他之前的柳敬亭与在他之后的梅兰芳，并称为泰州的"艺坛三绝"。

另一个原因就是到吴家雕塑铺学手艺的这位梅万春正是梅兰芳的高祖，也就是梅巧玲的祖父，梅家也就从这个时候开始和雕塑连上了关系，也就有了后来梅兰芳在《舞台生活四十年》里的那段记述。

梅万春与吴广裕，都是清乾隆时期的人。梅万春在吴家雕塑铺学会了雕塑后，便在城西的石人头巷开了一家雕塑铺子，他的四个儿子天根、天桂、天材、天富随后也是子承父业，以雕塑为生。

梅天材，梅万春的第三子，也正是梅巧玲的父亲，他的曾孙也就是后来名满天下的梅兰芳。

一边务农，一边经营一家雕塑铺子，也就是梅兰芳后来所说的"半耕半读"。如此的生活在好年景时还能凑合，只是到了荒年百姓糊口都难，这雕塑铺子又哪来的生意？

何况是在水灾连年的光景？

"东濒海，北距淮，大江映乎前"，这是万历《泰州志》所称誉的形胜，也正是这三水，始终提心吊胆于泰州人的心头。濒海之忧，患在潮灾，每每夏月潮汛、台风过境，史载云"飓风海潮夜溢民庐，溺人无数"；濒江之忧，亦患在潮灾，潮蚀百里堤岸而导致塌江沙崩，碑记曰"平原为洪涛渐洗，乡民内迁，黎民苦之"。淮灾尤甚，其屡屡倾泻里下河，水走沙停，河湖港汊日趋淤塞，自刘宋元嘉十二年（435）至1987年的1552年间，有淮灾记录的即有四百二十六年，平均不到四年即有一次。

梅天材所生活的清嘉道年间，正赶上了这样的时候。

也就在这个时候，梅巧玲出生了。这真的不是什么好时候，国家与民族多灾多难的同时,地方上也没有什么太平光景,连年的水患不断,百姓叫苦连天,流离失所与饥馑流亡成为一种常态。

梅天材因为过度操劳而身体每况愈下,一场变故中,过早地离世而去,留下了妻子颜氏,以及长子梅巧玲等三兄弟,为了生活,他们也只能加入到逃荒的人群之中。

寡母携带三子,他们的目的地是一江之隔的苏州。

苏湖熟,天下足。苏州自古以来有着"天堂"之称,对于逃荒的人们来说,富足的苏州委实是个好去处。

最困难的时候,也就是离成功不远的时候——这应该是句西方名言,说的却不无道理,与中国的"塞翁失马焉知非福"有着同样的寓意。

梅巧玲从一个务农之家走上氍毹舞台,造化弄人,也正于此,如果他一辈子在泰州,到了最多也只是一个精通雕塑的艺人而已,命运偏偏让他来到了苏州。

孤身在外,又如何能养活三个孤儿?万般无奈之下,颜氏不得已将年仅八岁的长子梅巧玲过继给无后的江姓人家为义子。

到了江家后,梅巧玲过了一段还算好的日子,可惜也不长久,江家后来娶了继室,不久生了个儿子,这义子的日子也就难过了,继母自是将其当作眼中钉,处处看不惯,总想找借口把他赶走,一次因为撞翻了炖红烧肉的砂罐,更是三天三夜不给他饭吃。

《红楼梦》里,为了元春省亲,贾府在苏州采买了十二个戏子。小说中如斯写,现实中确有其事。正当梅巧玲在江家饱受虐待之时,专门买卖小孩去学戏的人贩子到了苏州。江老头子先跟贩子接洽好了,问梅巧玲是否愿意学戏,想到在这里早晚也要被折磨死,梅巧玲便一口答应了。

梅巧玲也就这样离开了江家,离开了苏州。

后人总说梅巧玲是个厚道人,从他对江家的态度也可见一斑。

在梅巧玲成名之后,他并没有因为在江家受过虐待而记仇,却感念江老爷子把他从饥饿死亡线上救了出来并收为义子,这是一种救命之恩。梅兰芳在《舞台生涯四十年》中"祖母的回忆"有这样一段,"除夕的晚上,照例要等祭完祖先,才吃年饭。我看见供桌当中供着梅氏祖先的牌位,旁边又供了一个姓江的小牌位"。

对于梅巧玲跟泰州以及苏州的渊源,《舞台生涯四十年》通过梅兰芳祖母陈太夫人的讲述一道其详:

你曾祖在泰州城里,开了一个小铺子,仿佛是卖木头雕的各种人物和佛像的。他有三个儿子,你祖父是老大,八岁就给江家做义子。江老头子住在苏州,没有儿子。起初待你祖父很好,后来娶了一个继室,也生了儿子,她就拿你祖父当作眼中钉了……

当然,家乡人也没有忘记梅巧玲,《民国泰县志稿》一改戏子不入志书之旧例,为之列传曰"梅巧玲,邑人,有祖墓在邑之东门外鲍家坝"。

梅巧玲被人贩子买走后不久,就被卖进了福盛班,正式开始了梨园生活。这一年他十一岁。

进入福盛班后,梅巧玲随班主杨三喜学习昆曲。

他一生的学戏经历也是从此开始,从昆曲入手,后学皮黄的青衣与花旦,与他的孙子梅兰芳正好相反。

梅兰芳后来谈艺在说及昆曲时,也有这样一段说,"我祖父在杨三喜那里,学的都是昆戏,如《思凡》《刺虎》《折柳》《剔目》《赠剑》《絮阁》《小宴》等,内中《赠剑》一出还是吹腔,在老里名为乱弹腔"。可见梅巧玲从杨三喜那还是学到了很多真东西。

授艺是真真实实的,然而杨三喜虐待徒弟也是出了名的。旧时学戏的孩子们进了戏班就要挨打,天经地义,不打不成材,俗称打戏班。梅巧玲在杨三喜这儿,早晚打骂是家常便饭,有一次竟用硬木板打得手心掌纹都打平了,鲜血四溅,惨不忍睹。

祸不单行，杨三喜之后，梅巧玲又从夏白眼习艺，那更是一个性情粗暴的人，动辄打骂虐待人，梅巧玲在那儿也是受尽折磨。

好在吉人自有天相，梅巧玲遇到了罗巧福。

罗巧福艺名"汆汆旦"，是清同光时期的京剧青衣名家，一度为张二奎所倚重，常为张配戏，相得益彰。从辈分上来说，罗巧福也可以称作梅巧玲的师兄，他同样是幼年入福盛班学戏的人，只是早就满师了，也开门授徒。

由于同是出身福盛班，对于梅巧玲所受到的各种磨难，罗巧福感同身受，看到梅巧玲受苦，心软的他十分同情，便花银子把梅巧玲从夏白眼那里赎了出来，收为弟子进入"四喜班"继续学戏。

与杨三喜不同，罗巧福主要唱皮黄。梅巧玲从之学后，除昆旦戏外，青衣、花旦戏皆有所成。

梅花香自苦寒来。在经历了一番勤学苦练之后，梅巧玲一上台就颇有人缘，很快就成了梨园行之中的名角，有云其扮相雍容端丽，表演细腻逼真，念白文雅脱俗，在京城之中可谓是声名鹊起。罗巧福看在眼中喜在心，已渐年老的他遂将班主之职传给了梅巧玲。

四喜班可是赫赫有名的四大徽班之一。四大徽班进京，被视为京剧诞生的前奏，在京剧发展史上具有重要意义。而成为四喜班班主，也是梅巧玲人生的巅峰。

成为班主的梅巧玲，一如其师罗巧福，为人正直，办事公道，反对苛待艺徒等梨园陋习，厚待四喜班贫苦同业，重信义，讲情谊，深为人们所重。李莼客《越缦堂日记》记录的"孝贞国恤，班中百余人失业，皆待慧仙举火"以及"焚券""赎当"等故事广为流传，可见其人品之好。

梅巧玲有个"胖巧玲"的美称，据传是慈禧太后所赐，或许是因为胖能显示几分雍容华贵气。总之梅巧玲还是很得慈禧的欢心的，常召他入宫演戏。及至画师沈蓉圃绘制工笔写生戏画像，遴选清同光年间京城梨园界十三位著名演员，广涉老生、武生、小生、青衣、花旦、老旦、丑角，诸如程长庚、谭鑫培、张胜奎、刘赶三等皆入其内，梅巧玲自然不可缺席，沈蓉圃画了他在《雁门关》里萧太后的扮相，此即传世的《同光十三绝》。

对于梅巧玲的戏，还值得补述一句的是，在京剧早期，青衣、花旦界限很严，但梅巧玲的戏路很宽，花旦戏外，兼工青衣和昆旦，这也为后来的王瑶卿特别是梅兰芳创立花衫行当打下了基础。

很多事，冥冥之中自有传承。

《伶史》中即有赞云，"其业虽贱，其行则高，哭灵焚券，赡所识遗族，士大夫犹难之，而顾出于梨园，种此善因，当结善果，此天所以以兰芳报巧玲也"。

以梅巧玲的弟子为例，最有成就的是余紫云。在《同光十三绝》中，余紫云随师一起入选，他也是著名老生余叔岩的父亲，从这一层关系来说，梅兰芳与余叔岩就属一个辈分，这也为后来二人长期的合作奠定了基础。

光绪八年（1882）冬，梅巧玲病故，终年四十一岁。

梅巧玲的夫人是著名昆生陈金雀之女，也就是《舞台生涯四十年》里的陈太夫人，若干的梅家旧事，梅兰芳都是从他的祖母那听来的。

梅巧玲与陈夫人共生了四个孩子，二子二女，长子梅雨田，为著名琴师；次子梅竹芬，承父业为京昆旦角演员。

梅竹芬，也就是梅兰芳的父亲。

梅竹芬为人十分忠厚，因为父亲在戏班，他跟着从小学戏，一开始是老生，再学小生，最后跟父亲梅巧玲学青衣与花旦，因相貌与身材与父亲都很像，梅巧玲擅长的《雁门关》《富贵全》等拿手唱工本戏，他也习学得青出于蓝而胜于蓝。时人有记梅竹芬之事云"性温婉，貌姣好如处女，唱青衣不亚巧玲，且承父业，为景和堂主，当时士大夫以爱巧玲者，移而以爱二琐，樊樊山、易实甫皆为其入幕宾，顾二琐体弱，昼歌夜饮，因致肺疾，支离床次，瘦如枯柴，未几遂死"。

二琐者，即梅竹芬幼名。正如文中所言，紧张的演出和过度的劳累，使梅竹芬很快病倒，才二十五岁的年龄便撒手而去。劳累过度，该是梅家两代人其寿不永的主要原因。

这一年，梅兰芳年仅四岁。

此前三年的秋天，也就是光绪二十年九月二十四日（1894年10月22日），梅兰芳诞生于北京李铁拐斜街梅宅。

梅兰芳出生的这年夏天，发生了中日甲午海战。由于日本蓄谋已久，而清朝仓皇迎战，这场战争以中国战败、北洋水师全军覆没告终。中国清朝政府迫于日本军国主义的军事压力，于次年4月17日签订了《马关条约》。

这真是多事之秋。祖父去世多年，父亲又去世了，对于刚满四岁的梅兰芳而言，注定生计艰难。

梅兰芳的母亲叫杨长玉，是有着"活武松""活石秀"之称的京剧武生杨隆寿之长女。杨隆寿曾拜程长庚为师，光绪九年（1883）被选入升平署进宫承差，极受光绪帝青睐，宫内排戏时，能享有赐座之荣者，仅杨隆寿一人，可见其威望之高。后创办小荣椿科班，培养了杨小楼、程继仙等名角。杨小楼后来颇为提携作为晚辈的梅兰芳，也有这其中的关联。

梅竹芬去世后没几年，又遇上"庚子之乱"。由于列强欺凌过甚，激起中国百姓普遍的愤恨，造成义和团的兴起，以"扶清灭洋"为号召，拔电杆、毁铁路、烧教堂、杀洋人和教民，最后导致八国联军攻占了北京，慈禧太后携光绪帝弃都而逃，中国陷入空前灾难，险遭瓜分。兵荒马乱中，七岁的梅兰芳随寡母避居到了外祖父杨隆寿家中，洋兵来犯，妇孺便藏在一间堆放舞台布景的屋子里。蛮横的洋兵硬闯入屋内，杨隆寿上前阻挡，被洋兵用枪恐吓而受刺激，不久便去世了，享年也仅四十六岁。

父亲去世后，失去依靠的杨长玉只得带着孩子重新回到梅家，而此时的梅家因为债台高筑早将住宅卖掉，租住到百顺胡同，全家八口人包括梅兰芳的祖母，两个姑姑，伯父梅雨田夫妇并一个小女儿，还有梅兰芳母子，挤在三间陋屋里……

敦厚善良的杨长玉也就在这样的境况下，因为哀伤过度而身染沉疴，于光绪三十四年（1908）病逝，时年三十一岁。

这一年,梅兰芳也才十四岁。

而在此前一年,光绪三十三年(1907),梅兰芳已正式搭班喜连成演出了。

杨长玉看到了儿子登台,九泉之下重遇夫君梅竹芬,她也有了交代,该是无憾的。

梨园子弟,人间代代无穷已。

鹤冢

我与李鹤云先生有过一面之缘。

在我看来，泰州人在江那边的苏州以文而名的，前是陆文夫，后有李鹤云。只是知道陆文夫是泰州人的而今已很少，《美食家》《围墙》这些清隽秀逸的篇章，荡漾着浓郁的吴趋风情，其本人便成了享有盛名的"姑苏名士"。李鹤云先生则不然，他身上的泰州印记很深，即便到了晚年，客居吴下已逾半个世纪，其书法作品之署仍多以"海陵老鹤"示人，江南江北常相逐，一份乡情难以割舍。

作为一个书家，先生出道很早，成名却难比长安少年。苏州这个地方委实文风盛行，我也有些苏州朋友，却不敢和他们侈谈，某某祖辈是周瘦鹃亲戚，某某父亲是范烟桥高足，之于贵潘富潘一族子弟更是远生敬意，如我等侧身此间多少有点类刘姥姥，初尝松鼠鱼，口中泛起的是阵阵茄鲞味道。李鹤云先生该也是如此，我没有与他谈过这个话题，然而从《平复帖》的陆机到草圣张旭，以至于明四家，苏州的人文星空中，浸润着多少翰墨馨香，已很难尽数。也是他勤于长进，数十年临池不辍，古人云"功成一笑惊头白"，桃李不言下自成蹊，而今苏州书协主席，也是出自其门下，事能至此自可慰平生矣。

人生有很多际遇难以预料且不可期，在李鹤云先生这儿，也有印证。我曾听过一个故事，关于先生的工作。有说当年先生到苏州财校应聘教员，因名额有限被婉拒，正欲离开，主事者见其手书简历字迹精美，复询学校差一书法老师是否愿意从事，先生自是喜而应之。一生因一页纸而改变，李鹤云先生放弃了原本所修专业，改而从事书法创作与教学，并由此名书竹帛，何谓失之东隅收之桑榆，有过于此乎？我现在常把这故事讲给我的学生听，也是借此告诉他们艺不压身的道理，于自己而言，也不失为一种警醒，凡事未雨绸缪自然是好，更多的准备是在不经意间。

有意的准备也不可少，比如何时拜会李鹤云先生。

第一次的可能很快随秋风而至。蝉鸣，在叠翠流金中歌唱成熟与收获，鼓噪之后沉淀下来的是一片宁静。我在小城宣传部门工作时，分管展览馆的艺术展览。展览馆设在一处古民居里，前后几进，沿着院墙长着竹子，间植桃梅，屋后还有几棵高大的泡桐树，于城市中独享静谧之美。展览常年不断，地方丹青名流乃至省城尉天池、孙晓云、徐培晨、高云诸君都曾在这里亮相，与先生熟谙的朋友跟我联系，想帮他在这里张罗一场书展，我自是十分乐意。出于对先生的礼敬，展览筹备期间，我将一些非紧要的案牍事务停了下来，全身心投入进来，从宣传到布展，再到开幕式的策划与观众的组织，乃至广告布设计时字体的选用，事无巨细，一一亲自安排，也是"唯恐他人不似我尽心也"。

展览的名称是李鹤云先生自己定的，取的杜诗"月是故乡明"，并亲题了展标，另嘱弟子冯雷专门治了一枚同题印附后。相关方面也很支持，展览规格挺高，先生工作的苏州大学与江苏省书协、泰州市政协联合主办，先生拿出了自己的四十五幅作品，再加上十幅弟子作品助展。这也是我第一次如此近距离大批量地赏看他的书法，很安静，有文情，踉跄而将飞，联翩而欲下，无论手札尺牍，还是大幅长卷，气韵、节奏还有法度无不兼备。我崇文，略通书理，常常思索孙过庭《书谱》里讲的"通会之际人书俱老"该是何种模样，观李鹤云先生"如清风出袖，明月入怀"之书法，我想大概也就如此吧。书法本无定法，写到最后本身也便成为一种文化，如同武侠小说中的无招胜有招，练到了藏经阁无名老僧的境界，意象既出造化已极。人老书亦老，真正是唯观神采。记得布完展的那个黄昏，我泡了一杯猴魁，独自坐在展馆里，对着先生的字，如晤久违相逢之故人，窗外秋虫低吟至缠绵，相伴的只有风过竹林的沙沙作响声。

展览开幕在重阳前一天，时间是我定的，用意也就取"人书俱老"的一个老字，先生其时九十六高龄，已算得上人瑞之称。可惜因为年高，李鹤云先生未能回乡参加活动，苏州大学的刘标副校长与先生的弟子王伟林赶至现场襄赞其事。还是要庆幸，少小离家老大回，人未归而笔墨归来，既谓"月是故乡明"，明的是月，明的更是心，先生曾书"老鹤万里心"以述志，一颗游子之心在纸上铺染开来又何止万里，"故乡逾万里，客思倍从来"，也是杜诗，不过这杜是杜审言，一种客怀代代相传。

明心见性，是真性情自感人。开幕以后，每天来展馆随喜的人络绎不绝，听着观众们的交口称赞，我心中亦为李鹤云先生高兴。展览很成功的消息传到先生那儿，他的心情可想而知，怎一个"老泪不胜挥"？为表示对我的感谢，先生递话说要送我一幅作品，不拂美意也是心之所愿，那几天正读《诗经》，遂择了"黍离"的一段：

彼黍离离，彼稷之穗。
行迈靡靡，中心如醉。
知我者谓我心忧，
不知我者谓我何求。
悠悠苍天，此何人哉？

传给先生之后，忽又想起先生年事已高，这段诗好像长了点，便又从"伐檀"中摘了一句"河水清且涟猗"，请嘱先生写后者即可。没几天功夫，一封快件到来，打开一看，是两幅！先生将我前后之托都写了，款署之中多俯拾之意，让人感动不已。我随即将"黍离"之书送去装裱，挂在书房一侧的小卧斋里，晨昏少憩，常对画轴思悠然。

书如其人，人如其书，这期间我又看了不少介绍李鹤云先生的文章，对其为人更觉钦佩，先生从教一生，于书学成就而言曾获书法兰亭奖、教育奖的提名，然其丝毫无居奇之念，甚至多慷慨之举，苏大校园内的逸夫楼、尊师轩等都出自他的笔墨，老东吴留下的维格堂、子实堂等建筑物名都由他修复，均系义务所为，八十八米寿之际曾一次性给苏大博物馆捐赠了五十余幅墨宝，之于先生之同仁弟子，各有所得已不在话下，有人形容他是书法界的隐者，大隐隐于市，诚哉斯言。

去年冬天的最后一场雪，带走了我的百岁祖母。就在之前的那个春天，我为老人做了一百岁的生日，小城里我的很多书画朋友送来了寿幛，寿庆期颐、国光人瑞、百福骈臻……想着请李鹤云先生写一幅悬于正堂，和他联系后才知道，身体不好正在住院，如此自然没有再作期待。不想没有几天手机上就收到先生发来的短信，字已经写好——一幅大寿！上下款分别作"徐母缪太夫人百岁大庆"并"乡愚弟九六翁老鹤书贺"，细问之下方知是先生从医院抽空返家所书，先生询"合我意否？"我是哽咽难语，殷勤厚意何以报？

尽管交谊频多，然与李鹤云先生始终缘铿一面，总以为是件憾事。好在先生虽说年高，却也是个微信达人，朋友圈很活跃，经常会转发推荐一些自认为好的帖子与我，以书法为主，旁及京昆围棋之类，我很满足，从一个已走过近乎一个世纪的老人那里，获取他对于这个纷繁社会的观后感，已作沉舟君勿叹，年来何止阅千帆，对晚辈的启发不言而喻，从另一层意义来说，虽无由亲炙，我这也算曾聆教诲了吧。

春风，往往都在一场雪后弥漫开来，披着浓浓的绿意，苏醒万物，催人开怀。还未从祖母去世之悲伤中走出来的我，心头总是萦绕着那几分料峭，更让人不安的是，经冬及春，很长时间都没了李鹤云先生的消息，朋友圈中也似遁去了一般。恰其时，省作协通知有个会议安排在苏州，本来另有事与之有些冲突而要请假，想想还是去吧，开会其次，就去看看先生！

通禀一下先生为宜，不然显得过于冒昧了，请与先生熟谙的朋友去电打个招呼，及至先生再次住院的消息传来，让我心中一惊，先前的不安于此可解，前往探病的心情愈加急迫。人到苏州，开会的地点远在太湖会议中心，僻处西郊而近洞庭西山，去城里颇为不便，等到前往探望先生，已经两天后散会之时。

太湖连接着浩渺与缥缈，古人云"震泽非尘世"，而苏州却是红尘中一二等的风流富贵之地，坐着公交车，近一个半小时从湖滨来到姑苏城里，确有桃溪换世之感。这些年因为一些别样的情愫，我已很少到苏州了，然而绮丽繁冗未曾有变。苏大附属医院的老院区仍在十梓街上，离苏大很近，是我很熟悉的一处所在。捧着花带着一点水果，当我寻到病房时，两张床位，外边的空着，靠里的则躺着一位老人，一手手背上打着点滴，一手按抓着被子，闭着双眼应是睡着了，尽管面容枯槁、颜色憔悴，可我还是一眼就认出了他——李鹤云先生。

我轻手轻脚地走进房间，先生的儿子赶紧迎了过来，接过我手上的东西，彼此间示意噤声。愈是如此，在我坐下的一刻，先生陡然睁开了双眼，和面色不同，目光仍旧炯炯，看到我微微一笑，"你来了！等你好几天了！"没待我自我介绍，甚至都没称名道姓的环节，与先生的第一次见面就这样开始了，如同两个相熟很久的人重逢一般。他示意儿子把床摇点儿起来，再在背后垫上半个枕头，稍稍侧过身，按转被子的手伸过来抓住我的手，"同华，你与我想象的差不多啊！"随即又向儿子介绍我，"这是泰州的徐同华，文章写得好，诗词写得好，昆曲也唱得好"，一会儿工夫，脸上竟掠过一丝得意的神色，亲不亲故乡人，总归有些激动。

我双手握住先生的手，相询病情，只见他摇摇头，病重难医已多次被医院劝返回家了，回家又别无他法只能再入医院，如此往复几番，幸亏是苏大自己的医院，又有校长打过招呼，不然是万不能如此的。一句"来日无多"在苦笑之后，我的眼中也湿润起来，连忙岔开话题，说起乔园里先生题写的"南窗寄傲"匾已高悬在正厅，并找出照片给他细看，他很高兴，兴致也随之上来，那个下午我们聊了很多，他小时候日涉园的模样，旧居大林桥附近的邻居姓名，坡子街的热闹，周桥口的过往，小泰山的松影，打渔湾的渔唱……生仍冀得兮归桑梓，先生仿若要将对故里所有的怀念一下子诉与我听。

先生的身体其实已不能太费神，说一会儿话，就有一口浓痰涌上，这边赶紧上前帮忙处理掉，再在唇边润一点水，缓一会儿再继续。我不忍打断先生的话头，多半在倾听，间或补上几句，告诉他而今的现状。几乎没有提到书法，唯一一次是与那幅"大寿"有关，先生问我的家庭情况，并向我祖母问好，我如实答曰两个多月前已去世了，先生吃了一惊，将那只打着点滴的手伸过来，在我的手背上轻轻缓缓地拍了两下，长长微微地叹了一口气，没有再往下说什么。夕阳晕黄地斜照进来，映在先生瘦骨嶙峋的脸上，我分明地看到了他眼角两颗晶莹的泪珠。

及至我起身告辞时，苏州城早已华灯初上，窗外远远可见霓虹勾勒出的亭台形影。先生的儿子告诉我，两个多小时，父亲已很久没有说这么多话了。见我要走，先生用力欲坐起来却又不能，只好朝我挥了挥手，让我跟泰州的一众朋友们带信问个好。而后又指指我带去的东西，直说下次不允许再带了，等到身体好些，下次请去家里，想写什么跟他说，心酸不已的我连连称是，赶紧请别，还未迈出病房门，眼泪就止不住地流了下来。

只是生离，何来死别之感？

电话与泰州的朋友，告知其先生近况，又问了一句前嘱请先生为《泰州竹枝词》的题签可否写好？答曰已有。

岁不我与！内心忐忑，甚至有了一种强烈的怵意。

十天之后，李鹤云先生去世的消息果真传来，其时我正在南京，带着一些政协委员在南大学习。那是个清晨，一夕雨后的石头城，阴沉沉的让人压抑，不愿相信还得相信，不愿面对也得面对，李鹤云先生走了，一只老鹤就这样一去不复返了。

第二天清晨赶到苏州，殡仪馆就在太湖边不远的一座小山下，灵堂还在布置当中，显得有些忙乱。我与前来凭吊先生的亲朋故旧们静静地站在门外候着，低回的哀乐中，面露戚色的，悲伤不安的，还有失声痛哭的……院子里长满桃花，在阳光春风里倍显夭夭，落下的花瓣亦多，有些随风飘向了灵堂。

躺在鲜花丛中的李鹤云先生很安详，就如同我初见他时睡着的模样，绕灵一周时我的脚步很轻，生怕再次惊动了他。冥冥之中的安排，在先生故去前，我作为最后一个乡亲也是后学探望了他，他的嘱咐、他的告诫、他的垂示，言之谆谆、意之殷殷，在那一刻全部涌至脑海，我想我这辈子也都不会忘记的。

知我者谓我心忧，不知我者谓我何求？

月是故乡明，归来的那个夜晚辗转难寐，西窗一钩下弦月顾盼生辉，遂起身填了一阕《江城子》词：

江南三月最堪怜，碧连天，柳如烟。抚景伤心、抆泪太湖边。缥缈峰头春放鹤，雲去去，影翩翩。

人间多少老神仙，不逃禅，懒谈玄。谁似先生、鲐背砚池前。写下千行盈万字，酬素志，荐乡贤。

玉烛点上，诗笺付之一焚，扬手随风散去，如翩翩鹤舞隐入夜空，漫天的月华在那一刻都作了鹤冢。

小城哲学家

峨眉山月半轮秋。熟读的唐诗朗朗上口，这半轮月是上弦月还是下弦月，不知有无人想过。

历代关于李白的诗评很多，这首峨眉山月歌也不例外。一诗四句二十八字，连用了五个地名，毫无堆垛之感，王世贞称为佳境，赵瓯北赞作神龙行空，却都未考证半轮月的上下。

小城哲学家却想到了！

"夜发清溪"的"夜"古人有注，"夜漏未尽，鸡鸣时也"，既是夜发，也就是下半夜出发，那看到的该是下弦月！哲学的思辨需要印证，于是子夜行向湖边，仰望暝天，看半轮月升……确定下弦月无疑！清晨披露归家，老妻在做早饭，顾自埋怨城河水臭了，哲学家轻描淡写接答一句，"买些矾回来淀淀就是了"！

这是我听来的故事。许多年前，前辈作家沙黑也曾听说，并把这个桥段写进文章发表在《扬州日报》上，他给哲学家起的名字叫晓翁。

我读到这篇文章时已是十几年后，细节与我听来的有所不同，但小城哲学家的模样在我脑中愈加清晰了。沙翁是笔名，晓翁也是化名，他们是朋友。晓翁的真名叫尤我明，既"尤以我明"，岂不是个晓畅的老头吗？

尔时与尤先生已然结识，我问他，"晓翁真的是你啊？"

尤先生正在喝茶，听了我的询问，放下杯子严肃地说："谁说晓翁是我？他们老拿这当个话题，我没承认过，不过那几年城河里的水是不干净。"

毕竟有半夜涉水的经历，他对水臭与否自是有发言权的。

尤先生话里的"他们"是说黄跂予、仲旭初、吴洽宁、刘汉符、汪秉性几个人。我现在就职的小城政协文史委员会（以下简称"文史委"），幽处在城中一片古民居里，往前推上二三十年，刘汉符先生驻会办公，这些有闲的故者们日日鳞集在此，纵论或好辩，神仙会般的清谈不倦，尤先生也是常客。

我们的交识也就在此间，尽管不过十数年时光，已然是上个世纪的事情。刘汉符先生退居，单德成老师在文史委驻会帮忙。那会儿我从朱学翁学诗，红粟诗社由政协搬到了乔园的松吹阁下办公，看在老社长杨本义的面子上，诗社的很多图书仍留存在文史委的书库里，学翁常常让我去取了送给谁谁谁，单老师每次都很热情地接待，老夫子式的不厌其烦，询问我的近况，工作以及生活。

双松亭亭，政协的院子里总是绿意盎然。又一次造访单老师，书库的南窗下对坐着一位老人，并未因我的到来而歇下茶谈，推了推蓝呢绒鸭舌帽还有厚厚的眼镜，无睹一般。于门前静静站了许久，单老师不过意地把我迎进去，荐引给老人，又与我介绍，这是尤我明先生！

眼前这个年轻人写诗？直到听到这句尤先生仿若才对我有了一点兴趣，复又听到学翁，脸上总算添了些许笑意，续上杯中的茶，旁若无人地与单老师谈起有关诗社的掌故。

泰州儒风凤冠淮南，写诗的人历来不少，谊结社盟自然也是常事。乾隆年间的芸香诗社活动近百年，及至民国，仲少卿、仲一侯父子创设的来复社，沈本渊、高寿徵等人集会的泰社，乃至于流寓在泰的周梦庄、许杏农筹组的绮社，都于频繁唱和中发扬风雅，在小城文化史上占得一席之地。时下常提及的红粟诗社创建于1984年的上巳，社名红粟，盖取自骆宾王的名句"海陵红粟，仓储之积靡穷"，杨本义为社长，刘汉符与朱学翁为副社长。1991年，李文卿、萧均培等离休干部另外成立了海陵诗社。两个诗社活动挺多，在小城各处乐此不疲地雅集，一月课雪，二月课春节，三月课雨，四月课浴佛，五月课花……

"这些你都知道吗，学翁跟你讲没？"滔滔不绝之后，尤先生淡然一笑问我。

我恭敬地垂手侍立一旁，并未因尤先生的肆谈表现丝毫不耐烦。这些掌故我自是早已熟谙，尤先生也是离休，不仅是海陵诗社的理事，协编社刊

《海陵诗词》，还是扬州大市诗词协会的理事，可堪这一行里的名角。他的尤姓我都关注过，泰州的世家大族，有东门尤北门侯之说，住在东门的尤先生却不是泰州人氏，他来自盐城，世家与否不清楚，但经历着实传奇，解放初他在苏南日报社工作，一个办公室里面对面的同事就是冯其庸，而今可称是大名鼎鼎，初听学翁讲这个时，我是钦讶之极。

我微笑着点点头，表示自己听说过，并未多言。尤先生大概对我的表现还是满意的，冲着里面正在帮我找书的单老师喊道，"把《海陵诗词》找两本送同华！"

我们的初识也就这样完成了。面对年过古稀的老先生，我的内心其实很紧张，犹记得耳边此起彼伏的清脆蝉鸣，有风吹过，松树枝一颤一颤的，配合着忐忑的心跳。

从政协大楼出来，我推车与回家的尤先生同行，穿过一条税务桥东街，至牌楼口拐入往青松街的小巷，他家就住在玉带河西南的那栋孤楼上。这一带我是熟地，母校城东中学就在楼前面，赵龙骧老师也住在这里。所谓青松，其实是一棵老柏树，就在楼的东北角，尤先生说他的书斋叫古柏楼，也源于此，昔日迁居赋诗"老干虬枝气势雄，如拳劲叶向寒空"，丁家骥、凌松寿等有和，逸豫难忘忧患中，感念一段新生活。

挥手而别，站在古柏之下，尤先生看着我一骑东去……不约而来的重逢在这之后就很多了。初工作时我还住在城外，偶尔步行上下班，常常遇到在城河边散步的尤先生，他也不怎么跑，只是在河边走走停停，每每相逢先是问安，再陪着走一会儿，渐为常事。城河环城一周，在东城水面极宽广，从水厂到烽火台的一段，柳影深深细路，最是让人流连。应着好景和风，听尤先生有一句没一句地敷说，于我而言收获很多，知其白，守其黑，二十岁的辰光，于人生与社会的认识很肤浅乃至无知。

夕阳西下，晓月东升，河边再常见不过的景色，尤先生低吟白居易的《暮江吟》，给我讲述"连景"。一道残阳与如弓新月，一个是殷红色的暖色调，一个是银白色的冷色调，内容与思想如何融成一片？半江瑟瑟半江红又该怎么分派，他曾在河边无数次凝伫，和验证峨眉山月一样，真正看出了道道，这是连续的景观，而非一时的镜头。至于为何强调九月初三夜，据说是隋灭陈的日子，这一天南朝灭亡，绮丽繁华从此不再，确是我头一次听闻。

　　天云山水上下一白，雪湖总是一年四季当中最美的，我与尤先生也做过痴相公，对坐在留芳茶社沿河的亭子里，相守片刻的人鸟声俱绝。先生分享自己从《江雪》引起的联想，绝、灭、孤、独表现的一种孤寂，有人附会为诗人的清高自守，其实也未必，很可能就是写了眼中所见的江上雪景，就和题目的直白一样，一首诗分不清哪是抒情哪是写景，也就是恢复到一种自然状态，《江雪》可能是一种极限，值得学诗的好好思考与借鉴。

　　面对一湖烟水，尤先生还与我讲过虚实。巴陵胜状在洞庭一湖，古人写洞庭湖的诗很多很美，然而当他慕名而去时却只见拍天黄浪，与长江并无二色，感叹不出美在何处。后来再读诗，湖光秋月两相和，刘禹锡《望洞庭》咏的是夜景，风波不动影沉沉，雍陶《题君山》写的是无风的天气，满川风雨读凭栏，黄山谷的吟咏，则主要是抒情与夸张的力量了，他之所以没有看到洞庭湖的美，无非就是太实了。然而也不必引为憾事，有了实的基础，虚自然是可以有的，王之涣的《登鹳雀楼》就是一例，由实到虚，意到笔不到，从哲学角度看，只要不绝对化，就有意义。岱宗如圣、峨眉如佛、黄山如仙、华岳如侠，再有欲把西湖比西子，实在哪里，虚在何处，很难明确却又直观而清晰。

　　这大概是第一次听尤先生提到哲学这个词，回思却顾，他虽多在谈诗，却又一直扣着哲学，告诉我很多做人的道理，比如人生需要什么样的朋友。记得还是暮行在湖畔，讲析寇准"雁沉芳草渡，烧断夕阳陂"的好处，尤先生提及张咏对寇宰相"不学无术"的嘲讽，建议我也读读《汉书》里的《霍光传》，对待朋友既不要互相吹捧，又能严格要求，开诚布公地提出意见，这才是有用的诤友。

　　年轻人，对功利不要太计较，身在文艺界，切记远离名利场，昔日叶圣陶以"观钓颇逾垂钓趣，种花何问看花谁"自勉，这样的处世或做学问的态度就超过孟浩然,"坐观垂钓者,徒有羡鱼情",目的性还是太强了,要多读苏词,"小舟从此逝,江海寄余生",有幽思又不少雅量,东坡是诗人也是哲学家。

当然,这些深浅不一的哲学端要,尤先生都是附在讲诗里提及的,润物细无声,应该就是如此。他不喜欢用典,却又讲要是用得好也不反对,例举李后主的"问君能有几多愁,恰似一江春水向东流",来源于何逊的"思等流波,终朝不息",何逊又来源于徐干的"思君如流水,何有穷已时",而这句又脱胎于汉武帝《悼李夫人赋》里的"思若流波,怛兮存心",这就是典的化用,好似厨师做菜,材料差不多,做出来却又不同。写诗的关键首先要养气,其次要辨雅俗,再次要辨体,最后要造于平淡,古人云"诗乃人之行略,人高则诗高,人俗则诗俗,一字不可掩饰,见其诗如见其人",这气与高就维系于一种哲思,而哲思就来源于日常,有时不经意的一句,往往能引起人的共鸣,写出生活的典型意义。俞曲园有一首无足轻重的小诗,"依然一室话喁喁,浮海乘桴妇竖从。我懒支颐无一事,静听四十八回钟",躺在船舱里听自鸣钟的小事白描,自从读了之后却在脑中时时浮现,绚丽终归于平淡,问我是否有同感?

湖畔行吟该有三四年的时间,柳树几番青黄,沧浪日日流波,具体多少次难以尽数,直到我辞职西去乡下教学,不知不觉间,尤先生对我哲学思辨与表达的训练,已云手一般将少年老去,本性圆融而趋无碍,我之所以为我,也就有了蜕化的可能。

对尤先生的尊敬一以贯之,多数时候他就是一学究,论人生讲哲学,然而却又非刻板之人,绰有余暇,也能见柔情似水之言。杜牧题桃花夫人庙,"可怜金谷坠楼人"?绿珠死而息妫不死,昔人释诗说是一种反衬,尤先生对此不赞同,都是有情人,生死面前处境不同,表现自然不一样,都值得同情,都是可怜之人。至于有注家将王观《卜算子》里的"水是眼波横,山是眉峰聚"说成送友人,具象为浙东山水的清秀,先生将之斥作一种胡扯,情人分别就是情人分别,何必顾虑于"生怕情多累美人"?作者之用心未必然,读者之用心何必不然,想得多未必就更周全。"人生易老情难老,水阔云天不系舟",是尤先生自己的诗句,题写在他孩子舅母的照片上,其人名曰陈玉娟,孀居近二十年,舟之不系,心果已灰?先生将诗编入了《海陵诗词》,我读到时不觉喟叹。

偶遇逍遥。那会儿的我执着于吹箫,平湖满月的时节,常携之在湖边呜咽,也曾吹给尤先生听过,该是《阳关三叠》。一样的如怨如慕、如泣如诉,余音袅袅中,尤先生并未倚歌而和,只是给我讲了一段往事。一江之隔的镇江乡下,有个叫芦舍口的学校,中华人民共和国成立前他曾在那里协助地下工作。因为不是本地人,吃住也就都赖在了学校,校工是一个仙骨神情的老道,尤先生与之一见如故引为同人,谑语不休常常至深夜,老道士到了这会儿常熬点红米粥,两人愈饥,还会在廊下吹笛为乐,"夜捧香粘红米粥,坐聆仙笛暂忘愁",那会儿的他与现在的我年纪相仿,只是愁绪有异而已。

愁无妨,懂了哲学就好,写诗亦然。"学翁诗写的不错,只是不懂哲学!"尤先生曾这样评价过我的老师。我微笑地听着,并未置与否。顾影自识,我从学翁习诗的十数年,该传袭了些他的路子,可以归入性灵派,追求不拘格套的意境,感人心者莫先乎情,有情而后真,不喜更不惯于糅杂其间的说教。尤先生有他的坚持,自许"当显露时须显露,应朦胧处则朦胧",与老友话写作,有诗云"人生浩瀚思不尽,留取灵明一片真",观赏菊展,有诗云"多样方能称绝色,一枝何能赞倾城?"参观渔场,有诗云"严氏钓台终寂寞,何如此处学游仙?"偶然间悟得哲学价值论与佛教禅宗以及《易经》"易简而天下之理得矣"归趣一致,又有"中西哲理趋同一,思路清明悟彻时"之句,深沉的表达同趋于内,好在他的字句浅显而融口语,倒也不失自然活泼,人们一看不难理解。心直口快的他戏讽过一些无病呻吟的"老干体",仿辛弃疾的《南乡子》写过一阕词:

何处听吟讴?佳节良辰颂德楼。多少年来多少会,悠悠,每次心潮滚滚流。

年迈力犹道,短调长歌唱未休。此际骚坛谁得手?名流,首首诗追万户侯。

诙谐也是一种态度,好在收到诗的朋友也并未生气,大家都很熟悉尤先生的为人,他是小城哲学家,唯不通人情世故,近乎一致的评价。市档案馆的老馆长刘永耀先生赞其"三两天桃夹岸红,诗人趣味哲学风",我也曾听尤老师总结自己的学术,哲学为本体,文与史为两翼,他平生最爱三件,所谓哲学诗歌小品文,哲学排在第一。

我在研究泰州文化的过程中,特别留心尤先生的有关著述,只是很少见到。泰州文史资料出了十几辑,并无收录先生的只言片语,他与杨本义、刘汉符以及后来的单德成都是熟人好友,这就比较难以理解。俞扬老师跟我说过,"泰州的老一代文化人,真正研究并了解泰州学派的,大概只有尤我明一人!"然而1986年的冬天,小城第一次召开泰州学派研讨会,12位与会外地专家外,本地参加的26人中,却没有尤先生。及至我写作《泰州名胜》,自然不能少了崇儒祠,到尤先生家里向之请教时,只见他沉沉叹了一口气,过了许久,才到屋子里找出一本《王心斋全集》,"关于王艮,我点校过《心斋遗集》,多半收在这书里了。我还没有出过书!你年纪轻轻有这样的机会,我羡慕啊!"

我就造访古柏楼这么一次,还是俞扬老师陪着一道,先生家的样子而今近乎淡忘,然而他的那声叹息却始终铭记。古柏楼还有一个名字叫鉴斋,前车之覆,后车之鉴,鉴赏诗,鉴悟理,也鉴察人。我主编《花丛》收罗旧刊时读过不少《鉴斋随笔》,有些在湖畔行吟时也曾耳闻。据说百余篇随笔早已成书,尤先生还请了老友汪秉性作序、韩连康写跋。当他托人找到出版社要求出版,回话要自费逾万,身为老盟员的他格外诧异自是不肯。出版的事情不了了之,尤先生将打印好的书稿分拆下来,寄给了小城的诸多刊物登载,其中就包括《花丛》,还有一段余绪与人传说。那会儿媒体也流行起办报,尤先生的文章投递过去后,编辑对其中多了几处画蛇添足的增删,报纸出来后的次日,尤先生的讽句便在诗友间流传开来了——

老手文章何必改，小儿俚唱易帮腔。

人间万事须分别，切莫高低一尺量。

《鉴斋随笔》只有一本打印稿，分拆而散就再也没有全本了，他的著述应该还有《七绝选赏》《古柏楼诗钞》等，我在其诗文题注中看到过，可惜都没能窥得全豹，"我还没有出过书！"每每想起他对我表达的一种羡慕，心中便隐隐作痛。有别于无字碑，尤先生是想留下一些东西的，对于哲学与诗，他有流传与分享的愿望。不如意事常八九，也许是命中注定，其实关于尤先生的传闻在小城还有很多，比如他在特殊年代吃过的苦头，比如他家中少为人知的变故，沙翁的"天之苍苍"三部曲出来后，很多人都说其中的教员郁平写的就是尤先生。如同晓翁式的问题，我没问第二次，即便问了尤先生也不会承认。狭路，力尽，终结……天之苍苍，其正色邪？其远而无所至极邪？沙翁的题署本就是一个哲学话题。

尤先生什么时候去世的，我并不是很清楚。一水盈盈间，我仍时常在城河边散步，只是没有再遇到那位给我讲哲学的先生了。该是又一次残阳铺水，突然想起尤先生，却意识到这么多年自己连他的电话都没有，询问俞扬老师，才知道先生墓木拱矣，已经去世好几年了。

我到文史委工作以后，特地找出一张几十年前的藤椅，修修补补再次用上，沏好茶打开书，脑海里常常想起昔日于此的神仙会，还有与小城哲学家的初会。案牍之余，也想着好好整理前辈们的遗作，比如杨本义老主席，比如尤先生。杨主席的东西相对好弄，他是解放后小城政协第一任文史委主任，其购置的一套《明实录》仍收藏在文史书库里，至于著作《袁崇焕》也已出版，见书即可晤人。尤先生呢？经年收集整理，我的案头只有鉴斋随笔的千字文13篇，诗词39首，如此而已。

思君已不见，每念于此总习惯望望窗外，东山之上斗牛之间可有月影，是上弦还是下弦？

秋天的怀念

已是深秋。随着渐紧的风雨，萍花日渐老去，梧叶飘黄，没有一丝准备的萧飒中，突然很怀念一个老人。

老人周志陶，古城难得的一位"古"人。很有幸，二十多岁初涉海陵文坛的我，就与这样一位名宿耆旧交识忘年，聆听老人的教诲，获得老人的鼓励，多少次在闲谈说笑中领略海阔天空。一叶知秋，往事如云如烟，思来历历如在目前。就在这个春天，老人悄悄地走了，如同这个秋天悄悄地来。

古城文风夙冠淮南，充沛着水一样的灵性。我涉足这方领域伊始，志陶老已从倡导风雅的前台退到了幕后，风流宛在，老人的书法篆刻、皮黄琴韵依旧是清堂谈资，他的《乡土杂咏》《吴陵忆词注》系列著述仍为我等后学的案几必备。高山仰止，敬慕拜谒之心油然而生，机缘真的很快就有了。那时我正醉心于古城的一些逝去年华，尝试着用文字追记海陵的红尘往事，浮光掠影，却始终有种飘于表面的感觉。陆镇馀先生指点我去请益一个老人，老人胜似一部书，这是第一次听人讲起志陶老。电话过去后，老人正在另外一座城市养病。听明原委后，老人说就在电话里说说吧。接下来的几天，通过电话我向老人请教了很多，填补了空白，纠正了浅薄，思维得以飞跃，文字也愈显厚重。感激之余，却因未能谋之一面，当面请教而以为憾。数月后，肖仁老师送给我几本书，言明志陶老托转。我惊喜万分，是志陶老的三册《梦回故园》，每册扉页都题了字，句短情长，殷殷教诲真让后学感动不已。得知老人已经回泰，我便思索何时谒访于堂前。志陶老的顾曲庐是泰州的依庸堂，学人以能入室为荣，这是初出茅庐的我早就耳闻的了。恰其时，我被抽调到城北地区从事拆迁动员工作，也就有了误入顾曲庐一事。

明清以来，泰州城商业中心移至城北，稻河、草河两岸商铺相接，老街小巷之中园宅遍布。千年易逝，画角飞檐终入风尘过往，旧城改造势在必行。

恋旧的我工作之余就拿着相机，挎着背包，带着锤子、钳子，骑着一辆单车流连穿梭于老巷旧宅之间拾荒访古。那是一个长满爬山虎的临街院墙，葱绿间掩映着一扇小门，门上一幅斗方"爱莲世泽，顾曲家声"，一户周姓人家。敲门不闻人答，推门而入，好一座清幽古宅！院中草木葱茏，坐穿的藤椅斜倚侧院小门，褪色木窗上陈着旧蓑衣和落满灰尘的斗笠，砖缝间冒生的杂草点缀着些许青苔，真应了那句"苔痕上阶绿，草色入帘青"。拾二级而上，屋内古意盎然，靠西墙一八仙桌，束腰蹄足可依稀端详出镂雕内容，东侧是一方书案，书似青山乱叠，笔墨纸砚一应俱全。两侧墙上悬有丹青君子，都是年深妙笔。正面堂上悬黄地绿篆横匾，光线不明，看不清楚，下挂鹿伏松荫图，两侧悬联，皆为古篆。我不由停住相机，近前仔细辨读，"顾曲人家三爵酒，爱莲堂富半车书"，仰首顿念"顾曲庐——"啊？！顾曲庐！这是志陶老家！正在这时，东房内传来一声"谁啊？"苍老不乏洪亮的声音太熟悉了，是志陶老。我忙退之门侧，垂手轻声相答："周爹，是我。"过了一会儿，只见一个老人从房间里蹒跚而出，披着单衣的老人拄倚着拐杖，显得个头不大，双目却很有神，"你是？"我自报家门后，老人忙呼坐坐坐。老人坐到书案后，我忙抓起门边一春凳坐于对面。一叙误入顾曲庐前后，老人舒朗地笑了，世上事就是这样巧啊，我就住这儿，有空你常坐坐，我们也属缘分。

接下来的半年多时间，我便成了顾曲庐的常客。面对辈分悬殊的志陶老，交往日深，我渐渐少了局促之感，谈笑说唱，如坐春风中。老人是著名琴票，我是个京剧小票友，老人创作的《锅巴山》《琼花梦》剧本，还有海陵票界趣闻都是彼此话题。年纪身体的原因他早已不操琴了，却还是让我唱几段给他听，老人敲着书案击着茶盅给我数着板眼，点明要害，指出失误，有时也会轻哼着作示范，记得说那出《卧龙吊孝》，曲子很长，中间歇了快十次，他竟然全哼了下来，今日想来，沧感余音仍在耳畔。有时还会谈论金石、书画、诗词之类，当然谈得最多的还是泰州。陈庵的《桃花扇》，柳敬亭的打渔湾，历史、地理、人物、名胜、市廛、习俗……林林总总，尽是掌故，我在老人如数家珍式的漫谈中领略着古城的灵魂。手抚我每天从残垣断壁间收集来的巷牌户名、朽木残砖，北斗宫巷、北山寺巷、塘湾庄、天明巷、皮坊巷……轻轻拂去上面的灰尘，老人凝视复长叹，再看我拍的照片影像，长叹复哀伤，记忆阀门一打开，尘封已久的遗闻逸事我都是初闻。每次讲完，老人都会习惯地环视自己的这座老屋，斜阳射进，百无聊赖的蛛网四结，檐下旧燕依旧啾啾作音。难舍的顾曲庐啊！

顾曲庐也在拆迁改造范围之中。我的同事们已多次来做老人的工作，倔强的老人就是不愿搬离。周氏老宅的故事我早已有所耳闻，我很能理解老人的心情。雷鸣电闪，霜寒地冻，燕来雁往，花开花谢，小院中领略一年过往，直到岁月无声，老屋老去，人也不再年少风流。秋天的顾曲庐很美，落叶随风飘来飘去，苔草趋黄，真正能听到秋天的声音！多少个下午，我和老人就这样在院中闲坐，喝喝茶，说说曲，谈论着老城老屋的风风雨雨，也会提提旧城改造箭在弦上的趋势，如同秋来叶的凋零。秋昼太短，不到六点，天就黑了，晚风乍起，树叶刷刷啦啦地飘落，满院秋声，"春来秋去，往事知何处，光景千留不住"，吟咏一些黄叶西风的词句，白首入暮，老屋将倾，难忘老人的唏嘘之叹。

和志陶老的最后一面就在那个深秋。抽调工作即将结束，我到顾曲庐和老人告别。因为久病的原因，老人明显消瘦了，精神也不太好，倚在椅子上，身边还放着几册未合的书。说了一会话，我担心呆久了老人太劳累，就起身告辞，握住他的手刚要安慰几句。老人向我摆摆手说："不忙，再坐会儿吧。"我宽慰老人现今医疗条件改善，安心养病，春来也就康复了。他听后眼角上绽出笑意说："但愿是这样。签协议了，要搬走了。政府答应易地复建，也算了了我一桩心事，顾曲庐啊！想出本印谱，到时你要帮帮忙。文艺年轻人不多啊，好好努力，千万不要放弃、不要停顿。"含着眼泪，我连声应承。"垂垂老矣，来日无多。等我走了，你记着唱出《吊孝》……"窗外，天阴沉沉的，我的心情如是黯淡。万万没有料到，真的成了绝面谶言。

就在我说的那个春天，老人走了！静悄悄的，没有惊动故友新朋，只是几天后在报上一角发了个讣告，当我得知消息时已是一周后的事情。悲哀一阵阵袭来,心情复杂得难以言表。回到城北那熟悉的地方,顾曲庐已倾,那瓦,那窗,那苔草树木,残骸一片。和季羡林站在胡适之墓前一样,宛然在目着典型的"我的朋友"式的笑容,沧桑凄凉从心而起,泪水如秋雨汨汨而下……仰望天空,行云流水音犹在,从此曲误无周郎!志陶老,一路走好。

正值深秋。草木瑟瑟,纷纷落叶已无色彩,如只只枯叶蝶摇曳而下,如同碎去的点点记忆。夜凉如水,古城万家灯火,夜色阑珊,如约哼着那段《吊孝》,我端起一杯酒,轻轻地洒去……

春天里的追思

"急景有余妍，春禽自流悦"，一至春日，南园里甬道两侧的枇杷树就愈发葱茏，初萌的新叶白毛茸茸，略过数旬春风，绿叶丛中便结实累累，一颗颗果实从叶簇中悬垂欲坠，青色可人。初识张舜德先生，便是在这无限春意中。

小城早在唐代就出过张怀瓘这样的名书家，文风自古很盛，稍微讲究一点的店铺宾馆，都会请名家题写店招，附庸以示风雅。龙飞凤舞间，张舜德先生的字无疑是比较常见的，对于临池几秋学艺不精的我更为熟稔，可谓眼福已久。拜访肖仁老时，得以一窥其百法演绎的百寿图，在学翁家，大瓦当篆字遒劲传神，古然逸人。习词之初，与红粟诗社山长汪秉性交识，偶尔会听他讲到张先生的行止故事，便格外留神。"技进乎道"，伏案入帖数十春秋，舜德老人书俱老，方形成自己古雅凝重大朴无华之风格，冬九夏伏中的点滴追记，汪爹谈起仍感钦佩，我之听来更是如痴如醉。遗憾良师之未识，好在汪爹与舜德老契阔久矣，遂托其转诚，便有了数日后的张宅之行。

其时汪爹因事在盱眙，我按照他电话中的指点一路摸索至张宅。一路之上熟悉得很，因为这也是我回家的路，我和舜德老竟然是邻居，不由一阵惊喜。进门之后，不大的客厅里一桌老人正在玩着麻将，嘻嘻哈哈不断。"张爹，有人找！"随即从南侧房里走出一位老人，个头不高，笑容明净而淳朴，迎过来，眼睛里满是温暖与慈祥。我正要作自我介绍，"原来是你啊！"我们不约而同地笑了起来。

原来我和舜德老已经有过一面之缘。一条玉带河将南园划成南北两区，我家在河南，舜德老住河北。南园是个老居民区，绿化不错，旖旎的玉带河岸树木葱郁，水杉耸翠，香樟荫浓，石榴闹趣，桂榍飘香，尤其甬道两侧接临着不少枇杷树，春天里绿意盎然果结硕硕，鸟雀儿欢语于枝头叶间，儿童们蹦跳于树底果下,日落渐暮之时,散步的人一多,特别显得热闹。在一棵枇杷树下,棋局正酣,观者围了一圈,与我接踵而立的是一个老人,普通一如邻家叔翁,看着惨烈的棋局,他与我或微笑或点头,看到妙处,相视一笑。万没想到的这老人竟是舜德老,观棋一刻竟是我们的初会,怎一个巧字了得?

"原来俱是旧相识",一阵欣喜的寒暄过后,舜德老把我让进房间。房间不大,四壁张满书画,北依墙的床上一侧堆满宣纸,南靠窗小桌上堆满书帖,靠东是一张长案,笔墨纸砚一应俱全,通往阳台的门上,夹着的刚书不久的大字随风而动,墨香扑鼻,直沁心脾。那天天气阴沉,小屋里光线不是很足,依旧能感到丝丝春寒,但老先生给了我一片温暖。他和我聊了小半个上午,闲谈小城里的文事熟人,如同叔侄家人般拉家常。随后应我所请,老人展纸提笔欣然题字,他凝神先后书写了几幅,亦篆亦隶,或条幅,或横幅。外间牌声笑语不断,老人安静书写,我垂立一旁观之如醉。临告别前,他让我稍坐,又找了两幅书法作品送我,"今天写得急,也不知合不合你意?这两幅是我前几天写的,还不错,一并送给你吧!"忽得贵赐,让我惊喜万分,也为老人的慷慨与细心感动不已。至于我所求的一方闲章,他则约我月余后来取。

回家后的第一件事,便是把舜德老的几幅大作摊铺在沙发上,坐在一旁反复端详,观书犹观美人,闻墨似闻花香,好一番沉醉其间。第二天一早就迫不及待地去画院装裱,几天之后便挂进小书房,珍若拱璧。过了十几天,舜德老约我去取章。心存感恩的我特地赶到超市买了一些茶果烟酒,并包了一封润笔带过去。到了张宅,依旧是一圈麻将,舜德老也乐在其间。见我来了,他丢下牌,笑着把我迎进里间,一看我手上带着东西,脸就拉了下来。在我不迭的解释中,他还是坚决把润笔退给了我。"以后来就不要带东西了,汪爹称你是小友,我也是你的老友嘛!我写字写了几十年,还是不谙书理,你们年轻人接受新东西快,有时还要向你请益呢!"老人谦谦之语真让人动容,作为小城书坛之前辈,如此躬身而言后学,真正不多见。正待多聊一会儿,外面三缺一已经喊起来了,"都是家里人,浮生半日闲,也是一趣"。我连忙笑着退出来，回首屋中，笑仍频频，翰墨香里一家人牌趣浓浓，温馨依旧。

随后的日子里，在南园绿荫的人群中，我偶尔还能窥见老人的身影，也有过几次登门造访，或与汪爹同往，或独自谒见，有时求字，有时闲谈，每次都能感受到老人的宁静、平和与恬淡。见字如见人，每日里耘书耕籍于书房，抬头就见舜德老的题字，墨迹仿未干尽，会识情形犹在眼前，每每忆起，仍然充盈着那缕感动和惊喜。

以年年春风，对匆匆过客。又是一季春天，南园里的枇杷树一如旧年奕奕生姿。只是斯人不再，舜德老故去了。肖仁老告诉我这个消息时，我正在落日余晖中于南园漫步。天拉黑幕，闲情尽化悲情——庭有枇杷树，亭亭如盖矣！摘下几颗渐黄的枇杷，步履沉重地走到老人家楼下，托而向天，置于地上，深深地鞠了一躬，忝为后生对老人最哀婉的祭奠……

麻花尚飨

初冬时令，朦胧月色笼罩着悠长的东街，路灯光从沿街长满瓦松的檐头流泻而下，及至洒到乌洞洞的路面，硬是划出苍白的一线甬道。自行车顺着甬道一路向前，到了东坝口朝北面的巷中一拐便进了涵东街，草河头上同样苍白的路灯下，一位个头不大的老人在风中站着，远远地看见我过来便招起了手，连声唤起我的名字。这是我与学翁的初会，十几年前的事情，思来如在眼前。

那时我十九岁，还是在师范念书的学生。出于对诗词的钟爱，对《古诗咏泰州》的主编朱学纯早已心向往之，身为红粟诗社掌社，博通文史财经，擅长翰墨篆刻，学翁之名如雷贯耳。从老师那找到老先生的电话，唐突地打过去约好时间地点，跨上自行车从城东五里桥直向东街，我就这样奔学翁来了！

草河两岸是飞甍鳞次的明清遗构，只在南首涵头东孤耸着一栋建于20世纪80年代的楼房，学翁的红粟山庄就在最东的一楼底层。这是套小三室一厅，朝南两个房间是老人夫妇卧室，朝北辟为小书斋，中间的客厅兼作书房。沿南墙的书橱满满当当的书直堆至室顶，东墙的窗子半掩着，窗下书桌角上一盆兰花在夜风拂动下婆娑翩跹。我与学翁在八仙桌两侧对坐下来，桌上凌乱地放着几本未合的书，晚饭的餐具还未撤去，碗中半只麻花在晕黄的荧光灯下格外醒目。灯下学翁笑盈盈，我赶紧呈上日里写的拜帖。帖子是学着电视剧里样折宣而成，上面用工楷写着四行小诗：

久闻红粟老诗公，倡和风骚恣意雄。
今夜星光朝北斗，一庭月华访学翁。

学翁把桌上的东西拢了拢，双手接过去展摊在桌上，低下头一行一行缓慢读来，顿挫的腔调别有一种韵味。老人拿出夹在书中的一根铅笔或横或竖地标注，指着"学翁"二字抬头一笑，"换成朱翁吧！"格律诗还是按平水韵来作，"学"归仄声，还是"朱"字来得好……

初识即拜"一字师"，何其有幸！那会儿的红粟诗社就设在乔园松吹阁下的平房中，以后的日子里我便常往园中与学翁亲近。穿过"入胜"院门，经过一片幽长的竹径到达其间，白发骚客胜景中，何其相得益彰。每见我来，学翁总会领着我到那些诗友面前荐引，我就这样逐一认识了刘汉符、丁家骥、张雪鸿、汪秉性、桂平、戈扬、王庆农这些素有耳闻的老宿。学翁亦常带着我在园中漫步，踯躅草堂亭栏，徘徊花间柏荫，一路的风月经典闲谈之余，或是辨明平仄，或是推敲对仗，比兴于其间的些小掌故析微讲来，谈诗作对乐此不疲。乔园闻道一直延续到我工作后，及至恋爱时我仍带着女友一道前来，占尽风情向小园，久久不愿离去。

我结婚的时候，罕赴应酬的学翁很早便来了。贺礼是一卷书轴，洒金万年红上亲书亲撰着一首七律，嵌着新人的名字，忆叙忘年交的情谊。洞房花烛夜，我将厅壁那幅荷荫双鸳图撤下，换上学翁赠字，俗红的屋内斯文立现，愈加满室生春。第二年春天小儿降生，忙过了洗三，我赶紧给学翁送红蛋。春寒料峭的上午，柔和的阳光透过窗棂缓缓泻洒下来，忽明忽暗地笼住学翁全身，披着一件棉袄的他正伏案改着诗稿。见我来了，学翁拢拢棉衣套上袖子，连忙招呼师娘倒茶。八仙桌上多了些罐罐瓶瓶的药，小谈几句，从他略带沙哑的声音中，我听出学翁正在病中。看到我奉上的红蛋，学翁舒眉一笑，双手抱拳连说恭喜，关切地问起生辰名字，我连连还礼一一作答。学翁不时掩口咳嗽，尽管他努力地抿着嘴压低声音，我不忍再长作叨扰，端详着老人清癯的脸上掩饰不去的病容，怀里揣着满月酒的请柬告辞而归。

孩子满月次日清晨，我刚到办公室就见学翁已坐那儿了。沏上一杯安溪茶赶紧奉上，学翁却没接过去，责备之语随之而来。端着茶杯我连忙解释未邀情由，学翁笑笑接过茶放下，递过来"麟祥百岁"的红封，"给孩子的百岁钱，早备好了，你不请酒，我只能送来了！"我连忙璧谢，学翁脸一沉，没办法我只好接下来，老人这才端茶尝了一口，继而又与我谈起诗社的事来。乔园被辟为景点，诗社迁至了南城外，去一次路上要转两次公交，学翁由前往次数的减少感叹起身体的大不如前。其时我在政协办公室工作，手上兼着文史资料的征编任务，便建议学翁既然居家就多写些家乡掌故，老人愉快地答应了。

入秋以后，学翁电告《红粟庄人吟草》刊印了，那股高兴劲儿电话这头都明显感觉到。那会儿我双腿关节冷痛，正在五巷许医师家针灸，挂掉电话便连忙请医生拔针，随即一瘸一拐地朝学翁家走去。刚出头巷口，就看到学翁远远而来，停在清化桥口的小吃店前买东西。我忍着痛移步过去，原来老人在买麻花。学翁看到我意外而欣喜，提拎起麻花袋子一扬，"麻花，馋嘴一好！"那一刻的笑容天真至纯。看到我步履的艰难，学翁竟然伸手一挽，硬是一路扶着我搀到他家。进门的一瞬间，老人长吁了一口气，看着他额头鬓间汗渗如豆，我感动得差点唏嘘起来。依旧在八仙桌两侧对坐下来，两碗白开水倒下，学翁递过一个麻花，小食就水，我们就这样畅叙起来，讲刚刊印的诗集，问我的小恙，也笑谈着麻花的好吃！一根吃罢，再来一根，多乎哉，不多也，及至师娘来说晚饭，我们不约而同地拍拍肚子，对视一笑，早已经都饱了。

洞悉了学翁的这个喜好，我之后的每访，必定折道清化桥口买些麻花带上，只是随着麟儿渐长常须居家，我去的次数渐渐少了。今春诗社雅集却未见学翁前来，我这才听闻他去冬跌了一跤，从医院回来一直卧养于床。我随即赶向学翁府上，清化桥一带拆迁，卖麻花的小食店早无踪影，只能空手探病了。师娘开的门，学翁听见我的声音即在里屋唤起我的名字。循声进房，只见老人斜倚在床上，精神委顿，瘦怯怯的身子羸弱地撑在床上，实在没想到短短几个月，学翁被疾病折磨得如此憔悴。老人一手握拳靠在唇边掩饰刚刚招呼时的咳嗽失礼，一手指指床边的凳子示意我坐下，我一把握住他近乎枯槁的手，强忍着眼泪竟忘了该说些什么。学翁深邃的眼睛露出一丝笑意，张开微微干裂的嘴唇,"你来了!今天没带麻花嘛?!"老人试图云淡风轻地说个玩笑,可病中的他早已声不由己,听着更觉伤然。我略带哽咽地告诉学翁麻花店随着清化桥拆迁了,只见他长长叹了一口气,缓缓闭上眼睛,晶莹的泪珠流溢而出。"虹桥口有家店也不错,过两天带点儿过来,我继续陪您一块吃!"我赶紧补上,学翁睁开泪眼,双眸中深情波动又露出一丝微笑,"下次再说吧!"窗外几声春鸟鸣唱,学翁的目光随之转向阳台,停在他心爱的几盆君子兰上,一段时间未曾打理,花都有些萎蔫,一样无奈惆怅地耷拉着。静静地陪坐宽慰了一会,师娘进来送药,看着学翁亦有些倦意,我便告辞出来。停步客厅,环视这熟悉的红粟山庄,一种淡淡的不可名状的悲哀萦绕心头。

时光匆匆转瞬而过,偶有学翁渐好的消息传来,我心里暗暗高兴,常提醒自己要去看看学翁。过了立冬,我由邗城出差归泰,正想着去探望老人,电脑上传来一封邮件,标题悚然写着"敬挽红粟庄人朱学纯诗翁联",刹那吓蒙的我呆住了,脑子里一片空白。半晌回过神来赶紧电话给撰联人,证实了学翁丧闻,今晨成殓已然出殡!没有见到老人最后一面,连吊唁都没赶上,我只觉心里一阵刺痛,哀恸如决堤之潮源源不断涌来⋯⋯

冬日的阳光阴郁冷峻,午后时分来在红粟山庄登门悼念。客厅里正是之前停灵所在,书案被撤去,八仙桌上已然整整齐齐,北边的小书斋里供着遗像,学翁的笑容仍如初会时的那般慈祥。在灵案上轻轻放下如约带来的麻花,我双腿跪了下来,再也忍不住的泪水夺眶而出,晚生来晚,未能白衣执绋相送,且容叩辞——

呜呼哀,尚飨!

落凤歌

佘爹去世后,泰州票界就再也没有泰山北斗式的人物了。

江山代有才人出,然可领风骚的总屈指可数,百家争鸣是惯历,百花齐放是常态,在我生活的小城也是如此,沙翁文采纵横自登高作赋,另有一清老师太极云手绵里藏针,炳煜先生长于史学,也有俞扬老师秋色平分,之于书画艺苑更是群峰各耸,郁郁斐斐,众香发越,如佘爹在票界这样的,委实没有几人。

前无古人,后无来者,以之形容也不为过,我曾戏称他是泰州的"票界大王"。

票界,本就是个很有说道的所在。中国人的人文生活,给戏曲留下了很大的空间,类似于梨园行的人谦称己艺为"玩意",那些非梨园中人却又热衷此道的便俗称"玩票"了。一般人是玩不起的,在玩票的鼎盛时期,夏山楼主韩慎先、卧云居士赵静尘、星翠馆主蒋君稼、冻云楼主张伯驹……这些如雷贯耳的人物岂是身份尊贵所能尽言,及至红豆馆主溥侗,上戏台有谭鑫培、梅雨田等角儿辅佐,上讲台则清华北大高谈阔论,余叔岩从之学念白,言菊朋从之习身段,"票界大王"的美誉不是浪得虚名。

佘爹同样是名至实归。

因为出过梅兰芳,泰州文化的底色多了一抹绚烂,京剧原本在此地并不流行,因为人的缘故,不仅风生水起,且更落地生根,属于自圆其说,从戏曲的角度诠释了"人定胜天"的可能。

佘爹就是那人的缘故之一。没有他也就没有今天泰州票界的殷繁,他是一个热心人,与之相识二十年里,于我而言可谓大有裨益。

我也是票友,票友的交谊自是从票房滥觞。我的第一个票房就是佘爹的地盘。

雪，在2002年的春天下得特别认真，粉妆玉砌，装扮得小城愈显素净。一年光景一番新，我向陆镇馀先生拜年，原本去他家，临行接到电话，让我直接去华夏琴行，下午他都在那儿。

琴行位置我是知道的，西坝口西边点儿，之前吹的几根箫都是那儿买的，店主是个老者，颇和善，可能看我像个学生，虽不认识每每都主动打折。

长街雪霁，午后的天气甚冷，一路步行到琴行，门口扫得干干净净，铺上了草垫子，看着就安心。推门而进，远远看见一圈人围坐在楼梯口，陆爹坐在上首的椅子上，旁边该是京剧的场面，各执京胡板鼓锣钹，只是都安静地坐着，听着中间一人在侃侃而谈。

老者就是我的那位旧识。个头不高，穿着一身大红色的唐装，顾自眉飞色舞，兴奋难以抑制。

我悄悄移步近前，在陆爹身边坐下。陆爹侧身见我微微一笑，指着老者低言，"佘爹，正说录制春晚的事呢！"

原来，这就是佘爹！佘楚凤，泰州票界的头牌，我一下子将人名对上号。玩票时间虽不长，但我早听过这名字，有点"为人不识佘楚凤，便称票友也枉然"的意味。

畅叙还在继续。原来佘爹刚参加了央视春节戏曲晚会的录制，难怪如此高兴，作为票友能有如此际遇，夫复何求？那会儿泰州还没通火车，佘爹一行是坐汽车去的，要十多个小时，第一天启程，第二天清晨才到，八点又要赶至央视的演播厅，一路风尘仆仆。马年唱马，及至说及与京剧名家关怀、相声演员郝爱民等人的合作节目，抖抖身上唐装，顺势迈出几台步，那份自得更是溢于言表。这件衣服本就是为上央视而定做的，今天特地又穿上，既是见证也是自炫。

丝毫无突兀之感，央视戏曲春晚邀佘爹参与录制，自与他是梅乡人有关，与有荣焉，属于众人的荣幸。

一阵掌声之后，陆爹把我引荐给了主人。才欲握手，那边场面已动起来了，佘爹笑着朝我挥挥手，示意我坐下，导板后回龙，一曲《借东风》，于我而言也是熟曲。

一阵风留下了千古绝唱，佘爹马连良的味儿特别足，毕竟是名票，让人称羡不已，我虽会唱，较之则嫩得太多了，其时的我说来惭愧，还没有跟过琴，之前伴奏都是跟着"录老师"，还不能说真正意义上的票友。

又一阵掌声后，唱完戏的佘爹走过来挽起我的手，拉胡琴的李老师，弹月琴的孔老师……一位一位介绍了，大家不约而同地齐声鼓动我也唱一个。

真的没有准备！唱，没有跟过琴，没一点儿把握，不唱，下不了台，众人还在一个劲地撺掇，我求助的眼神望向陆爹，他笑眯眯地不置可否，而佘爹直接一把将我推进场子中间，示意场面准备。

后来我才知道这是陆爹与佘爹事先商量好的，票界之中垂暮者众，年轻人少，彼时我才二十出头，却对京剧很贪恋，他们有难得之感。

也是长者的扶掖与提携吧，玩了这么些年票，跟着琴好好唱一段属于早有的期盼，壮壮胆那就来吧——

唱一段《赵氏孤儿》！

也是马派唱段，佘爹既开了头，我也该循途守辙……

人生有时就是这样，初时心乔意怯，只教上了道便一发不可收拾。第一次跟琴出乎意料地贴切，也就算一张投名状，我算在泰州票界有了自己的座次。这之后的周末午后，我基本都在佘爹的琴行里度过。入夏以后，琴行里生意渐忙，活动有时不太正常，佘爹便将我介绍到了邻近的大浦票房中活动。票房在大浦小学的一间教室里，座中多是离退休教师，到那之后才知道这里是梅乡票友会的教育分会。很快我与几位琴师之间的配合便十分默契，与身边的票友也都慢慢熟稔，我也得以经常在梅亭、东进、城北等票房游唱。各个票房活动时间正好错开，那会儿我常常日复一日在外赶票房，那叫一个唱得痛快！及至我走下讲台来到关帝庙巷里的小白楼工作，逢着清闲无事一瞅着空，我会三步并作两步跑到大林桥口的工人文化宫，那儿也有票房，佘爹偶也在，见我气喘吁吁地来了，总会让我歇口气先过把瘾，常常是唱完一段后，我复以同样的速度跑回办公室，在旁人诧异的眼光里坐在椅子上呼呼喘着大气，内里却是一阵心满意足。

临近春节时，梅乡京剧票友联谊会换届，得力于佘爹等人的推荐，我被安排为副秘书长，后被吸收为梅兰芳研究会的理事。越明年，联谊会与省票工委联合发行的《京剧票界》报邀我做副主编，这是全国票界唯一的一份报纸，能够认识南北票友，我当即答应，自觉斯事义不容辞。

这义也学自佘爹。民间性决定了《京剧票界》的底色，1997年创办以来，这份小报一直没有固定经费支持，所有编辑都是义务劳动，掏钱相助的情况屡见不鲜，实在没有办法了，大家总会找佘爹。佘爹颇有点及时雨宋公明的做派，在家人的支持下，一番又一番倾囊资助，仗义疏财之举让人叹服。相比而言，我则有愧得多，虽一直兼着副主编，做的事情却很少，至今未脱挂名的嫌疑。

梅乡京剧票友联谊会与梅兰芳研究会同样凝聚了佘爹的心血。治业泰州文史研究后，我也旁及了泰州的票戏往故，是间有佳趣，不可无此君，便是得出的结论之一，佘爹不仅身处要冲，更可比作一条分水岭。

佘爹1918年出生于湖南龙山，他是土家族，1941年毕业于湘省第八师范学校，后曾参军，1949年前后带着一家老小沿江东下，来到泰州生活，在私立泰州中学做了老师，也就是后来的泰州二中。据说他教音乐，课堂上只会和学生们唱戏，我的父亲便是那儿毕业的，很多年后与之谈起这段往事，他依稀记得是有位佘老师，以及他课堂上的皮黄锣鼓点。

当然，佘爹之前泰州票戏不乏有人。早在民国初年，汪野、马伦甫、任全禄、孙绍侯、支振声等邑人建了阳春雅吟社，聚于中山公园的花厅里玩票。这些人的身份多不寻常，如同"泰州的红豆馆主"般，支振声是"支管卢王"四大乡绅族里的子弟，汪野府上更与"黄门"交厚，而今泰州的名耆汪秉性是他的侄子。而后小城又有过红心、大公、友好、友声等票房，出过卢文勤、马光和、储晓梅等名票，卢文勤一度下海，为梅兰芳操琴，足见技艺不凡。抗战胜利后，票友们相约胜利大会堂演出以示庆祝，天福布店的掌柜吴惠春扮上司马懿，《空城计》那叫一个唱得好，内子的外祖父黄秉乾其时年方弱冠，

"玉堂春含悲泪忙往前进",彩唱苏三,也是一个曲好人俊,至今仍为人津津乐道。

佘爹的到来,一是添绿加彩,二是复又搅动了这一池春水。

应该说,佘爹之前邑人的玩票多属自娱自乐,佘爹不满足于此,尤其是在他退休后,在整合票界组织与推动活动开展等方面,推波而助澜,起到了关键性的作用。

1993年春,佘爹找到刚从副市长岗位退下来的老友阎必发,准备发起成立一个戏迷组织。阎先生对此也很热心,加之本有的老骥伏枥之念,经过一番筹备,数月之后,泰州梅兰芳故乡老年京剧票友戏迷联谊会便正式成立。佘爹通过关系,请来梅先生在江苏的弟子沈小梅到场祝贺并清唱助兴,小城票友们共襄盛举,他们也很激动,自觉此后不再是散兵游勇了。在联谊会的组织下,大家集中排练演出,不过两月时间,陆续排出了《铡美案》《宇宙锋》《逍遥津》《霸王别姬》等十多个折子。为了给演出置办行头,佘爹等人寻到门路,将停演多年的盐城市京剧团服装、道具一并购回泰州,赞助的费用不够,自然又是他来凑。

汇报演出就在税东街的政协会场,市领导也来捧场,观众们更是赞不绝口。几次像模像样的演出后,联谊会知名度越来越大,要求加入联谊会的人也越来越多,隶属联谊会的城中、城北、城西、下坝等分会陆续成立,联谊会帮助落实场地,配备琴师,票友活动在小城也就如此推广开来,溯端竟委,佘老功不可没。

投我以桃,报之以李,1998年佘爹八十大寿,儿孙们为他精心筹办了一场个人京剧演出会,这在小城自然也是首次。票界的众多好友一道捧场,少年宫影剧院座无虚席,佘爹上演了《三娘教子》以及全本的《打渔杀家》。那会儿的我在外读书,没能亲见盛况,联谊会的会存档案刊登在当天的《中国文化报》上,"80岁老人连续主演唱做并重的两台大戏,在全国票界堪称奇迹",二版头条的报道,读来令人击节叹赏。

年届耄耋,佘爹依旧壮心不已。2000年,泰州举办全国首届高校京剧票友演唱会，一连几天，佘爹台前幕后忙个不停，更是乘车亲去上海请童祥苓、张南云夫妇来泰助兴。也正基于演唱会的成功举办，全国高校京剧协会顺势成立，在泰州举办数届之后，移师全国数地，及至今日已过十四届，会员广及京津沪宁数百所高校。盛会可期，谁又会想到，这活动的根萌，却是佘爹与陆爹几人在琴行里的曲后游谈。

至于送戏万里行就更称遐迩著闻了。

2002年的春天，佘爹与友策划组织了为期一个月的"全国京剧票友送戏万里行"，演出团经安徽、江西、湖北、重庆、四川等十三省，演出二十多场次，行程多乘汽车，有时从一地到另一地需十数小时，山路崎岖，颠得年轻人都吐了，可佘爹却挺了过来，随演出团坚持到了最后。

这个喧嚣时代，我们需要一种信念来支撑。

就如佘爹，支撑他的不只是一种信念。2008年5月12日，一场大地震短短数秒内撕裂汶川大地，举国浸入哀痛之中。佘爹其时正应美国友人邀请，参加全国京剧票友美国行活动，他是领队兼活动总顾问。纽约曼哈顿的绿杨村，佘爹会同旅居此间的京剧名家薛亚萍、马少良等，举办了一场赈灾募捐晚会，百余名居住在美国各地的京剧票友闻讯赶来，其间佘爹再度演唱了他拿手的《赵氏孤儿》，当晚募得善款1.5万美元，新华网第一时间做了报道，提到佘爹的名字，尤其点出了老先生已九十高龄。

我不知道自己九十岁能干什么？但像佘爹这样，漂洋过海，娱游往来，估计有点悬。2009年全国评选健康老人，佘爹名列在内，人皆生羡。

佘爹的衣锦还乡同样让人可望不可即。乡音未改鬓毛衰，离开故土数十年，佘爹归里省亲也是耄耋之年才成行。据云离家还有十几里，乡亲们就已迎过来，类似于滑竿的轿子早已备好，抬着他往寨子里奔。九转十八弯的山路绕过，甫进寨子，祠堂早已收拾得张灯结彩，他的辈分该是很高，一寨子男女老幼来给他这老祖宗磕头致礼，佘爹也很高兴，百余个不菲的红包散了个精光……

佘爹出行多带着琴师，名票应有的做派，这些也是我从琴师那儿听来的传奇。

梅先生的弟子陈正薇点赞佘爹是"全国寿星票友活动家第一人",中国传统文化促进会在人民大会堂召开票友表彰会,也给佘爹颁发了功勋奖,这些就不光是传奇,而是货真价实的褒誉了。

春风化雨,我也情随事迁,经闻了几多票界阅历,从青年一路到中年。

首先是认识了不少角儿。记得 2004 年初夏,为纪念梅先生诞辰 110 周年,CCTV 空中剧院江苏行要在泰州举办一场"梅韵流芳"演唱会,梅葆玖、李世济、杨春霞、叶少兰、刘长瑜、赵葆秀还有李维康、耿其昌伉俪都会来,皆为一时梨园挂头牌的主,我自是很想去看,可一票难寻。也就是佘爹,第一时间给我来了电话,让我在演出当天下午去琴行接他。起初并未言明何事,及至接到他来到演员下榻的酒店,我激动得直欲手舞足蹈。晚上有演出,小餐厅里备了自助的早晚饭,演员们错落坐着边吃边聊。见我们过来,门首一侧的白燕升便站起来,搀接过佘爹,连连问好,他们是老熟人了。与白燕升坐一块的是执程派牛耳的京剧名家李世济,站在一旁,安静地听佘爹与之话旧叙谈。李老师说话软软的,带一丝上海口音,听她讲自己如何创新唱腔,回忆与梅先生的交往,言谈举止并不太像演员,透着温文尔雅的学者风范。与李老师的近距离接触只此一次,感恩际遇,也谢谢佘爹。

当晚的演出我自是如愿看到了,而且坐到了最好的嘉宾位置。

佘爹还救过我的急。我到机关工作后不久便至政协,第一个任务就是接待上海的参访团,带团的人中就有李蔷华,京昆大师俞振飞的遗孀,也是程派名角。主席以我懂唱戏委以全任,可该如何待之我真是一筹莫展。请教到佘爹那儿,他一笑置之,让我放一百二十个心,随即说了个活动大概,让我在梅兰芳纪念馆组织一个堂会就行。请哪些人,怎么弄,唱什么,有什么注意事项,一二三四五地交代下来,我照章办事,倒也驾轻就熟。精心的准备之下,堂会很成功,佘爹肯定是要来了,唱了好几段为我撑场子,还与李蔷华合作了一段《武家坡》,宾主尽欢。

天南海北地走出去之余,佘爹也热衷于"走下去",只要有戏可唱。作为联谊会的分会之一,教育分会的票友常将京剧进校园引以为己任,海军中学、二附中、大浦小学……我们都去唱过,佘爹对此表示积极支持,一方面亲自参加,要是活动经费不够,也是第一时间捐献。偶尔去养老院慰问,记得一次到朱庄,清秋欲半日犹长,室外已微微有些凉意,佘爹在台上卖力地唱着《上天台》,台下的老人们则一个劲地为他鼓掌,也难怪,他们的年龄都不及佘爹,莫道人已老,更有老年人,还有什么比之更让人感怀的呢?

我们还一起在CCTV11的《过把瘾》栏目亮过相。佘爹的戏曲春晚之行一直是他的炫耀之处,我向慕却又苦无这样的机缘。2007年过了国庆节不久,为了庆祝党的十七大胜利召开,佘爹与陆爹等人筹划组织了六场连台大戏,冠名曰"梅绽千秋——梅乡票友演唱会",为了展现小城票界老中青三代形象,我也应承了一段《甘露寺》。入了冬月,欣闻"梅绽千秋"得到了央视关注,欲从六台节目中精选部分到央视播出,更让人惊喜的是我亦入选。录制的现场安排在电视台的演播大厅,佘爹也在,他拍拍我的肩,对我又耳提面命了一番,我深切感受到了他的良苦用心。

"日月轮流催晓箭,青山绿水常在面前",《鱼肠剑》里的唱词。及长以来,感叹光阴一去不回还,案牍事务于我而言也渐增,写作任务更重,尽管仍执着玩票,但往票房的时间愈来愈少,见到佘爹的机会也就不是很多了。

小城毕竟很小,关于他的消息倒是不断。偶听人言,以前会戏五六十出的佘爹而今只盯着一两段唱了,又听人言,佘爹唱戏颠三倒四,词都记不清了,更听人言,佘爹有些滞呆了……听着听着,心里凉飕飕的,一个人的深夜,冷雨青灯读书舍,拿起一根长箫,我常常想起佘爹的笑容,耳边如闻他在唱戏,老薛保还是老程婴,袅袅不散。

想着去看看他,却一次也没成行,内心有种恐惧制止着自己。有缘人总会有不期而遇,冥冥之间早已注定。

我与佘爹的最后一面是在滨河广场。其时我已在宣传部门工作,当天负责广场上一次演出的舞台监督。临表演前,我在台下的观众中看到佘爹,倚坐在轮椅里,由保姆推着,便赶紧跑过去问安。老人家笑着朝我挥挥手,旋即将目光移到了台上，他已经认不出我是谁了！泪水在眼中打转，悲从心生不能自已，拉过一张凳子，我在轮椅旁坐下来，挽起佘爹的手轻轻握着，他的手微微在颤动，有节拍，应该是在数着板眼。

佘爹什么时候去世的，没有几人晓得，包括我，都未能灵前一祭，家人很低调地办了丧事，泰州的"票界大王"就这样悄悄地走了，后来听闻是2018年的春天，梨花寥落时节。

关于这个时间点，我还是听吴小平先生说的。刘鹏春老师回泰，我们在运盐河畔酒会，小平先生也在座。我与他初会，知道其系佘爹的四公子，以音乐名动艺林。

也是在这次席上，我才知道佘爹的名字应该写作佘楚风，楚地之风，心旌摇拽。可这没影响我的认确，在我心中，那个泰山北斗式的人物就叫佘楚风。

往者不可谏，

来者犹可追，

凤兮凤兮，

已而已而……

一篇落凤歌，是我献给佘爹的奠礼。

铁生先生

我是在铁生先生去世一个月后，才开始写这篇文章的。

容易伤感是我的很大缺点，曾几何时，垂泪于顾曲庐的废墟，跪伏在学翁的灵前，似水流年中弃我去者的频仍，人与事的追念，每每让我不能自已。

此情惘然，况于一个寒冷的冬天？

过去的许多年里，这个冬天大约是最冷的。西北风呼呼地刮了月余，雪一场接着一场地下了几番，老宅檐下挂着的冻冻钉儿最长的要有一尺多……这样的天气里，传来铁生先生去世的消息，没有一丝征兆，我的心瞬间冰冷得隐隐作痛。

在小城，铁生先生委实是个值得纪念的人物，尤其是文艺圈，尽管当下文艺圈的很多人可能都已淡忘了他。清清一带凤城水，圈住了小城多少斯文过往，在还是县级泰州市的时候，铁生先生先后担任过文化馆馆长、文化局局长、文联主席以及宣传部分管文化的副部长，组建过书画院，主编过《花丛》，从某种意义上来说，称之为泰州当代文化文艺事业的奠基者和开拓者之一，也是丝毫不为过的。

余生晚也，铁生先生年岁长我近半个世纪，及我们相识时，他已年逾古稀。2009年适逢人民政协成立60周年，其时仍在海陵政协办公室工作的我奉命筹办一场纪念书画展，领导点名别忘了沈铁生！随一位老同志前往约稿，在南阮巷西首斗鸡场的一幢老楼房里，我第一次得识铁生先生，穿着一件半旧白衬衫的他精神矍铄，一对长眉看上去那么慈祥，令人意外的是在我自报家门后，铁生先生竟说出了我在报纸上发过的几篇小文章，一见如故，相谈渐欢，自是欣喜万分。先生找出一张《东进》的水彩画给我，言明系其代表作，衔命而来的我当属不虚此行。

提到铁生先生的画，很有说道，晚年的他是以一个水彩画家的身份为人所知的。泰州虽是小城，但自古以来不乏画家，写出《绘事微言》的唐志契就是此间翘楚，及至现当代亦不乏名家，一度呈现出中国画、油画以及水彩画等多画种共同发展的艺术格局。肖仁老师曾说与我听，他们年轻时候的所谓"新派画画儿的人"，差不多都是从摆弄水彩画挤进绘画行列的，铁生先生就是其中之一。对于铁生先生的画，他专门写过《给水彩画注入诗的意象》予以评论：

……首创地在水彩的形式中，植入了"诗情画意"的审美感受，又在诗歌的情韵里，引过来相应的形象直观，正是因为有了如此"二元并举"的创意，使铁生先生的水彩新品，不仅有着浓浓的时代生活气息，更隐含着淡淡的传统文化精神。

推崇与赞许之意，溢于言表，两位先生差不多同龄，彼此间不需要刻意地奉迎，表达的都是真情实感。我不很懂画，但对于铁生先生的精神，确是与肖仁老师有同感的，那些年"三人行"的往事，可算是海陵文坛的一段美谈。

三人者，都是泰州城里的水彩画家，铁生先生外，还有李雪柏、沈翔两位，全系耄耋上下的老人，相看俱作白头翁，年龄的总和足足有两百四十多岁。

"三人行"的方式就是相约一起，坐上公交车，去往泰州城周边的农村写生。带一盒颜料、两三支笔，各自背着画板沿着高低不平的田埂地头，走过村落，走过河滩，走过林野，天光云影下的老屋草垛，秋水春波里的桥渡舟楫……看到什么喜欢的就画什么，一边画一边相互评析，一画就是一天，吃的是家中带来的干粮，喝的是瓶装的纯净水！年纪再大，也有老夫聊发少年狂之时，这有若发烧友似的痴迷举动，是很多年轻画家做也做不来的，甚至想都没有想过，然而他们做到了，从菜花开始在田野里铺染开来，到秋风起稻花香，再到来年春风荡漾，一画就是几年，如此非"精神"二字何以概括之？

过去的冬天着实太冷，以至于骤临东风，连花儿草儿都有些太过兴奋，菜花比往年开得要早了很多，黄花万蕊，风景依稀似去年，可惜"三人行"却不可能重来了，铁生先生不在了。

死生一瞬息，逝者安可追？刘青田的诗。

他走得很安静，这符合其一贯风格，铁生先生一生最大的特点或许就是安静了。两年前，我中学的美术老师赵龙骧先生仙逝，同是知名画家的他，一生锋芒毕露，有种恃才傲物的气度，被他数落过的人不计其数，所谓唯大英雄能本色，铁生先生则属于真名士自风流的范畴，温文尔雅了一辈子。

我从政协到宣传部工作后，与铁生先生之间的交往频繁了许多，他是在宣传部退休的，我们也算是一家人。平时他很少来部里，只是到了每季度交党费的日子，必定亲自过来，到办公室交完钱后，一般会到我这儿，问一问最近的工作情况，谈一点熟悉的人与事，每每也都是小坐片刻，不会超过五分钟，连茶都不让沏，用他的话说不能影响了我的工作。他总是这样先考虑别人的感受，有一次交完党费正准备走，突然下起了滂沱大雨，办公室要安排一辆车送其回去，铁生先生硬是不肯，拿了我的一把伞不疾不徐地走入雨中，看着他的背影远去，我眼中泪起……

我负责海陵艺术展览馆的日常工作后，每年都要策划主办或协办十数场次的艺术展览，铁生先生自然成了我最好的顾问之一，每每遇到疑难问题，他多有中肯的意见给我，经验之谈，十分受用。展览开幕了，每每宾客云集人头攒动，这时肯定是见不到其身影，他一般是隔天上午来，参观的人不那么多了，他徐步其间一张一张地细细端详，基本不点评，点点头要么摇摇头，脸上经典的笑意不变。每一次我都陪着，静静地跟在他的身后，亦步亦趋，偶尔顺着他的话接上几句，助助老先生的谈兴。

与君子交，如入幽兰之室。有一种受教便是耳濡目染，从铁生先生身上，我就这样学到了很多很多。

这些年，我与小城的我的老师们有了一个约定俗成的习惯，重阳节的中午，摆一个"茱萸会"大家聚一下，美术界的前辈也有参加，比如"三人行"

里的雪柏老师。请过铁生先生，只是他不太愿意参加，他爱安静，老友们的聚会，托我转达几句问候，也是能推就推了。

　　说到底他还是不想麻烦别人。他对自己后事在生前也早有了交代，不要单位开追悼会，老朋友尽可能地少通知，不要打扰别人……走也走得安安静静的。寄思园僻在一角面积不大的灵堂里，我看着已去了另一个世界的铁生先生，脑海里浮现出的还是展馆里随其身后亦步亦趋的场景，他就这样走了，我突然害怕起来，萌生出一种担心，人们会不会就此忘了他，这么好的铁生先生，怎么能轻易忘却呢？

　　随后的几个月，我常常想起铁生先生，甚至在梦里也曾与之有过几番对话，说话依旧那样不急不缓……夜雨敲窗，尔时泰州城外黄萼裳裳绿叶稠，又是一个菜花烂漫的春天到来了。

东河往事

凤城河是个新名词,对于多数泰州人来说,关于城河,东城河这个名字更为熟悉一点,也有呼作天滋河,多是文化人,有点拽文的意味。泰州过去有南、中、北三座天滋庙,中天滋庙就是位于城河北岸坡子街东的上真殿,20世纪90年代这段城河沿岸造景,定名为天滋烟雨,浑欲跻身八景。

徐一清先生给孙女起名徐天滋,应也是想沾点濠隍余泽,预许一生平安。

我出生在城外,离着东城河不远,蒹葭苍苍,小时候每逢深秋,随母亲到河边斫伐芦竹回家作柴火,是关于这泊水面最初的记忆。

当年往事,与东城河的水一样悠悠。

同是泰州人,较之街上的还是有区别。闲话趣长,及至与谭校长对坐,这种感觉愈加真切,他是最名副其实的街上人,这街可是坡子街。

既名坡子,自有高度。

谭校长说的东城河,就不是我寒酸的记忆所能比拟。城河沿岸陂泽里多长茭白,烹而食之甚为鲜美;城河菱也与下河菱不同,四角饱满,入水下沉,生啖脆嫩,熟实粉香;至于银鱼,"天滋河水绿苔纡,碧筠筐里叠银鱼",则盎然诗意了……城河三鲜过去是谭宅家常菜,于我只能是臆想了。

初识之际,我二十出头,谭校长花甲开外。

我是为写作《泰州名胜》来向之求教的。弱冠之龄,毛遂自荐地担纲这本书的述撰,回头想想多么自不量力,但也如同给自己另辟了一条跑道,人生轨迹就此更易。可过去的泰州城究竟什么样子?于我而言近乎一穷二白,师范出身的我即便有点文字底子,重任之前也是相形见绌。

泰州风物,坡子街首屈一指,怎么写?无从下手。那会儿也刚刚认识一清先生,每每难题都是求他释疑解惑。这次他找了篇《回眸坡子街》让我学习,作者不是他,我第一次见到谭兆雄这个名字。

及时雨，文章写得很实，极为详尽地娓娓而谈。"坡子街东侧有东河路、天德巷、天禄街、湾子街与之相连，西侧与新民街、益民巷、新巷、严家巷、席行巷相连，再西有城河码头数处……"街巷地理一阅了然，还有更让人身临其境的记述：

> 街西侧从南往北依次有大炉烧饼店、茶水炉、蓉芳客栈、大丰煤油店、天泰鞋店、国泰百货店、德新元药铺、鼎盛南货店、五云斋茶食店、怀德堂书店、瑞林药店、洪三泰茶叶店、天成泰布店、陆家粉等……街东侧从南往北有回春馆饭店、文化印刷店、华泰纱厂办事处、凤宝成银匠店、洪生大茶叶店、恒盛和药材行、鑫泰恒钱庄、华诚皮货店、中法西药店、成裕漆店、紫罗兰理发店、水龙局、天福布店、肖万兴五金店、功德林茶馆、方广大茶叶店、大兴昌纸店、纶昌绸缎店、王万成酱园店、东万泰烟店……

如同素描，就此一一刻入了我的脑海，至今仍能倒背如流，若干叙述也一而再、再而三地引用。关于其准确性，我在初读后曾问过一清，先生其时正在饮酒，一口嗞下，慢悠悠说了一句，"这位放在当年，可是坡子街谭广裕的少爷！"

谭广裕，谭家药铺，泰州的同仁堂！

不亚于同仁堂，泰州坡子街上的这家谭广裕药铺也开业于康熙初年，初名谭育德，道光十九年（1839）改名谭广裕，广聚名贵药材，兼营批发零售，名噪一时，直至民国初年都稳居泰州药业头把交椅，赵瑜的《海陵竹枝词》有句"谭家药铺旧招牌，足冠通城一字街"。即言此店，同一条街上的德新元药铺，道光二十五（1845）年才开业，至于瑞林药店、中法西药店则更晚，与之都不可相提并论。其时为了写作《泰州名胜》，我将夏耐庵的《吴陵野记》通读了几遍，对于谭广裕的历史也算了然，想不到谭校长竟是这家后人，关于坡子街，他的记载当是信史。

久仰与幸会，都是意象特别好的词汇。对谭校长的久仰之心一瞬生成。

一清好事做到底，未经几天，替我圆了愿。府前路工人文化宫的一间教室里，我见到了谭校长，"少爷"已两鬓斑白，然举止谈吐不失大家风范，沁人的温文尔雅。对于一个小辈，他没有丝毫端着，答问破疑，知无不言，言无不尽，填补了我许多未知的空白。

容易繁华过了。出生于1937年的谭校长，童年可谓坎坷，抗战的全面爆发，国家进入危急存亡之秋，家门一样不幸，襁褓不过13个月，父亲谭杏荪不幸去世，享年只28岁，而家族赖以生存的谭广裕药铺，则于1935年因经营不善，在爷爷谭养泉手上破产倒闭，事去时移二百年，怎不令人嗟叹？

花开之时犹未来，谈何堪摘？没落的旧家子弟，孤依于嗣曾祖母与母亲长大，谭校长的幼年生活艰辛而单纯。城上无甚孩子们好玩的地方，家门口的坡子街算是最热闹的，他常常流连于此"数石头"，东跑西奔地望热闹，要么"卖呆"，一个人，一条街，似水流年中，就这样熟透了彼此。

不少细节尤其值得回味，比如拣春茶。旧时坡子街上有不少茶行，以徽州的洪姓、胡姓人为多，谭家药铺歇业后，临街的店铺赁给了一家茶叶店，叫洪生大。每年新茶上市，店里总会去四乡临时请些大姑娘、小媳妇来帮忙挑拣茶叶，一人怀里一个小匾子，身旁放一篓未拣的茶叶，另一边则放着拣好茶叶的布袋子，抓一把均匀一撒，"笃笃笃"的似小鸡啄米般，快速挑出茶梗去除杂物，而后还有验收过秤记账……旧话说当年，尘封记忆一夕打开，谭校长眸中也闪动晶莹。

眷眷怀顾，往事并不如烟。

这样的对坐杂谈进行了很多次，那会儿的我仍在学校教书，渐熟之后，谭校长还来我办公室坐过。张吴王与板桥破桥、宋太祖与伏龙桥，拜年、屏灯、带姑娘这些往日习俗，一杯清茶之间，都曾与我提及，之于功德林素食馆、天福绸缎庄、曹鼎盛南货店、凤凰烟店这些坡子街上老店铺的掌故，自然不会少，偶尔谈到自己的老宅，树冠直径两丈多的百年黄杨，幽深澄澈的百年古井，而今皆已拆迁不再，如之奈何？"少年时光景，一成抛弃"，宋人词句。

　　与一清相比，谭校长的著作不多，我从之受益的主要是听其谈讲。他常自言少时欠学，文字功底不好，我知道这是谦词，尽读了他为数不多的文章，除了古城风物，好几篇记怀母校，大浦小学、泰州中学，都是泰州名校，少年时他还在天德巷的姚训愚家补习国文，那可是两江师范毕业穿长袍的先生。

　　他还是一清工作单位的领导，这是起初我所不知的，两位皆未讲过。

　　既被人们惯称为谭校长，我好奇地问过在哪儿供职？他总是笑笑，语焉不详。及至与俞扬先生识，听我提到谭校长，立马赞叹，"这人可不简单！算是泰州职业教育的奠基人，起码之一！"

　　我将俞先生的褒誉转述谭校长时，他频频摇手连称岂敢，用一句"无意插柳柳成荫"作答。

　　1951年秋，谭兆雄入泰州中学读书，赵继武授语文，仲旭初授数学，杨本义授历史，黄岐予授地理，孙世杰授英语……骈集泰城一时人杰，有师如此，学生课业自水涨船高。1954年高考，这班报考的学生无一不被大学录取，且多数为全国重点大学，只有他一人没有，不因别的，此前的高考体检他未过关，查出肺部患有结核。"恰同学少年"踌躇满志，遭受如此打击，念及幼年丧父，人生堪多不幸。

　　感伤得失无定，感叹祸福相依，感慨柳暗花明，也是生活的常态。留在泰城的谭兆雄并未就此沉沦，积极治病的同时，投身社会扫盲运动，两年后在有关部门的支持下，牵头办起了青年业余学校，也就是后来五七中学以及泰州二职中的前身。病好后，讲台未走下，从业余学校，到初中高中，而后职业教育，谭兆雄一站就是42年，及至我初中毕业，几个同学入泰州一职中读书，校长就姓谭。

　　谭校长主持下的泰州一职中，校风颇让人称颂，尽管社会上不乏"不中用，上职中"的议论，但他办学还是很用心的。我看过他的几篇论文，关于职中教学管理改革、职高生思想政治教育等，不一而足，还有毕业生的就业情况调查，都是他亲撰，一些观点至今仍很有启发意义。我的几个同学学习成绩皆不上佳，毕业后却腾蛟起凤、各有作为，想来与在学校的教育是分不开的。

一清与我持同样的看法，对于他的这位领导，他还是肯定的。先生性情平和，也很有思想，一般人难入法眼。

他们有过合作。在一职中时，谭校长十分支持开设第二课堂，第一个阵地就是未名文学社，文学社的顾问正是此间教书的一清先生。1984年的泰城，文风盎然，活跃着成百上千的文学青年，市二中有探索文学社，连人民印刷厂都成立了晨光文学社。一职中的文学社名未名，应是一清的主张。未命名还是不知名，无解又都是解，符合先生的性格。文学社成立时，作为校长的谭兆雄亲自到会讲话，引用"道非文不著，文非道不生"之语，嘱咐同学们"向文学社的顾问徐一清老师多多请教"，这是他的原话，我看过其收藏的讲话稿，没有恃位凌人之感，可见谦逊之一贯。

有一瞬间让我想起卢雅雨，文章太守不在于写多少卓尔佳作，重要的是倡一地文风，小到一所学校亦然。

在谭校长支持下，学校给文学社提供了三十多种文学刊物，文学社也办起了自己的文学小报《芹塘》，春风驰荡往南通狼山采访、东城河边举办"春之声"作品朗诵会、梅亭里开展读书分享会……新竹高于旧竹枝，全凭老干为扶持。1993年文学社成立十周年，《泰州市报》特地刊出了社员作品的专辑，谭校长为之撰文《未名园撷秀》，他表扬的几个人中，就有周志梅的名字，我当下的一个好友，写过小说《月亮由此向西》，美人如玉，宛在水中沚。

学习时遇到一个好老师，工作时遇到一个好领导，都难得。

我工作后不久便参与了海陵作家协会的组建，旋又配合一清复刊《花丛》，陆续编发过谭校长的《泰州市青年业余学校办学始末》《解放后泰州市区的民办中学》《县级泰州市职业高中的起步》等文章，有几篇他常说却未写，被我一再催促这才成文，也算是一种投桃报李吧，在教学相长之余，表达一种真诚感激。

有个插曲颇值补叙。海陵老年大学的格律诗词课一度没有老师，汪秉性先生命我代之，师命不可违，只能勉为其难。第二次上课，愕然发现谭校长也在座。他的诗词功底我知道，《新泰州竹枝词》中就收录过，昔闻其家传一部手抄的海陵竹枝词，自幼诵读多成熟句，至于他作词韩伯诗作曲的一职中校歌也是流淌诗意，"卤汀河畔，北山晓庄，听我一职，弦歌嘹亮；古城海陵，滔滔通扬，看我一职，桃李芬芳……"忐忑不安的一堂课下来，赶紧上前感谢其来"听课"，谭校长拍拍我的肩头，"讲得不错，下堂课我还旁听！"后来才知道，原来谭校长老有所乐，到这里随孔令挥先生学习摄影，听负责人说我在此间讲诗词，便不请自来了。

在老年大学上了半年课，因为工作时间的冲突，没有再继续下去。谭校长除了第一堂课没来，后面几乎堂堂不落，我由起初的不适应慢慢习惯，甚至还斗胆替他调过几句，班门弄斧，自是难脱画蛇添足的嫌疑。

该是2011年的秋冬之际，谭校长在诸多老友的催促下，将历年来的文章汇编成册，以《东河往事》为名，自嘲喝了半个世纪东河水，难以忘怀的情结弥多，处世运瓮搬柴，人生行云流水。

他将书送给我时，我正在梅亭票戏。秋风湖上萧萧雨，凭栏于东城河边，一起流连于烟水淼茫。新书用报纸包好递给我，谭校长嘱我"雅正"，可以的话写点什么。我不假思索地应承下来，没有谢辞的理由，十年君子交，感受良多。

多少往事，与东城河的水一样悠悠。

庚子年的春天，避疫宅家，整理书房偶遇《东河往事》，突然想起昔日之应，不觉喟叹，两个晚上写完这篇文字，然而谭校长却看不到了。2018年3月25日凌晨，他因病去世，距今已整整两个年头。

老冯走了

老冯走了。

写下这个题目，一时竟有些语滞，不知下面该写些什么了。

老冯走得很突然，让所有的人都没有准备，人在旅途，一片无垠的蓝色大海之上，他突发心梗，就这样走了。

老冯在世的时候，我从来没有称呼过他，一般都尊之为"冯老师"或者"汉秋老师"，这很能说明我们之间的辈分及关系。

我们曾是同事，在同一座学校教过书。我教语文，他教美术，只是我初登讲台时，他的教龄已远甚于我的年龄。搞艺术的人多半脾气大，老冯平素也有些架子，初识时近乎不苟言笑，那会儿的老师主课之外多要兼教几门副科，我就带过几个班的美术，他是美术学科的负责人，几年下来，也就见识了不少他的温厉作风。我为人信奉中庸，骨子里却不失傲气，自恃从小积累的一点美术底子，与他相处是不卑不亢。这样的过招几次之后，彼此间的关系不但没有生分，反倒和缓了若许。

学校初教书的辰光，是我人生最闲散的阶段，刚工作，二十出头，未及恋爱，也无甚烦忧，跟在一位老校长后面学着吹箫。校长与老冯年龄相仿，在他那儿，我听到了许多关于老冯的故事，对之渐多了熟谙。校长办公室墙上挂着一幅紫藤，萦纡扶疏，花香袅袅，几只不知名的鸟儿生动地穿插其间，落款是老冯的名字，这是我见识的老冯的第一幅画，常常对之入神，校长笑言是公物不好相送，喜欢的话何时让老冯画幅送我。

也不知是校长没说，还是说了老冯没画，总之我一直没有收到这礼物，愈是如此，对那幅画的印象愈不能忘怀。

"紫藤挂云木，花蔓宜阳春。密叶隐歌鸟，香风流美人。"这是太白的名句。

我们间的交往仅限于此，委实不算多，在我离开学校之后，更就此打住了。人生路上邂逅很多，擦肩而过的该占大半，老冯可以归入这类。

往来迢迢，总有不期相遇。

年届而立之际，我来到小城文化部门工作，纯属偶然，在外人看来，却又十分自然，职业与兴趣高度一致，是件令人羡慕的事情。表述这观点的第一人便是老冯，真正出乎我的意料。

那是一个春日午后，雨痕半湿东风外，范园墙隅的竹林中新笋渐次盈尺。我初履新任才半月，老冯便来做客了。六七年未曾再见，陌生感倍增，对坐几句寒暄后难免语滞。只待喝过两盏老白茶，他这才抬起头，看着我笑了笑，这一笑也就拉近了所谓的距离感，话匣子随即打开，聊起了别后的境况与感慨。闲谈之中他对我写的几篇文章称许有加，娓娓而谈个中的细节，颇有击节叹赏的意味。文化人做文化的事，这样的机缘可遇而不可求，及至这样的深谈，已是惊喜连连。于老冯而言，他并未将我视作擦肩而过，尽管经年不通音信，却仍关注着一个后辈的动向，揣摩其中的得失与否，第一时间来与之分享，这该属于朋友间的交谊。

斜阳从最后一缕霞光里匆匆隐落，朦朦胧胧、清清浅浅地在院子里撒下一片斑驳。我留老冯晚餐，就在不远的府南街上一家叫天滋园的小店，点了几个家常菜，他不喝酒，我也不便独酌，膝谈继续，颇有种酣畅的感觉，此刻的老冯已丝毫看不出什么架子了。

在小城的美术界，老冯尽管资历很老，但不在主流，毕竟他的主业是教师，与传统认识里的画家还是不同。范园里附设艺术展览馆，我的新工作很大一块内容就是组织和服务各类展览，每每还要代写序言而渐成熟事。不知从何时起，展前筹备阶段，我总会找一找有无老冯的作品，要是没有，也会询问主事者什么情况，并不是刻意为之，属于一种下意识。也因为如此，大家对我俩的关系也渐明晰，戏言老冯是"徐主席的特殊关照对象"，也有人与我解释，展览一般都邀请老冯的，只是他看情况，并不是每一次都积极参加，有时甚至还有抵触，他是个有脾气的人。我听听笑笑，一点都没错，这才是印象中老冯该有的样子。

展览多会有开幕式，或隆重或俭朴，一样的人头攒动，在其中也多能看到老冯的身影。活动开始前或结束后，熟悉点儿的书画家们会到我的办公室坐坐，喝点儿茶，聊会儿天，可奇怪的是，老冯自从上次来过后再也没进来，甚至在院子里我与之迎面问候时，他也只是微微一笑握个手就走开了，与之前的亲近判若两人。

不明其理，只能看着老冯匆匆来匆匆去，凝望其背影渐行渐远，我也不好多说什么。

云在青天水在瓶，凡事不能强求。

教我吹箫的那位老校长退休后，随女儿长年居住在广州，每次回泰总会来看看我，得知我履新的消息，更是第一时间赶了回来。说是第一时间，也是当年的深秋了。凤城河边，桃园里翠褪黄涨，正是落叶西风时候。老街的大陆饭店，我为归客接风，四五老友围坐，欢然谈笑，洋溢着些许暖意。老冯也在座，电话请他时，他二话没说便答应了，我忐忑不安的心才得以放下。天气有些寒，备了点黄酒温与众人，老冯竟也倒了半大杯，这还是我第一次见他喝酒。

有了酒的佐伴，欢然便向尽兴而去了，曾经的酣畅也不再仅限于感觉。老冯坐在对面，频频向我举杯，我自是不能失礼，几度起身走过去敬他，他抿一抿，我干掉。桃园那会儿已有了夜游，临河的船舫上还有人在唱戏，婉转的曲调随风飘至席上，平添了几分诗意。临散席老冯端着杯子走到我身旁，一只手按住我的肩膀不让我起身，低下头在我耳边叨咕，听得出是一种醉意。刚欲发笑却又瞬忽被他的话打动，老冯解释了这一向他的"判若两人"，不是疏远我，更不是对我有意见，只是不想给我的工作带来麻烦，造成不好的影响，古人云君子淡以亲，朋友之间难能可贵的是心领神会。

感动随之而来，老冯让我的心情久久不能平静。

岁月不居，时节如流，这之后的日子里，我也慢慢习惯了老冯的热情和杂冷淡。和他见面的机会越来越少，即便有画展，他也难得露面，听人说他热衷上旅游,一年的时光有多半在路上。我看过微信里朋友转晒的老冯出游感言还有照片,应该是在云南,"苍山不墨千秋画,洱海无弦万古琴,我正航于洱海万顷碧波之上",这是大理,"金沙江掉头北上,才有滔滔长江,人生某个转折,改变一生方向",这是长江,"什么是壁立千仞?什么是悬崖峭壁?什么是汹涌澎湃?什么是雷霆万钧?在这里才得到最好的注释",这是虎跳峡……看着穿着红色外套的老冯,叉着腰与纳西族的姑娘们一起跳着东巴舞,我也生出一种心驰神往,案牍不顾而婆娑欲舞。

人之一生,学会放下是一种智慧,更是一种境界。

我搬新居时,曾想跟老冯求幅画,印象里的紫藤仍念兹在兹。念及他人在旅途,便一直没好意思开口。

有花堪折直须折,不然真的就这样错过了。

老冯在从日本回程的游轮上,突发心梗,回到上海抢救无效,人生至此画上了句号。初冬时令,早已不是樱花烂漫的季节,这会儿的日本,总让人想到如梦一样的北海道,皑皑寒雪装满了整个世界,白茫茫一片,大地真干净。

其时我正客次西北,黄土高原上初雪飞落,向晚意不适,心绪难平。老冯就这样走了,怎一个突然了得?不经意间泪流满面。

不知该写些什么,还是写了这么多,我也在写作过程中慢慢接受了老冯走了的事实。

我的老师赵龙骧

茶馆依着南城河，推开窗可以望见城里面的灯火阑珊，隔着水影影绰绰的，仿若另一个世界。上二楼的楼梯一侧有片空的区域，主人放着一张茶几，那个叫程琼的姑娘就坐在几案内弹着琵琶，我、肖仁老师以及赵龙骧先生坐在这边，静静听着，一曲又一曲。肖仁老师点了一段《夕阳箫鼓》，我点的《阳春》，龙骧先生不出意外地点了《十面埋伏》，许多年以后重思这段往事，如同曲谶一般，应了多少人生世故。

肖仁老师的本行就是学音乐的，听完曲子自然有一番点评。我曲子听得虽多，于乐理却不甚通，褒奖乐师，亦只能从古诗旧调里忆寻两句，大珠小珠落玉盘，夸夸她当日的素色旗袍与铁梨木琵琶两相宜。及至龙骧先生，没有一句话，点点头再摇摇头，"文曲不错，武曲只能说尚可，不沸腾，不振奋，女孩子，气势上欠火候！"一段话说得铿锵有力。程琼是个成都女孩，可能还没有从曲境中走出来，似懂非懂地点着头，神情中多少透着点儿畏惧之意。这么多年，龙骧先生真的一点也没有变，直来直去地说话，总是一针见血，当年城东初中的课堂上，他也是这般如此。

初中三年，于我有着改变人生轨迹的意义。我的老家在泰城东门外的纪家庙，小学是在邻村的宫涵读的，虽然与城市只是隔着一湾城河，然而对于当年的我来说，那却是一处完全陌生的所在，那是"街上"！倚站在凤凰墩的老树下羡慕地望着城里，是那会儿放学后伙伴们常做的事情。东拼西凑了万把块钱，父亲硬是在我小学毕业后将我送到"街上"上学，就这样我来到东门大街上的城东初中继续读书，也就是在这里，我成了龙骧先生的学生。

"街上"的学校老师就是不一样，之前在宫涵小学读书，学校不过单轨六个班，老师不过十人，亦多为一村之乡邻。上了街真正是不同了，尤其老师殊于旧时，班主任孙林老师以外，印象最深的就是语文老师蔡伯鹤、历史老师印春祥、音乐老师李亚男以及美术老师赵龙骧。蔡老师西装革履，每每上课先清嗓后正襟，开学第一课《老山界》成为我这之后立身讲台的范本，印老师一句一句地教我背朝代歌，到图书馆借来白话文的《史记》指点我读，李老师的音乐课上第一次见到钢琴，我也第一次知道在唱歌之前要先一呼一吸地练气和"咪咪咪、嘛嘛嘛"地练声，等到了龙骧先生的美术课上，才知道画画儿也有那么多规矩，纸要固定尺寸的素描纸，笔一定要是中华牌的2B铅笔，没有按照要求准备企图在课堂上蒙混过关的，一旦被先生发现，纸直接撕掉，笔直接折断，人站到教室后面去，没有一点儿讨价还价的余地⋯⋯文、史、乐、墨，幼学如漆之感叹，蓦然回首中，自己的人生不就一直在这四位老师画下的四条规矩线里吗？年久日深，并无过尺寸一厘。

　　与前面几位老师相比，龙骧先生无疑是不被学生欢喜的，况且他的相貌本就属于骨骼清奇的那种，带着某种异相，有如帝王图卷里的明太祖模样。现在我知道这是艺术家该有的样子，那会儿我是刘姥姥进了大观园，真的没有见过这样的做派。关于他的传说，在校园里也无疑是最多的，比如监考。龙骧先生多会带张报纸故意竖起来看，那张报纸多半会有个缝，你要是作弊了，他会当场把你拿下，这就叫做"欲擒故纵"。当然也只是传说，我并无亲见，然而他的教学严谨我是感受颇深的，美术课准备材料只是其一，再如课堂上习素描，龙骧先生最为反对用橡皮，看到谁画几笔就用橡皮，他会快步过去，毫不留情地夺过橡皮，直接扔掉。如果仅仅如此，这样的老师或许并无甚可赞之处。龙骧先生的好处是他会在发过火后，直接指出你的错误，在此基础上再示范之，因势利导地教我们观察要仔细，着笔要精确，画画儿不要急于求成，要注意先轻后重，即便错了的，也不要急于擦抹，而是学会在既有的基础上进行修改。诸如此类的训诱还有很多，我也就在这种潜移默化中熏陶了艺术的诸多感受。画画儿曾经是我童年时的最爱，小学时的辰光，画过七个葫芦娃、唐僧师徒，还对着辞典后的帝王表画过一册所谓的历代帝王图，有着这样的"坚实"基础，在龙骧先生的美术课上，我的表现一直不错，尽管外面有这样那样的传闻，印象里先生没有批评过我，我的美术作业连一次"乙"都没有得过，全是"甲"。因为是班长，班上的黑板报一直是我带着几个同学出，因为得到龙骧先生的肯定，校园里的大黑板报后来也交给了我。记得那是刚进门的一侧墙上，因为板面很大，需要写大标题，对此毫无经验的我感到很棘手，龙骧先生及时雨般地出现，手把手地教我先用湿抹布在黑板上涂下字，趁水未干之时，用粉笔快速描边，水干了大字也就有了。

上了街，真真切切地感受着街上的美好。我在城东初中上学的时候，泰州城大面积的拆迁改造还没有开始，古风古韵依旧存留。所谓的东门大街一条大马路，也不过就如今两个车道宽，从学校大门向东不远可以去梅亭，那会儿还没有现在的梅兰芳纪念馆，凤凰墩上的梅兰芳史料陈列馆与梅兰芳公园还分属于两个单位，迎春桥也没有，还是长满花花草草的迎春坝。学校向南一点儿就是笔颖楼，笔颖楼下是玉带河，过了玉带河就是一大片的菜园，穿过菜园可以到城河边的一块高地，传说是旧时的泰州城墙。闭上眼如数家珍，想当年带我初会这一番风景的也正是龙骧先生。上初三的时候，父亲央班主任孙林老师让我直接寄宿他家，以迎接即将的中考。孙老师住在学校隔壁的青松街上，龙骧先生的家与之相去不远，他就住在学校操场北边，楼下还有一棵明代的老柏树。学有余闲，我常跑到树下戏耍，偶尔会遇到下楼散步的龙骧先生，他依旧那一脸不苟言笑的酷样，我对之怯懦地喊声"老师好"便跑开了。有次相遇依旧这般别过，已经过去快百米的龙骧先生，远远地喊我并招着手，让我随他一同走走。两个人的散步很有意思，龙骧先生的姿势是固定的，背着手、低着头直往前冲，我则是活动的，亦步亦趋地跟在后面，手上多半拿个树枝四处敲打着玩，偶尔说几句话，他问一句我答一句，不多问，也不多答，这样的黄昏已不记得重复了多少次，我也就如此将梅亭与老城墙走成了熟地。

初中毕业，我没有选择去泰中或二中，而是直接去了师范。拍毕业照的时候，同学们怎么也没找到说好来的龙骧先生，据说早上一起来就去乡下了，他素来不愿意在这样的场合露面。后来我才知道，我们毕业之后的那个秋天，龙骧先生也退休了，从南京师范大学美术系毕业后，他在小城教了一辈子的画画儿，到我们这一届走下讲台，为那一段又一段的传奇故事划上了一个休止符，从这层意义上来说，我也算他的关门弟子之一吧。

泰州师范真正是个培养人的所在。入校不久我入广播台先做编辑，后做主编、台长，入文学社先做社员，后做社长。也就在这时我开始广泛地阅读文史书籍，写些诗歌以及短小文章在校刊及外面的报纸上发表，从文的人生道路由此出发。于绘事而言基本弃之，尽管偶尔也拿起毛笔临会儿帖，描几个仕女罗汉，那也不过是写作疲累之后的消遣，不上路子且做不得数的，但只要提起笔，脑海里总会想起几句龙骧先生曾经的教诲，特别是学习生活中，只要一碰到2B铅笔，瞬间就会想起龙骧先生，学着他当年的样子复习一下折笔的动作，成为重温初中生活的最多镜头。师范毕业先做老师，后进机关，不离不弃着文学曲事，我的人生也在一种不预设中走着寻常之路。这期间我认识了许多画家，有名的，无名的，大家在一起聚会，经常会有人提起龙骧先生，不变的传奇之外，更多的会提及他的艺术成就，去法国办展览了，入选某某画册了，诸如此类不胜枚举。每当这时我多半缄默，学艺不精的学生愧于表达，不好意思让人知道自己曾经从先生学过画画儿。

真正再遇到龙骧先生已是2012年的事，这会儿距离我初中毕业已十五年。青年画家张任荣在五一路西首的一家茶社里办画展，名曰"缘情成象"，锦石叔台为之作序，小城中众多诗友前往观摩捧场。展览开幕式后，就在楼下的茶座里举行了一个小规模的座谈会，我忝列末席，龙骧先生就坐在对面主持人的一侧，尽管已经十五年没有再见面，却没有一点陌生感，除了两鬓的华发，他好像没有什么变化，依旧那番酷的做派。发言亦如是，座中我最年轻，才三十出头，又不是画界中人，早早地就任荣的工笔语言与展名中"象"的因缘谈了几句，便低下头吃茶了。龙骧先生本来安排在后面，角儿的戏码多半要压台，可是还没轮到他发言呢，他已经急不可耐地站了起来，以"泥潭"与"泥鳅"的譬喻切题，开始一番指向性很明确的针砭。有听者如坐针毡，有听者脑后生汗，我亦放下茶杯凝神听之，仿若回到当年的课堂，只是教学内容已然不同，有关艺术，有关眼界，龙骧先生的高谈阔论予人的不仅是几幅画的点评，而是一种警醒，这种警醒可能真的来自于灵魂深处。

肖仁老师其时也在场，有着美学修为的底子，他说话的水平很高，可谓四平八稳，在龙骧先生不留情面的一通议论之后，他自然是以比较妥切的语句补台，任荣的座谈会也才得以顺利继续下去，此起彼伏，相得益彰，我的这些先生们总是这样有趣。肖仁老师的家就住在茶馆不远的西桥南小街，及至活动结束，我送他回去，肖老师也不忘叫上龙骧先生，一起去家中坐会儿，生怕他再生事端。虽然对很多人的要求近乎"刻薄"，但龙骧先生之于肖仁老师还是保持着一贯的尊敬，在小城也只有肖仁老师敢点评龙骧先生的画儿，赞许抑或批评，龙骧先生对此欣然而一概接受，可见其对于艺术的真诚态度。在肖仁老师家四楼的阳台上，师娘招待我们继续喝茶，我向龙骧先生表明自己的学生身份，"你竟然是我的学生？！"他已经不记得我了，教了几十年书，龙骧先生在泰州足可谓是桃李满天下。回忆了初中学习生活的几段往事，将老师的传奇也讲上一个，线亦搭上，情感的渠道便通了，龙骧先生终于想起我，相隔十五年，我们得以再叙师生情谊。

过了不久，画家计凤鸣老先生从青岛回泰州探亲访友，假座鑫盛酒楼，我请来肖仁、俞扬、贾广慧几位老师为之接风，也特地请来龙骧先生夫妇作陪。时至今日令我伤感的是，当时怎么也不会想到，这竟然是我和龙骧先生唯一一次一起吃饭，此生一段师生情缘，我也就请了先生这么一次，而且不是特地的。吃完饭后，座上主宾应龙骧先生的邀请，一起去他家看看近作。青松街早已拆迁改造没了，不过龙骧先生还是住在原地，只是楼下那棵古老的柏树已死去了多年，连同树根被居住在树后的人家刨了个干净，还在上面贴上了瓷砖，仿若它就从来没有过一样，那数百年的荫翠，那明风清雨是南柯梦里的影像罢了。一众行人从我身边次第而过，只有龙骧先生停住了脚步，"死掉了，别难过！好东西都死得快，它算老的了"，明晰我的心思，龙骧先生一下把我推离现场，随着众人来到了他那老式居民楼的二楼家中。

又是一次唯一，我唯一一次造访龙骧先生的家。其时其地，今时今思，我都只有"震撼"一个词来形容自己的感受。龙骧先生的家不大，不过五六十个平方，除了一个整洁的卧室，其他能摆东西的地方就都是画儿，床底下，柜子顶上，柜子里面，厨房顶上的架子上，阳台上，客厅餐桌的下面，电视柜上，还有每扇门的后面……除了画儿，还是画儿。师娘个头不高，扎了一个小辫子，一处接着一处地领我们参观，画多是一幅压着一幅，有时打开还挺困难，她与龙骧先生是同学，于美术也是行家，几幅好画她一一予我们指点着妙处，龙骧先生在一旁听着连连点头，这也属于一种夫唱妇随。记得当年大门内侧搭了很大的画架，龙骧先生那几天正在创作一幅近乎两米乘两米的大画，一个木凳子放在一边，够不到的地方便是站到凳子上画，想象先生就在这样的环境里，坚持了数十年的艺术创作，东方情韵的精神内涵与西方油画语言形式，在这里结合产生一种特殊的艺术感染力，熏染着每一张画板。先生穷其一生精力，创意求新，与时俱进，用油画抒写的心灵世界，使得这个小屋瞬间在我眼里变成艺术的殿堂，"斯是陋室，惟吾德馨"，《陋室铭》的句子，从没想过会有真正现实意义的写照。倏忽的念头一闪，人这一生，如果有着这样一间屋子，有贴心的爱人陪着，做着自己喜欢做的事情，功名不计，岁月无痕，还有比这更幸福的事情吗？好像不多，或者就是没有。

  2014年的冬天寒冷之甚，才入冬就已飘过几次小雪，龙骧先生却在这时筹划起办展，展名他早就想好了，叫做"中国梦·华夏魂"，真正是以梦想切题，与时代共鸣。我其时已在文联工作，正好负责海陵艺术展览馆，先生既然想办展，我自然是当仁不让。可主动对接之下，龙骧先生的意趣却不高，因为海陵艺术展览馆系由一套古民居院落所改建，先生觉得与他的画风不合，他想要的展厅最好是西式风格多一些的，可以弹钢琴，可以喝红酒，可以吃蛋糕，有如西方传统的酒会一样，而这些如果在海陵艺术展览馆，的确有些不宜。一个问题还没解决，下一个问题又来了，龙骧先生提出想由海陵区委宣传部来主办这样一次活动，这就更让人犯难了，作为全区宣传思想文化的主管部门，来为一个画家举办个展，这在海陵区委宣传部的历史上还是没有前例的。然而功夫不负有心人，毕竟龙骧先生的艺术成就摆在那儿，客观上他的年龄也在这，为一个成名已久的老艺术家办场个展，又有什么不能的呢？在几位领导同志的鼎力支持下，一系列问题也都得到了妥善的解决，结果都是龙骧先生所希望的。从行政服务中心腾出一间不常开会的大会议室，搬空桌椅，按照他的要求做了重新布置，甚至从文化馆抬去了一架钢琴。就在筹办展览如火如荼之时，龙骧先生不约而至我的办公室，先是递给我一张请柬，本来就作为主办单位之一，给我送什么请柬呢？正在纳闷中，只听见龙骧先生接着说，"秘书长，还烦你给我这画展写个序——"我才明白话的意思，便连连摆手，一不小心茶杯盖直接碰掉了地上，粉碎的声音亦如我惊讶的心情。称呼我秘书长，就是吓了我一跳，龙骧先生作为老师，几时这样唤过我这个学生，再说为他的展览写序，更是我所不敢想的。见我百般推辞的样子，龙骧先生转身就要走，如此我更急了，好说歹说拖着他坐了下来，"请你写，是相信你，是觉得你能写好！你以为什么人都可以给我写序？……"没有一句抚慰，只是一番教训，我侍立在一旁，也不敢搭腔，如同回到当年的初中课堂，先生说什么，我应着就是，写序的事情也就这样定了下来，丝毫没有悬念。

展览如期举办，前言张贴在展厅外面进门处，"已是龙骧万斛"，我从东坡词里拈出的点睛之题，再看我的名字，做得比题目还大，几乎可以比拟先生自己的名号大小。眼睛不由湿润了，展览现场云集小城艺术圈的大腕名家，龙骧先生如此安排，其实是在抬举我，我又怎么会不明白？严厉的外在之后，是他对学生无微不至的关心，"润物细无声"，虽然不类于龙骧先生的行事风格，然后用来形容他却又毫无不妥。开幕式上，宣传部主要领导亲自到会并讲了话，众多媒体也莅临现场采访盛况，美酒加咖啡，婉转的钢琴声里，一场画展以一种近乎圆满的方式璀璨开幕。

冬去春还，小城内文会不断，我与龙骧先生还是经常会遇到，或在肖仁老师的家中，或在展览馆我的办公室里。近几年来我应朋友邀请偶尔也写几篇书画评论，逮到合适的机会，我会给他说说自己一些看来的见解以及所思所得，尽管每次回应得多不太积极甚至于批评，但我还是从中学到了很多东西。上初中时我才十四岁，而今已然三十多，半生师之，对于龙骧先生的脾性也算了解多半了。当然也有情境和缓的时候,有客约先生喝茶,他也会叫上我,彼时的话题就轻松很多,及至后来结识琵琶女,低眉信手续续弹,相逢了那个叫程琼的姑娘,也就有了那段曲会。

好景总是不堪长,苒苒过中秋,才几日之后,清晨的电话铃突然想起,心中生起不祥的预感,是肖仁老师来的,电话只是一句话,"你的赵老师今天早上走了!"之前一周,龙骧先生病重的消息已有人告诉我,虽然已经有了一定的心理准备,却没有想到竟然这么快。泪水在眼眶里寒冷地打着转,打开书橱深处珍藏多年的初中美术作业本,静物写生!风景写生,人物写生,甲!甲!甲!……一段段往事浮上心头,我的耳畔好像又响起他那严厉之声。默默地换上全身黑衣,我独自前往灵堂,秋天的风冷极了,一路之上关着车窗,我的心依旧被吹得无比寒凉。

灵前冷寂,去的那会儿,除了师娘并无有旁人。站立在先生灵前,深深地三鞠躬,抬头只见棺前龙骧先生的照片,似有一丝笑意,不再是印象中的严厉模样,老师——您走好!双腿一软,我直愣愣地跪了下去,重重地磕了三个头……

秋雨婆娑,亦为一个画家送行。龙骧先生的追悼会由当年城东初中的工会主席主持,肖仁老师致的悼词,盖棺定论,他是一名好画家,更是一名好老师。追悼会结束,我送肖仁老师回家,他八十五了,步履蹒跚,我才三十六,步履亦如是。将昔日为龙骧先生所作序文补缀于后,善始善终,归去来兮,先生仙魂不远,伏惟尚飨……

已是龙骧万斛

大师之路,当道种青松。仰视赵先生,如斯多年深切了这般感受。

一尊雕塑,可以倾听雕刻家灵魂的呼吸,一张油画,可以感受画家脉搏的贲张,艺术本质上是一种使我们达到真实的假想,感受赵先生,亦真实,亦假象,总归不离美的范畴。于赵龙骧先生而言,在泰州的油画以及美术史上无疑都占有重要一页，乃至全国范围亦已产生一定的影响，从他与靳尚谊等名家应邀前往法国访问巡展的那刻起，走出国门的意义升华了本属于艺术的无限名状。

是再现，还是观念，有关艺术，每个人都有不同的看法。仅就油画而言，赵先生无疑属上乘，无涉谀师，也是一种公论。先生往欧洲去，是否因为油画来自欧洲不得而知，但这种轮回除了一份尊重，不可少的更需要一种勇气。中国的油画艺术作为文化形态的脉络，从一开始就面临东西方两种文化既交流又碰撞的复杂状况，如何实现传统特质与民族风貌的融合，体现着艺术家的创造活力，而赵先生数十年油画创作的经历，恰恰正是一个不断糅合中西文化艺术的过程。在先生的画里，流汇东方情韵的精神内涵与西方油画的语言形式，物我之境臻于似与不似之间，人和景本身是没有太大意义的，他看重的是写意性和表现性，象征比喻甚至抽象的点线块面组合，属于一种精神灌注和思想要求的主观宣泄，在给人强烈的视觉冲击的同时，折射出人性情感的共性，这种契合，是艺术维系的。

泰州史上论过泥鳅的有两人，一是制蒲轮车而游天下的王艮，其作《鳅鳝赋》为述"以天地万物为一体"之志，还有一人就是赵先生，曾几何时在课堂上听先生授课，即以鳅之事警醒我们学生，许多年后的雅集，他复以"污泥跃鳅"之喻讽谏众人，或有人不解，我却始终视作高论，已是龙骧万斛，眼界自非等闲，屈原辞曰"众人皆醉我独醒"，在小城，先生或是孤独的，但这孤独本身就是一种美，亦如先生的画儿，看多了，自然会感受到心灵的慰藉与精神的陶冶。

岁尾之际，先生又一次画展开幕，嘱我前言，不揣冒昧成文，也是忝列门墙的我深感荣幸之事。

第二辑 雨丝风片

十年一曲又逢君

泰州的市中心自明代以来，就从城里挪到了城外，北门外坡子街周边那最繁荣的一片，人们习惯称作西坝口。西坝听着平常，然于泰城而言却有着不一般的意义。坝之北是有名的稻河。稻河之水，源自千里之外的淮河，旖旎流至泰州城外，被西坝所阻。坝的南边就是泰州的城河了，而城河之水已然流泛着扬子江水的味道了。小小一坝，分开江淮二水，这在全国的城市里，殊不多见。

一座城，自有着其特别之处。特别之处多了，平凡也就不平凡起来。

从稻河头的西坝上岸，向东向南可至坡子街、西仓街，都是泰州城里的闹市所在，而由此折向西，过了百花潭巷，行之不远可至袁后街。袁后街的得名因为连中二元的泰州才子储𡐓有关，明代时储𡐓的家就在这条街上，双斗桅杆招摇，进士第门匾炫耀，而至清代后期，泰州"支管卢王"的管家也定居于此，管氏后人管毓柔嫁给了美食家陆文夫，"陆苏州"的故事，也可称作一段文坛传奇。

当时巷陌，储家、管家，而今皆作寻常百姓人家，数百年繁华尽随雨打风吹去，留下的只有单家的老宅，一栋新式风格的两层小楼，在青灰色的一片传统民居中间，多少有点鹤立鸡群的味道。明清以来的泰州世族门第中，单家不在其列，然正如《醒世恒言》中说的那样"白屋出公卿"，及至晚清光宣年间，袁后街单氏人文蔚起。樨亭先生单肇蟾以附贡生之身在家设塾课徒，敦行笃学渐为邑里所重，其所生四子毓元、毓年、毓华、毓斌皆一时之选，而尤以毓华为人所熟知。

单毓华先生，字眉叔，幼以第一名入州学，后入两江实业学堂攻读，毕业后考取官费留学，入日本东京法政大学学习，宣统元年的时候回国，经廷试得授内阁中书，入民国后又任大理院推事。单毓华先生秉性刚直，终因执法严正而不合时流，办事多所掣肘，遂愤而辞职，迁居沪上。

　　幽静的上海思南路，旧时属法租界，一幢幢西式小楼房里，张汉卿、梅兰芳等社会名流都曾于此常年居住，改业律师的单毓华先生亦定居于此，在不改急公好义的同时，绿窗谁是画眉郎？妻孥熙熙，度过了人生一段相对优哉的时光。作为毓华先生的幼子，而今名满夷夏的单声先生便出生于此时此地，母亲管亚眉，亦为袁后街的管氏后裔。

　　桃李开多日，荣华照当年。那是一个暮春时节，在袁后街的单家老宅里，小城最常见的老榆树安静地伫立在院中，夜雨划过的痕迹还清晰可见。重修一新的贻福堂前，我与单声先生对坐，漫谈闲聊着如斯的往事。"你对家乡的了解比我多多了"，单老谦辞，让作为晚辈的我倍觉赧然。一时同坐春风，午前十点多钟的阳光和煦而温暖，天空清明透明，在城市里，已难得享受到这么蓝的空气与如此隽永的时光了。

　　余生晚也，谙熟这些桑梓故闻自然缘于阅读乡邦文献以及与耆旧交往间的一些叙谈。不过那栋小楼少小时候确也见过，毕竟这样的小楼在泰州城里，确是不多见的。母亲有一个姑妈住在离此不远的晏公庙后，童年时候偶客到此，最爱听姑老太太说古。记得她每每讲到单家，总会提及这家主人包过一辆装饰豪华的人力车，车头还悬着赤铜的铃铛，曾几何时，袁后街上只要一听到清脆的铜铃声起，大家就知道单家的先生小姐要么出门要么归来了……时至今日，我犹记得老太太讲述那会儿的艳羡眼神，于我而言，掠过心弦，只是一段再平常不过的传奇。

　　王谢堂前双燕，空绕乌衣门巷。

　　有一种说法是，书读多了，再年轻的人心也就老的。诚哉斯言。

　　心老了，人情世故也跟着练达了若许，以至于与单声先生的初逢，毫无局促之感，尽管其时我未及而立，而老先生则称誉天下。内心的欣喜还有，从陆镇馀先生把我引进贻福堂的那一刻起，毕竟得遇传说中的单家后人，之前真的没有想过。

　　单声先生对我穿的一双圆口布鞋多有嘉许。许是一种本心的使然，不知从何时起，对于带有些中式风格的穿着我开始有了特殊的偏好，春秋之季，脚上一般都是几双圆口布鞋换着穿。与我相比，单声先生穿着一身深色西服，内配着一条亮色领带，显得整个人气色很好。先生与我言，他也有穿中装的习惯，日常还有几件长衫备用，要知道曾几何时，头裹儒巾身着长衫，可是中国读书人的标配。长衫者，传统文化与士族精神的守护所在，是有形的景，也是无形的道。

道之所在，情之所钟，原不分少长今古。我也有一袭青袍长布衫，吹箫或者度曲时偶尔穿一穿，平时就挂在书房里，朝朝暮暮对之，提醒着自己关于文人的追求。单声先生点头称是，彼此间有了共同的语言，谈话的气氛也就愈加轻松起来。

有形的景什么样子？世家风范，该与凡庶不同，很快我便有幸一睹其颜。

为单声先生祝寿，便在数日之后。

春日里的凤城河潋滟春波浮渌，不远的泰州宾馆春兰厅里，红灯高挂，若多寿联间簇拥着一个大大的红色"寿"字。斟寿酒，开寿席，侨务部门于此为单声先生喜庆八十寿诞，冠盖云集、济济一堂。我亦奉命而来，任务是以曲献寿。

在泰城曲界，我也算薄有微名，贺喜庆寿之类的事情偶有应承，只是案临这样隆重的场合，还是有些紧张。为表慎重之意，我穿了一身正装，西裤衬衫，皆为新置，早早来到现场，立于厅之一角恭候寿星。

候不多时，只听掌声响起，单声先生从屏风一侧缓步走来。让我诧异的是单声先生穿着一件黑色长衫，斜系大红绸，仿若一种穿越，从民国的某年某月某日走来。数日前的闲谈如此快地真切观照，瞬间即被感动。如此正式的场合，我与先生穿着彼此认为最适合的衣服，还是一种文化上的代沟，也可以说是我的修为还不够。

以曲献寿，就是寿宴进行之间。

弦丝管乐之声悠然而起，先是缪茂林女士唱了一段《麻姑献寿》，"瑶池领了圣母训，回身取过酒一樽……"梅兰芳大师的戏，在泰州听，在寿宴上听,宜情也宜景。我票须生以宗奚为主,段子多比较苦情,寿宴上该唱几段喜庆点的,想着单声先生客居英伦数十年,便选了两段马派戏,《甘露寺》与《苏武牧羊》。京剧的《甘露寺》是全本《龙凤呈祥》中的一折,曲中有"将计就计结鸾俦"之类的好句,听着便知是赏心乐事,而《苏武牧羊》则是一段思乡之戏,听得玉笛暗飞声,何人不起故园情?与单声先生听之,最合适不过。

凡事用心就好,心到自然成。

"苏子卿持节旄把忠心不改,望苍天保佑我再等时来……"好不容易二曲献毕,与众人略微一躬正准备下台,没想到单声先生几步走上台来,一手竖着大拇指,一手伸过来与我握手,"珠走玉盘,字正腔圆!"一连几句赞赏反让我有些惶恐了。"我和你一样,也唱马派,我也来一段!"原来单声先生上台为了这个,我的几句清唱把老人的戏瘾给勾出来了,意想不到的惊喜,赶紧问唱段,《失街亭》的西皮原板,连忙示意随我们同来的琴师鼓师,只见二位点点头,会意而知,我随即清了清嗓子,充当起主持人给单声先生报幕了——

"下面由单老带给大家一出三国戏,《失街亭》选段'两国交锋龙虎斗'!"

舞台下片刻静然,随即便是雷鸣般的掌声,还未开唱,喊好声已然此起彼伏了。

只见单老不慌不忙,站在舞台中央,合了合弦后,先是一段四平八稳的念白:

> 今逢大敌,非比寻常,
> 我有一言,将军听了——

真的是老将出马,已然八十的单声先生唱起戏来中气十足,两句念白抑扬顿挫,应是有过名师指点,站立舞台一侧的我不由暗自佩服,那边京胡声起,只听得一段原板唱来。

"两国交锋龙虎斗,各为其主貔貅。

管带三军要宽厚,赏罚中公平莫要自由……"

喊好声一阵高过一阵,在大家的叫好声中,单声先生的兴致也愈来愈高,原板之后一般不常唱的摇板也带了出来,"先帝爷白帝城叮咛就,汉诸葛辅幼主岂能无忧……"在细微的拖腔处先生还耍出了花样,令人赞叹不已。

几段曲唱将寿宴的气氛也推向了高潮,酒阑兴尽,诗云乐且有仪,也算是宾主尽欢,我的任务圆满完成。

散筵将别,单声先生招手让我过去,再次对我表示了谢意。我连忙鞠躬还礼,对于我来说,这本是深感荣幸之事。先生又将夫人请过来,"我们合张影吧!"随着"咔嚓"一声,珍贵的瞬间定格为永恒。

此去经年,瞬尔十年时光。因为有了单声珍藏文物馆的维系,加之先生在泰州设立了以他名字命名的奖学金,所以单声先生每年都会回到泰州来。每次归来,行程也是满满当当的,我却没再有机会亲近先生。单声珍藏文物馆却是常去的,或因公或因私,或陪客或独往,不时归去又重来,仇英的青绿山水,张大千的富春山居,齐白石的虾,于右任的字,徐悲鸿的马,汪亚尘的鱼……但饱眼福之中,陶醉于一种精神上的享受。犹记得那岁冬日,天异常的寒冷,初雪也提前掠过了江南,诗人子川回泰访旧,我们在此间园中的小楼上笔会,诗人以单声先生为题赋诗多首并留墨以念,真情感人,钦仰又岂止我一人。

我也给单声先生写过诗,那是 2015 年秋天的事。其时我已在宣传部门工作,与小城的很多文化人都有着一定的交集,有领导将赴英国看望单声先生,请来兴化画家邹昌霖为之绘兰竹图以作进呈之礼,命我赋题画诗——

兰茗倚绿筠,万里送亲人。乡国天涯远,乾坤一样春。

命题诗不好作,既要表达领导心意,又要谙合画家笔意,一首五绝只二十个字,却也让我推敲了数刻钟时间,格调与品位有无不论,我的态度很诚恳，对单声先生真正怀着"亲人"之念。

为讲述单声先生虽旅居海外多年，始终心系祖国和家乡，积极倡导依法促进祖国统一，以及捐献文物、捐资助学，支援家乡建设的感人事迹，由张建亚先生导演的电影纪录片《单声》也在这一年秋天开始筹拍，作为宣传部门的一员，我也参与了前期的一些审纲审片工作。摄制组这之后曾赴英法及西班牙等先生居住生活工作过的地方采景，我也因之听闻了关于他早年出国求学、艰苦创业的很多故事，对之崇敬之心更添几分。十年光阴弹指一瞬，再遇先生则是今年夏天的事情了。

七月的泰州仍是一年中风物清嘉之时，小西湖里芙蕖香嫩，望海楼下夏水汤汤，袁后街单宅里的老榆树也是一年一度最茂密葱茏的时候，串串脆嫩的榆钱儿来，簇簇相拥压弯了枝头，单声先生又一次归燕回巢，这次他率领数十位至亲眷属回到泰州，以"根在中国"为名开展了一次文化经贸考察故乡行。岁值农历丁酉年，算来单声先生已八十九岁高龄了，按照泰州做九不做十的习俗，家乡人民准备了诸多活动为之喜庆九十华诞。

我又一次领得任务，当然还是以曲献寿。这一次的地点是在梅兰芳纪念馆。

城河流到了泰州东门，在这里分出一水，向东兜了一圈复再流汇而入，遂形成了一个小岛，传说曾有凤凰栖息此地，人们因唤作凤凰墩。这里碧波环绕，岛上林木幽深，可谓是泰州城的最美之处，梅郎合受千秋供，而今被辟为梅兰芳纪念馆，建梅亭，塑梅像，已成江左名胜，乡贤自当礼敬，梅兰芳大师如斯，单声先生亦如此。

史料陈列馆是梅兰芳纪念馆的园中园，馆中辟有一方水池，以梅先生在《太真外传》中所饰之杨贵妃为原型塑汉白玉像，像之四周长满睡莲，细风吹起翠田田，点水蜻蜓低飞，夏日之午后寂静丛生安详蔓延。远远只见陆镇馀先生一旁引路，单声先生携夫人随后而来，我急忙三步并做二步地迎了上去，一侧搀住老人，史料陈列馆的石径由鹅卵石铺成，老人家走起来委实有些不便。

十年不见，单声先生精神还是那么矍铄，只是头发愈加如雪。梅苑他已非初至，一路与众人指点着建筑花木，及至来在水池东北的音像厅落座，犹与众人说着掌故遗闻，谈兴依旧那样浓烈。

　　上前致礼，尴尬的事情发生，先生已想不起我是谁了？

　　十年光阴啊！

　　陆镇馀先生赶紧一旁介绍，我打开手机，找出十年前的那张合影，递给单声先生——

　　"今天没穿招牌布鞋啊？"

　　先生笑着问道，我一愣，也跟着笑了起来，这么快就记起我了。

　　"今天唱什么？"

　　《三家店》的"儿行千里母担忧"。一段流水，不是很长，但却是我精心所选，"舍不得老娘白了头，娘生儿，连心肉……"对于一位游子来说，还有什么段子能如此打动人心呢？单声先生自是知道我的心意的，拍了拍我的肩，一切尽在不言中。

　　这一次单声先生没有再上台。及我唱完与之示意的时候，先生摇了摇手。嘴角的笑容依旧，只是眼中迷离，似有泪意。

　　十年一曲又逢君，不殊心意。

　　不变的还有合影留念。曲会散场，我坐到单声先生旁边，十年之后"咔嚓"声再闻。

　　单老这次回乡，有关部门安排的行程十分丰富。《单声》电影的试映，单声奖学金的颁奖，还从省城请来了京剧院的诸位名家，《岳母刺字》《沙家浜》《空城计》……为先生准备的大戏也让我们得以一饱耳福。近距离的接触也是有的，因为工作的原因，随宣传部的负责领导，往先生下榻的迎宾馆探望，征询先生对《单声》电影的意见。再一次与陆镇馀先生同坐于单声先生周围，不由让我想起十年前的那个上午，暮春时节的阳光，总是那么让人念念不忘。

　　闲谈还是可以重温的。正事议完，我与先生的话题又一次拉回京剧，远一点的还说到昆曲，当然也就再次说起自己在先生八十、九十两次大寿献曲暖寿，真正是际遇难得之事。

"十年之后，你还要唱！还唱马派，唱《借东风》！有机会，去我英国的票房唱……"

有约又在十年后，百岁华诞，让人期待不已。

次日午后，与宣传部的负责领导再次敬谒先生，请之为家乡的刊物《花丛》题词勉励。单声先生擅书，尤以草书见长，结体又兼颜鲁之骨与汉隶之貌，颇有大家之风，小城的南山寺、乔园、梅苑等诸多名胜之地，皆有其墨宝存焉。"花开海陵万紫千红"，有关《花丛》的八字寄语如愿写来，墨香四溢在空气中流淌，乡情浓郁跃然于纸上。不揣冒昧，我商请先生为我留幅字——

写什么呢？就写个"泰"字吧！

天地交，泰。泰者，安也。

身为泰人，有此"泰"佑，已感足矣。

入秋以后，因为社科联的城史研究课题，我与陆镇馀先生常遇，单声先生常常为我们所共同提及。陆先生悄与我言，在单家老宅贻福堂与单声文物珍藏馆之间的竹林西，还保留着十数米的青石板路面，传说就是当年的袁后街遗迹，每当老榆树的榆钱儿片片摇落之际，满地铺香，杨花榆荚无才思，惟解漫天作雪飞，可惜是自有美景人不知。

竟还有我足履未至之处，想到自己有一段时间未去贻福堂了。袁后街既然还在，应赶紧去走一走。

最好是清晨，人家初醒雾未散，徘徊于青石板路上，喊喊嗓子练练功。

一阵风，留下了千古绝唱——

要知道，十年之后，我还要献寿，唱《借东风》呢。

沙黑的意义

一

沙黑的意义，在泰州，也不囿泰州，在当下，又不止当下。

有人称他在我们小城文学中，是前少古人，后催来者。

他的本名叫吴双林。吴姓在泰州不算旺族，与他的朋友们相比，徐一清的祖上任过乾隆年间的内阁中书，汪秉性至今仍住在文保建筑明代的汪氏住宅里，支振声、卢文举等人也是世家子弟，他自言城市贫民出身，说不出三代以上根本家乡，属于平凡已久的升斗小民，谈不上有过何种显赫。

人生的底色多半是悲凉的，因为这种悲凉，有的人随遇而安，有的人奋斗不止，吴双林二者都占一点儿，看似后者为主，骨子里其实比较靠前，至少我这样认为，他的家学或可见归宿。

双林的全部家学只有一本书，小时候家里唯一的一本书，一本毛笔抄成的线装书《老子》。

他而今的学问自是车载斗量，小城称得上著述等身的，唯其而已。我自学文以来，慕名读了他写的很多东西，心生仰慕，甚至有些嫉妒，真的是好文章！《街民》是他的成名与代表作，于我印象最深的却是那篇散文《尴尬的父亲》，从容到极致后的平淡，文章开头这样写的：

> 我的父亲吴承李，道名吴教龙。小时候我的环境就让我知道，我有一个尴尬的、也使我们尴尬的父亲：他是道士……

双林的父亲是个道士，还不是一般的，十三岁就做道童的他，后来是小城城隍庙的住持，更做过本地道教协会的会长，人们对他的称呼是"大老爷"。我写过《泰州道教史话》，阅读了城隍庙的若干史料，相当长一段时间，小城城隍庙被呼作"吴家庙"，如同天师之位由张道陵的子孙代代传承，此间的住持也由正一派的吴姓道士子孙相袭，最后一任便是吴教龙。可以想象如不是社会的巨大变迁，是否会有另一个吴双林，仙风道骨的"双林大老爷"？

双林的幼年随父住在城隍庙的后宫里，翻着家里唯一的书，估计也很难看懂。他没说过自己什么时候离开，我写作时见过1953年拆除后宫的记载，那年他不过8岁。对于这次离开，他该是高兴的，毕竟从此不再那么尴尬了。

小城的道教曾经鼎盛过，宋朝出过国师，清初和天师府联姻，只是到了末代教主吴教龙时，真的是没落了，纵是城隍庙的住持，也潦倒得不能养家糊口，要靠妻子做些小买卖维持一家人的生计。对于祖传的"道"，儿子不想学，父亲也不愿教，彼此都尴尬，也许正因这样的原因，彼此的话更少，父亲无悲无亢的不仰仗、不哀告、不幻想，被儿子视作不光彩的"无能"，也只在他殁后，重又回味才将之理解为一种"无为"，道法自然，修炼平淡的灵魂，父亲只是自然地做着他的事情。

尴尬的父亲七十五岁去世，双林说，那是他最为悲痛的事情。他的文章很少用最，他甚至将这份悲痛写进了小说，并说会用一辈子去理解一生无言的父亲。尴尬结束了，他却没完没了。

我见过双林与肖仁谈论道乐。中华人民共和国成立初期，小城成立了国乐团，成员以道士为主，吴教龙是指挥，负责人是肖仁。小时的他见过父亲在家娴熟地奏试笛子、唢呐还有三弦，那是父亲没落职业里唯一有价值的记忆。作为旧时代留下来的最后的古典音乐演奏家，这些道士曾被请到南京，录下了他们掌握的所有曲目，这些也被双林视作父辈们人生最有意义的一页，是最光彩的。

与我读过的有关材料并不完全一致，肖仁也曾纠正过其中的偏差，然而这些都是不要紧的，为无为，事无事，回顾我与之的相处，几乎没争论过什么,彼此间通融,我尊重他,他照拂我。

我们同肖鸡,他长我三纪。相识二十年来,犹记初会之时,他年近花甲,我二十出头,同行在一个天高云淡的秋天。

这会儿的他已变身为沙黑,人们见之多尊称为"沙翁"——泰州的莎士比亚!完成如斯变身的时间要往前再推很多年,我出生的20世纪80年代初。

搬离城隍庙后的吴双林,到变身后的沙黑,有过很多近乎传奇的经历,据说这是他这一生最辉煌的时期,出名也多因为此,比如他为泰州当时的"运动"曾给市委书记写公开信,而后者也回信,都是公开信,贴在政府前面的人行道边……吾生晚矣,没有见识过这辉煌,但从我们的交往中,却很清晰地感到那些年对他的影响,尴尬的父亲留下的无为,在这时易帜为一种根深蒂固的理想,道常无为而无不为,也属家学的范畴。

沙黑自述的文学简历中,这数十年一笔带过,上了市泰中,而后于1968年冬赴高邮乡下插队,如是而已。

高邮插队,对于沙黑来说很重要。广阔天地大有作为,"城市贫民"在此多了七年的劳动实践,四月南风大麦黄,十月湖田清霜堕,尽成为日后创作的素材,给大队文艺宣传队排节目,给基层农民讲历史,而后又在此收获了婚姻与家庭,灰色调里点缀一抹明丽。

青春冉冉,能有多少岁月可供蹉跎?插队回城后,他也因"曾经的辉煌",被安排到人们称作砂石库的建材仓库,多少有一点儿被"发配"的意味。西门桥外,郊迎野望,就在水电不全的这里,他在职工岗位十年,如此的工作,对于满腹才华的青年来说委实有些委屈。凡事好在洼盈敝新,他并未自甘,业余时间访师结友读书写作,开始发表一些作品,并且有了一个笔名——沙黑!很多年后,王干为他的小说作序,认为这笔名带有浓郁的年代特征。

王干的那篇序题为《未被埋没的……》,省略号里省略了太多内容。人们回顾过往,弹指一挥说起来简单,然也无法回避曾与命运较量,遭遇困顿。据说厦门有关方面曾来函要他,被本单位否定了,因为他只是职工。福祸相依，沙黑还是幸运的，他毕竟还能有笔与纸，于是让自己从吴双林变身为沙黑，"冰山"就此浮出水面。1980 年，他在《奔流》连续发表现实题材农村小说《明天》《主人》，1981 年在《雨花》发表小说《前途》，1984 年在《钟山》发表小说《王山轶事》，1986 年在《雨花》发表小说《难忘的小张庄》，1987 年在《雨花》发表小说《斜柳巷记》……他努力完成自己的涅槃与塑造。

王干说，沙黑在文学与文化上的成就有目共睹，他达到的高度，是很多人难以企及的。

高山仰止！我想到到了"加冕"一词。

他曾挣脱某种束缚，让自己先后借用在省戏剧家协会《大幕前后报》与省作协《雨花》编辑部工作，总不过二年，于是引起了应有的关注。

应该说《雨花》对于沙黑有着特别的意义。他在砂石库写的小说，《雨花》发了不少。1984 年《雨花》在扬州召开作者见面会，沙黑应邀参加，那大概是他第一次见识文学的群英会，心里满怀感激。在会上他听到了忆明珠的讲话，由此结下了深厚情谊，先生送给他的一幅条屏至今挂在他的客厅里。更难得的是，他见到了主持会议的叶至诚，《雨花》的主编，叶圣陶的儿子，由此强烈地感到一种幸福。

他到《雨花》工作，该就是次年的冬天，这种幸福也一直伴随着。这期间他编发过很多稿件，比如尚未成大名的苏童的短篇小说，关于"童少的记忆"之编辑推荐语，在当时虽属人微言轻，却说得是准确的。温厚谦和到极点的叶先生，性格中不失锋芒，平时说笑流露的智慧，对他来说也是幸福的体验。一次他从稿件中发现了《重逢路翎》的文章，觉得很好，马上送二审。叶先生看过后，让把编好的头条换下来，发表这个！后来该文被《新华文摘》全文转载。如此等等，作为编辑，这是感到幸福的事，既因自己赏识了别人，也因别人赏识了自己。

沙黑在《雨花》总共工作了一年半时间，1985 年底到 1987 年秋天，我的老师费振钟这段时间也在《雨花》工作，他回忆彼此共事了三年，想来也是没有错的。这期间，讨论小说的彻夜长谈，一醉方休的抵足而眠，都是常有之事，有一次两人共食一大鱼头，不无欣狂地击节高歌"长铗归来兮食有鱼"。而今，作为省作协专业作家的费老师选在泰州定居，与沙黑常遇，笑谈中仍不时说起那久违的饕餮之态，倏忽之间三十年矣！先生戏言沙黑当年一次早餐要煮六个鸡蛋，对于这样的豪举，后者表示否认，说大约只是把六只鸡蛋一次性煮熟。

因为自身是企业职工性质的原因，沙黑一直未能正式调进编辑部，而小城则有所改善地将之工作关系转到了文化系统，进了事业编制，并表示住房之类的问题也可考虑解决。动当善时，他遂决定回乡安身了！叶至诚该是舍不得他的，带着编辑部同仁在金陵饭店为之送行，谆谆赠言——"要继续写！要写自己想写的！要遵循现实主义原则！"沙黑后来回忆说，叶先生的这三句话，一直鼓励与指导着他，乃至现在。

生活总习惯在意外中夹杂若干惊喜，就在沙黑离开南京回到小城后数月，1987 年第六期的《收获》首发了他的系列短篇小说《街民》八篇，并把杂志寄到他就职的泰州文化馆，而后 1988 年第五期的《清明》与 1989 年第四期的《雨花》也接连推出，《新华文摘》则选载了其中的《胡驴子》，或可形容为"不飞则已一飞冲天，不鸣则已一鸣惊人"吧，其对街民栩栩如生的理解和描写令人叹服，被盛赞为生活的浮世绘，轰动小城，成为街谈巷议的热点。

我常常想，要是《街民》早推出年把哪怕数月，沙黑或有可能被留在南京吧——这样的错过，于彼此都是遗憾的。

好在是金子总会发光。拒绝埋没，有了沙黑，他的厚积薄发并未就此停下来，而是一发不可收拾。

二

沙黑的创作元年是 1979 年。

这一年他 35 岁，从插队的乡村回城在砂石库为职工已四年。

当然，这不会是他的创作起始点。他的作文一直很好，学生时就很得老师与同学称赏，公开信之类的"街头揭帖"在特殊年代成为小城的一道风景线，中山塔前观者络绎，《老子》虽只五千言，然而道可道非常道，辩证思维的重要作用，让人学会思考与叙述。

我能见到的沙黑第一篇文学作品，是一首诗，写于1972年的《里下河歌》：

噫吁，里下河！
绿树青雾半掩庄，白帆出没在庄后。
麦起浪，燕寻旧，斑斓菜花黄满畴。
……
春耕夏种年年有，春去夏来秋复秋。
茫茫水乡驾扁舟，长歌一曲里下河。

20世纪70年代初，沙黑不会知道，里下河以后会成为一个文学流派的名字。那个年头，汪曾祺还和样板戏打着交道，还未写出《受戒》这样的发端之作，人们说沙黑的很多小说明显受其影响，比如《街民》，很多人从中看到汪曾琪作品《故里三陈》的影子。

《里下河歌》以"噫吁"开头，学自李白的《蜀道难》，其实就是"啊"，而立之年的沙黑也拽文，之后则是大白话，麦浪花海，布谷蛙声，一曲长歌的无拘无束，可见特殊年代艰苦的乡村生活仍不失一种温情。当然，这样的作品当时不可能发表，自己偶尔赏玩罢了，好在又留了下来，并被他用在自己后来所作的长篇小说《四月南风》中。

之所以说1979年是沙黑的创作元年，因为这一年，他发表了自己的文学处女作。

不是小说，而是一篇评论，关于戏剧的评论。

我理解沙黑的创作，小说使其成名，戏剧却是他的本职。这既与他的工作有关,也是冥冥注定。

刘仁前曾与沙黑玩笑,小说写得再好,还是靠写戏享有工资,包括他的高级职称———一级编剧。

所谓冥冥,还与他的那个尴尬有关。说不出三代以上根本家乡,两代却可以,逝世较早且他那从未见过的祖父,是个读书人,最后做了道士。老道士羽化前,在自己的遗照后题写了两行偈子:

浮生若戏,每日登台,演尽悲欢离合;
俗子多情,返朴有期,何妨弄假成真。

祖父百年之际,沙黑才获知照片后面写有这几句话,于是用进了自己的作品,也有以资纪念之意,他说这几句话言浅意浓,自己是发明不出来的。浮生若戏,假作真时真亦假,老道士文学地表达了自己对于人生的感慨,给没有见过面的孙子的遗教,也预言了一种可能,或许他真能掐算阴阳,知道这孩子迟早要吃一碗戏剧的饭。

中国传统的戏剧形式是戏曲,尽管多认为其发轫于泥土间,然而一夕移步甄鼮,"城市贫民"看戏的机会就不多了。1956年初春,梅兰芳回乡访问演出,万人空巷看梅郎,坡子街头的剧场里连演了几天大戏,童年的沙黑这会儿早已搬离城隍庙,也已是城东小学的一名小学生了,对此虽闻其事,却不曾有机会去看那不同寻常的演出。

可他偏又喜欢看戏!索性看剧本,聊以当作看戏,这是他的办法。传统戏曲的剧本很少,多是话剧,由此也打开了文学的另一扇窗。及至上中学,他从学校图书馆借阅过曹禺的剧本,细读之后心中好奇,这些人们的平常说话,怎么就成戏剧名著了?甚至举起书页透着阳光观看,其中是否有什么诀窍?

一本书的"家学"毕竟有限,小城的中学又能借阅到多少剧本?没有上过大学,没有演过戏,仿佛已成为沙黑的短绠,其实他有过机会。1966年还是高中生的他参加大串联，走出小城去的第一个地方，便是上海戏剧学院。此后又过了十多年，1979年他身为砂石库职工，上海戏剧学院曾连发两封招生简章给他，只是在当时的境况下，机会只能错过。

上海戏剧学院，与《雨花》一样，对沙黑有着特别意义。

1979年，上海戏剧学院主办的理论刊物《戏剧艺术》第三期上，发表了一篇戏剧评论——《戏剧冲突到底是什么》，这是沙黑平生发表的第一篇文章。

当真是百不一遇。其时《戏剧艺术》创刊或复刊不到一年，而泰州西门砂石库署名吴双林的这篇来稿就被主编关注了，乃至向学校推荐了这位素未谋面的作者，向他连发了两封招生简章。

大学没有上成，创作元年却就此标明。

东边日出西边雨，道是无晴却有晴。

"一个人可以无师自通，却不可以无书自通。"据说这是闻一多说的。对于不少名人名言，我惯是将信将疑，然这句确有道理，沙黑的例子也当算是一个吧！

关于《戏剧冲突到底是什么》怎么写的，沙黑说得很简单：休息日偶至城里图书馆翻阅杂志，回到工作的砂石库就写了一篇谈戏剧的小文寄出去，竟也就被用在上海戏剧学院的学报上。

偶尔翻阅——写了小文——用在学报上……就这么简单，让人不敢相信。

能把那么多知识与道理融会贯通地参合在一起，再从理论上提升一个认识，或许只能用"天才"来解释。

这是我逐字逐句读了这篇文章后的感受！

与沙黑不同、甚至比他好的是，我看得懂工尺谱，熟知板眼会吹笛箫，我演过戏，昆曲京剧还有话剧，我是在南京大学念过专业为戏剧的研究生……可我写不出这样的文章！

自惭寡陋，唯余拜服。

沙黑的这篇文章是带有争鸣性的。《戏剧艺术》当年的第二期上发表了佟德真的文章，提出"戏剧冲突的内涵是性格冲突"的观点。图书馆里的一次普通浏览，沙黑却留心并执着于此思考了，联系已有的戏剧理论积累，他觉得佟先生的观点值得商榷。在自己的文章中，沙黑引用了顾仲彝的戏剧冲突"价值说"并表示认同，戏剧冲突到底是什么？应该为人物的意志冲突，京剧《春草闯堂》、越剧《红楼梦》等都被他拿来用作论据，抽丝剥茧的论证技巧让人信服，而逻辑清晰的侃侃而谈又引人入胜。更为难得的是，他并未完全否定佟先生的说法，而是在最后辩证地给出自己的答案：戏剧冲突的灵魂是人物的意志冲突，而其血肉，是人物的性格化。

了不起的沙黑！随便写的文章就有了让人仰望的高度。

再寻常的了不得也不会随意来到，所谓梅花香自苦寒来。

我读书向来很慢很散，又崇古贬今喜中厌外，大部头的著作几乎难得啃下来，这些似与沙黑都反其道而行之。

知人者智，自知者明。

沙黑读书，我读沙黑的读书笔记，有关戏剧便有数十万言。

他读欧里庇得斯的《阿尔刻提斯》，回溯恐怖浪漫的源头，用以理解康德美学中的"崇高感主要来于恐惧"。他读萨特的《苍蝇》，从思想的戏剧中，感知存在主义。读易卜生，《人民公敌》的艺术，《玩偶之家》的艺术，将之比作一种主调音乐；也读契科夫，《樱桃园》与《万尼亚舅舅》，将之比作一种复调音乐，并指出复调可能更好，有利于戏剧的主题在合成的声音里突显。

《等待戈多》这样的"反戏剧"作品，沙黑也读。贝克特的最大特别在于思想的强烈，即便有荒诞的嫌疑。贝克特得过诺贝尔文学奖，授奖词赞其作品与希腊悲剧一样具有对人的灵魂的"净化作用"。有关思想，或许是沙黑读之的理由，老实交代，我专门看过这部戏的演出，没超过半小时便鸣金而去了。

沙黑系统地读过莎士比亚，围绕《威尼斯商人》《温莎的风流娘儿们》等整整写了十一章读书感，尤其赞叹了《错误的喜剧》的编剧技巧。他认真比较过《哈姆莱特》与《麦克白》的差异，直言悲剧人物也是英雄人物，悲剧的悲是壮悲！

得知我念戏剧研究生时，陈社专门到我办公室表示祝贺，并送了一部《莎士比亚全集》。很惭愧，至今才读了三卷，关于《麦克白》，原剧至今未曾通读，对其认知多来自沙黑。在南大文学院，我也受到可称残酷的戏剧训练，董健老师讲授戏剧与时代，强调对启蒙理性与人文精神的坚持，吕效平老师讲授戏剧与技术，最主张恢复戏剧的自由表达……少得多惑，戏剧于我宛比为打狗棒法，诸师与沙黑，一如心法，一如口诀，于我同有开窍之用。

我素喜填词作曲，也从沙黑的笔记里受益很多。他细析过明人臧懋循的《元曲选》，43篇关于杂剧的赏鉴让我百看不厌，比如他说马致远的《岳阳楼》，写吕洞宾度柳树精成仙的故事，内容令人作呕，然而写江天景色以及人情风俗则笔力圆融！

这就是沙黑，天予之的如椽笔。

你站在桥上看风景，看风景的人在楼上看你……
沙黑在看戏、写戏，也有人在看沙黑、写沙黑。
2002年8月1日的《文艺报》，刊载了陈辽的评论，题为《沙黑的戏剧观和戏剧创新》。

学问，以学为端的、以问为方法，一旦可称为"观"，自是属于另一种"加冕"，陈辽在文章中这样称扬：

> 即使就历史剧而言，沙黑也有他自己的历史观。在沙黑看来，历史剧不是历史，要求历史剧写得和历史一样字字句句都有来历，既不可能也不必要。

可以看出，陈辽的评论主要着眼于沙黑的戏剧创作。

合抱之木生于毫末，如果没有经年累月的博观而约取，那么深入浅出且又通俗易懂的创作，从何而来呢？

三

沙黑的戏剧创作主要都被收入两本戏剧集：2002年的《沙黑戏剧集》，2015年的《沙黑剧作新集》。

其实还有。后者印行之际，他把余下仍未刊行的打包发给了我，嘱我有机会代他印出来。

抱愧而应，即便现阶段无职无权，终我此生总会如约的。

当下仍以师学为主，两本剧集我一一研读，每每看到会心之处，或付诸一笑或潸然泪下，虽然多未谱曲，却也乐于且吟且唱。

两本剧集共收入了沙黑的25篇剧本，前者有《板桥应试》《冀州记》《英雄记》《施耐庵》等，后者有《息夫人》《汉昭帝》《汉宣帝》《吴桥春》等。多数为戏曲，计19部，此外一部电影文学剧本《枪决韩复榘》，一部儿童歌舞剧，改编自安徒生童话的《拇指姑娘》，还有四部话剧，《庄子》《青年王艮》《长明灯》《我们能够相爱》，前面两部是戏又不是戏，俞扬论之为作者思想的一种表达而已，濠梁之辩与梦蝶鼓盆，都是逍遥游，而王艮的百姓日用即道，来源于平民思想，符合沙黑对自身的定位。《长明灯》据鲁迅的同名小说改编，忧国忧民的"疯子"，灵魂的振动使人不觉战栗，沙黑从鲁迅那儿也学会了反讽。《我们能够相爱》写的是当代，时间地点定在了1980年的某农村，独幕而已，剧情不长，狂风雷电大作的场景，归结为一场恶梦：

> 旧的生活不能再重复，新的历史该从我们开始。让我们能够相处！让我们能够理解！让我们能够相爱！

需要激情澎湃！需要释放心头的狂飙！这样的句子沙黑写的是心声，现在的他看似早已挫锐解纷，难得再这么激动，也只读这戏时，可以想象一下他往昔内心的不甘与愤懑。

陈辽对沙黑的历史剧最为肯定，不仅是其以古为鉴的意义，更难得是新的发现。

沙黑从省城归来后，先被安排进文化馆，负责联络基层文化站，后多辗转，进了文化局的剧目创作室，写戏从单纯的创作成为工作任务。这时的他喜读史，从中拈出片辞，将之衍溢成一出戏，这个过程可能也就几天工夫，甚至一个晚上。

履任时间不长，沙黑写出了剧本《冀州记》，发表在《戏剧丛刊》上。他将袁绍与曹操之战表达为分裂与统一之争，笃信这是自己用文学的眼光对历史的一个发现，结果也确实如此，这样的戏给人以面目一新之感，其后的"榕城杯全国优秀戏曲剧本大奖赛"上，《冀州记》名列前茅。

发表在《剧影月报》的《汉武悲秋》，是一出宫廷惨剧，极有深度的气势磅礴，受到老一辈戏剧专家的赞赏。他在《左传》的字里行间看出一个《忆秦娥》的故事，复从汉史里提炼出了《天马佳人》，获得了中国戏剧文学学会的首届戏剧文学奖。《左传》与《史记》里都有伍子胥的事迹，戏曲舞台的演绎也很多，沙黑不满于京剧《文昭关》思想的过于单一，遂引入另一出戏《哭秦庭》的部分情节，写了《英雄记》，戏中伍子胥梦寐以求地要灭楚国，而申包胥则一心一意地存楚国，戏剧冲突因此而起。角色也就一生一净，沙黑说如用京剧来唱，肯定令人如痴如醉，我用旧腔试过这么几句，诚然如是——

马革裹尸抛江上，孤魂悠悠返故乡。
楚山楚水放眼望，亦抱愧来亦心伤。

25篇剧本里也收入了沙黑最早的剧本，1978年6月写成的戏曲《汉昭帝》。砂石库不大的宿舍里，蚊蝇侵扰蛇虫出没，盛夏里摇着蒲扇看着《汉书》，趴在草席上完成了这部作品，"爱清净而少欲兮，以身悟乎霍光"！《理政》一折中那句"观四海于斗室，求得失于今往"，写的何尝不就是他自己？

那年的他还没有发表处女作，也不知以后会成为一名编剧，属于无意识下的创作体验。

与之相比，剧目创作室里的创作自然是有意识的，沙黑自认自己很自觉，居其位安其职。大约写了十年戏，人生也就到了退休的年龄。叶德明给《沙黑戏剧集》作序，面对"戏剧衰亡"的说法，询问沙黑何以佳作迭出？沙黑用鲁迅的名言答之，所谓"要高扬戏剧到真的文学的地位"，戏剧文学是文学的重要部分，戏曲是中国的戏剧形式，应该写戏，即使没有人演出，只要用文学的心、遵照戏曲艺术规律来写，供阅读把玩也当是一件趣事和有意义的事，将来说不定会有人拿去演。

他的戏被呈现在舞台委实不多，只有一出，便是《板桥应试》。

郑板桥，泰州历史上的文化巨星。

兴化城东的板桥故居，我与沙黑多次拜谒，在南屋"聊避风雨"的砖额下，我们还曾合影留念过——

屋老终难固，聊尔避风雨。

惺惺的自古惜惺惺，写板桥不能太随意，沙黑跟我说。

为了写好板桥，沙黑于《郑板桥集》里穷研旨奥，诗钞、词钞、道情、题画、家书……掩卷古人堪笑处，心得一一记下，他很快写出了五十多篇随笔，辑为《诗话板桥》并出版，我称之为一本"比传记还传记"的板桥专论集。

自报公议，沙黑在书封上作了这样的引荐：

本书系统地从板桥本人充满性灵血性的话语中，来彰显他的身影、足迹，来亲近他的灵魂。进入本书曲折通幽的小径，可以寻踪板桥思想历程之曲折，认识一个真实不虚的郑板桥。

真实不虚是《心经》字句，沙黑对板桥已生顶礼之心。

面对板桥，沙黑首先关注的是这个人，而不是文学作品。他写板桥的进士之路，总结范县为官潍县执政的得失，细数与李复堂、高凤翰、李方膺等人的交往，指出板桥一生最引人注意的，是其如何思考着、痛苦着、经历着、寻找着、确立着，最终完成了当时一个知识分子完整的、问心无愧的闪亮人格。

一官归去来，衍生出了三绝诗书画，沙黑将板桥的艺术夸张地称作一种牢骚，他的牢骚在其时发得最多、最深、最好，劳劳亭里板桥填写了一阕《念奴娇》，词云"半生图利图名，闲中细算，十件长输九"。

板桥四十年来画竹枝，沙黑为之写过《历代画竹与板桥竹》，将板桥之竹，与五代黄筌到宋代文同及至倪瓒、吴镇、赵孟𫖯管道昇夫妇一一比较，由此断定板桥的竹没有明显师承，似与不似之间，画竹不见竹，画的更多是胸中逸气！板桥的画儿也好，沙黑的解读也好，都有浪漫主义的影子。

沙黑的评论多很靠实，《多情与男风》一文，沙黑不为尊者讳，指出严迪昌《清诗史》的谬诬，风传板桥喜好男风的恶习只是道听途说。剖析板桥复杂的思想，受佛教禅宗的影响客观存在，沙黑将《郑板桥集》及集外诗文提到的僧人列成了简表，逐个细叙云谊：无方、松风、弘量、梅槛、勖宗、松岳、福国、介庵子……梅槛是海陵高僧，板桥与之相交三十年，有赠诗云"钟鼓无情老比丘"，可读出浓郁之乡情，沙黑对此着墨颇多。

论立于此，若射之有的也！并不是一味的读与写，在这个过程中，沙黑一直为戏剧创作做着准备。

《昭阳郑氏族谱》里，记载了板桥一生"娶徐氏、郭氏，侧饶氏"，沙黑于此写了《三位夫人》一文，考证饶氏为板桥在京师求官期间所娶的妾，《燕京杂诗》中有这样一首：

碧纱窗外绿芭蕉，书破繁荫坐寂寥。
小妇最怜消渴疾，玉盘红颗进冰桃。

这位"小妇"就是饶氏，板桥与随园主人袁枚过从甚密，曾有言赠之云

"室藏美妇邻夸艳,君有奇才我不贫",这位"美妇"亦指饶氏,伊人聪慧可爱,板桥于愿甚足,才会如此形之笔墨。

饶氏的名字无载,沙黑将之唤作"饶小妹",这便是后来《板桥应试》中的女一号。

板桥写过《七歌》,应从枚乘的《七发》而来,于歌中叙自己,从幼年到壮年,说家人,从父母到妻儿,叹穷困,由自己及诗友,悲歌复调成一处悲剧,刻画了当时下层知识分子生活与命运的窘况。

在《板桥应试》里,《七歌》化成了三哭,大写意手法下的连绵震撼,展现人物的悲剧性格。

顾影自哂,"古人以文章经世,吾辈所为,风花雪月而已",板桥不无嘲笑地审视自己,《道情十首》作于雍正七年(1729),乾隆八年(1743)付印,开宗明义要"唤醒痴聋,消除烦恼",属于板桥的自遣自歌:

  老渔翁,一钓竿,靠山崖,傍水湾,扁舟来往无牵绊,沙鸥点点清波远,荻港萧萧白昼寒,高歌一曲斜阳晚,一霎时波摇金影,蓦抬头,月上东山。

与其执着于经世致用,倒不如做一个老渔翁,亦或老樵夫、老头陀、老道人、老书生、小乞儿——消极到了极点,才有可能超然以至放达,自然无为原就可算沙黑的"家学",他从板桥道情里看出某种思想体系,对之表达了一种向往。

每年重阳,我多邀请小城的耆旧作"茱萸会",叙旧樽前,唱曲席间。沙黑不善此道,酒每浅饮,轮到他唱就只能是《板桥道情》,"老渔翁"成了他的保留节目。我也喜唱道情,鼓板打上,再带点昆调丝竹的腔。一次客兴化,在金东门小聚,席间诸友鼓噪我们赛个擂,喧声喝彩后一致地评价——我的多雅韵,沙黑的有况味。

正因如此的喜爱,在《板桥应试》里,沙黑安排板桥与饶小妹合唱"老渔翁",一曲道情,情意悠悠。

陈社评价《板桥应试》是泰州戏剧发展史上一个里程碑!

戏名是淮剧本的定名,初稿名曰《板桥奇情》,写好发表在《剧本》月刊上。1998年春沙黑携剧本参加小城年度的戏剧生产规划会,引起众人的关注和肯定。泰州只有一个淮剧团,沙黑又量体裁衣地编写了淮剧本,当年首演于江苏淮剧节,继演于江苏戏剧节、中国艺术节和上海"白玉兰"赛事,俱获成功,被授予省里的"五个一工程奖"。全剧在央视与沪视播出,沙黑随后荣获第十五届田汉戏剧奖。

据说他久久悬而未定的高级职称,在这场轰动之后,很快得以定案,一级编剧很快批了下来。一瓢浅饮,获此滋润,沙黑为此专门前往大垛,在板桥墓前鞠躬如仪,留连许久。

得兮,失所伏,失兮,得在中。

《板桥应试》的故事以板桥考中进士却未能得官,怅然南归为素材,中又穿插投宿裱画店,与美丽天真的饶小妹互生亲近之情,终而结为良缘。

构思不可不谓之奇巧,初名以"奇情",沙黑真的颇用了一番心思,凸显"奇"的同时,也着力将这出戏往美处写,用他自己的话说,想去体现某种思想之美、人物之美、结构之美、文化之美……真叫一个众美纷呈!其实全剧不过《投店》《赴试》《考回》《定情》等数场戏,人物也有三个,这美首先在于充满文学性的唱词,"聪明人,聪明误!说聪明,是糊涂!"直接衍说板桥的"难得糊涂","孔子文章有精髓"一段,也是对自己坚持"不义若浮云"的诉述,至于饶小妹"先生是竹君子"的一段唱,引出竹根泥、兰草依与石不离的譬喻,多情更是生动如画。上演不过数月,戏里的很多唱段在小城就被传唱开来:

三千里,苦辛劳,赶考人,郑板桥!
马背过年风雪飘,霜月夜宿露荒郊。

十年已把功名傲，山水之间本清高。
……

唱腔来源于淮剧表演艺术家陈德林，同是小城知名艺术家，亦与沙黑同龄，他动情地予之说，这部戏是其一生演艺的代表作！作为编剧，沙黑听了主演的这句话，心中当很欣慰。

他自认为写戏以来获得的最高奖赏和荣誉，则是老友俞振林赠给他的《板桥道情十首》册页，这是老俞在欣赏完《板桥应试》后的激情之作，册页行书跋云"沙黑兄剧作《板桥应试》，思想内容、曲词情节之串联，在经意随意之间，格局新，意境深远，感人至深，几经展读，不忍释手，于遐想之余，拍案高呼：好沙黑！"

好沙黑！仅仅一个好字，已胜千言万语。

老俞去世后，据传悼词也是沙黑写的，之后他又写了名为《高山仰止》的悼念文章，让我在《花丛》辟设纪念专栏刊登之。

我也收藏了几张老俞的画作，多是他在世时送我的，丹青过眼，旧情尽别，本应也写一篇纪念，含泪读完沙黑的文章，便罢了这样的念头。

梨园行的传统，好戏在上海叫座才算红！《板桥应试》剧组21世纪初也去上海演出，散戏后召开座谈会，沪上名角也是越剧表演艺术家的袁雪芬直言看了之后很激动，她的发言首先感谢了编剧，"这个戏写得好，今天编剧没来，上海越剧院要向他约稿！"

沙黑要是在现场，想来听了会更激动。

后来他把这次座谈会的文字实录收进了《沙黑戏剧集》，用心自是如此。

浮生若戏，如此真纯的激动能有多少？

四

戏剧亦或戏曲的美好，高潮于舞台上的绚烂。舞台小天地，天地大舞台，颇具一种呼应。

郑板桥真实不虚，沙黑亦然，戏亦然。

曾经很喜欢两句唐诗，"曲终人不见，江上数峰青"，拉上大幕，绚烂归于一片平静，人安在哉？

我读《老子》很早，大约从学校刚出来的辰光，无关家学，只是一种兴趣使然，带着生活中的很多事情去看，总会给人以启迪，比如"众人熙熙，如享太牢，如登春台"，每读到这句，便想到看戏，你方唱罢我登场，熙熙渐而攘攘。

而我，几十年"浊泊兮，其未兆"，看了很多戏，却一直无甚长进。

故而才去学戏以及唱戏，假痴不癫，真实不虚的戏剧。

也因此，在从文的路上，我一直比较作外小说。

在我的印象里，小说较之戏剧，失了一份真，连半真半假也谈不上，古人探求文气讲究涵泳，立意于虚构的小说，即便冠之以浪漫主义、现实主义乃至超现实主义，与之相关的创作和阅读都有比物假事的嫌疑，其第一感受也是"如有雷同，纯属巧合"。

当然这只是我的一家之言。

还有一个原因，我不写小说，估计这辈子也不会涉及，余生时间，还有太多的事要做，费老师也说，"你就不要写小说了！"

不过好小说我还是读的，比如沙黑笔下的很多故事。

我把他的戏排在第一，其实很多人并不一定认同，他们会说沙黑写的最好的是小说，《街民》放那儿呢！

对此折中，将小说同列为第一，我也觉得并无不可。沙黑的确是一流小说家，长篇、中篇、短篇，无一不作，在小城，拔剑四顾应无敌手，可允之为峰。

第一还是第二，怎么排沙黑都不在意。对于他来说只是读和写，别人或高或低的评价，从来只是一笑而过。

沙黑写小说，更读小说，就和写戏做功课一样。2000年他出版的《艺海行舟》共分三章，除了读剧谈文、美学访问，还有小说艺探。从他的文章里，我看到他系统地读了托尔斯泰、契科夫、司各特、伍尔夫、川端康成还有芥川龙之介的小说，他甚至将果戈里与司马迁一起对比着读，前者的《两个伊凡》讽刺笔调现实又夸张，《史记》里的《魏其武安侯列传》与之不约而同。后者虽然并不是小说，然沙黑还是将二者联系在一起比较，指出果戈里与司马迁虽时空相去遥远，落笔却如此相近地指向"某种看不到的东西"，其作品都会令人在阅读之后产生莫大震撼与启发，果戈里的小说结束时，讽刺了生活一句，"诸位，这世上真实沉闷啊！"

沙黑的小说书单里，中国古典小说不多，十者不占其一，《艺海行舟》里只有一篇，题为《读〈红楼梦〉随札》。学文的总要读《红楼梦》，我也不例外，还热衷收集不同的版本，常年订阅《红楼梦学刊》。沙黑的随札很短，也只三篇，所谈的也不是很多，诸如林黛玉与薛宝钗初会时针尖对麦芒的输赢，秦可卿之死数回的自成一个局部，前人似有过议述，不过沙黑批评曹氏没有把薛宝琴写活，春意盎然的艳雪图，只是一掠而过的苍白影子，确是说的有些新奇，在很多红学家看来，宝琴身上很多意蕴的隐藏。

沙黑近年陆续写了不少《红楼梦》的纵谈，还为秦可卿作过专篇的辩护，我在《花丛》陆续为之连载，篇幅很长占用很多页码，还引起了有些人的嫉怨。花落花开，都会有人说长道短，我们都付之一笑。值得赘叙的小事，我在他的文章里找到过一个微疵，其言"贾琏是宁府的人到荣府来管家"，我予以了纠正，指出贾琏夫妇都是荣国府的，顺便整理了宁荣二府的世系表给他。沙黑很高兴，并未因我的"犯颜直谏"而生气，不无调侃地打趣我说，"您不是可卿又一弟者转世吧？"

委实吓了我一跳，用的"您"！

一字师也是师，用次"您"不过分，他接着跟我说。

《花丛》里用过沙黑不少的小说，每次卷首语里予之评价推荐，都让我颇为笔涩。

没有想到的是，沙黑很能理解我对于小说的作外，我不写小说有如此看法，他写小说的人有时也很困惑。

后来我读到他的《小说不等于文学》，颇多疑问也就迎刃而解了。并不是所有的小说都是文学，在当下许多纯文学刊物上，也许多数小说都不能算是文学，沙黑提出这样的见解，并非耸人听闻，而是有着自己从理论到实践的思考。他认为，文学的小说，真人性与真感情，往往是从作者心中自然流淌出的，是历史和生活在其心中沉睡着的积淀的觉醒，而不是文学的则是硬做出来的，收罗莫须有的空穴、苍白与哗众，丝毫无生命力。应该将那些"高深的小说""泡沫小说""只顾自己乱说的小说"逐出文学殿堂，不然小说就很有可能变成别的东西，成了自言自语的胡说，成了遮蔽真的文学的泡沫，成了为稻粱谋名利场。

文章有心印，沙黑端不欺。我读到这段文字时，内心是欣喜的，狐假鸱张，感觉他在为我仗义执言。

你写的是文学的小说吗？我问沙黑。

他想了想说，应该是！进而解释，"修辞立其诚是我的文学立场，别的无法考虑"。《易传》乾卦的至言，立诚是臧否修辞的标准，坚持这样的文学立场，沙黑的话也就不会是诳语。

一篇好的文学的小说，构思到何时才算成熟？沙黑用了四个字概括，所谓气、理、象、行。起初不太懂，及至读到吴泰昌对沙黑小说的评价，点出思想重于形象，有意味的叙述是小说美的前提，这才有些似懂非懂——

沙黑的小说颇见分量，叙述从容平和，语言精炼老到，立意深远宽广。他的小说比较耐读，在冷峻的下面流淌着一种热情和关怀，在凝重的背面投射出智慧和幽默。

冷峻与热情，凝重与幽默，是截然相反的两种意思，看似矛盾而不可融合，却又在流淌在投射，由此才有分量可称。如同戏剧创作里的冲突，矛盾也是小说创作的必要手法，渲染紧张气氛，展现人物命运，传达作者意图，不可或缺。沙黑对此的运用一出手便让人惊叹，最初的创作实践中，他将目光与笔触投向更深更远的年代，写戏写的历史剧，写小说也写的历史小说。

他的处女作也可以说不是那篇戏剧评论，而是一篇小说。

1979年还在砂石库的他，已经起手写小说了。第一篇是历史小说《萧何与曹参》，从《史记》里引"至何且死，所推贤唯参"开头，长安论功与萧规曹随只是表象，约法三章还是民贵君轻，朝堂风云诡谲与暗流涌动从未停息，确实是取之不尽的小说素材。小说写成后，沙黑先是胆怯地将之投给小城的文化馆，却由于文学以外的原因而未被馆办的报纸采用，心有不甘的他远投给大连的《海燕》，1980年春节刚过传来好讯，小说竟被采用了！不久还被杭州大学中文系编入了"中华人民共和国成立以来的《短篇历史小说》"一书，由湖南人民出版社正式出版。

失之东隅，收之桑榆。

在这一年里，他又陆续发表了《明天》《主人》等小说，此后名刊唱名渐成常态，曾经忧忡忡的"胆怯"也就一去不复返了。

工夫不负有心人，他的小说如此受到编辑青睐与读者欢迎，应归于沙黑的认真，也就是他的"立诚"。沙黑翻阅《清实录》，看到乾隆朝的"魏三麻私盐案"，据此写出了历史小说《盐》，发表后影响也很大。去买粮食而买了盐，想抢回盐船而杀死了官兵，一桩芥豆小事终惊动了知县、总兵、巡抚、总督，最后奏到了金銮殿，定性成了谋逆大案，"虽云以身正法，实为皇上赐死，何云不幸？乃被恩荣，光流两省三县……"《正法碑》上的世道人心，诠释了《管子》里的那句"十口之家，十人食盐"，沙黑将之放在了小说的开头。

浩瀚史海里的车辙马迹，经过沙黑略加演绎，便是如此逼真、如此传神、如此真实。老友丁卯读完这篇小说，直言"别的作家能弄出个长篇来"，沙黑不置与否地笑笑，何谓"立诚"？在他心中，著粉太白施朱太赤，《盐》只能是现在读到的样子，否则就寡淡淡不成其为盐了。

出于对《盐》的喜爱，沙黑后来自己据之写了一个电视剧大纲，对于小说版却始终未添一字。

后来我又读到他的小说《诗案》，同样发生在乾隆朝，只是地点移回了泰州，故而写得也更为详细些。"明朝期振翮，一举去清都"，沙黑搜罗考证了乡贤徐述夔的冤事，一柱楼诗案被列为清代四大文字狱之一，用小说的形式怀古说史，沙黑的态度是认真的。

吾道一以贯之！沙黑坚持着自己的认真，连同作品。

五

《李明扬和李长江》是沙黑历史小说的代表作。

这个历史离我们很近。

沙黑出身于1945年，和这段历史擦肩而过，但应有听闻。为家乡往昔作传书史，更马虎不得。

泰州这个城市不大，却有很多不寻常之处。中华人民共和国成立前后，苏北行政公署于此成立，往前几个月，人民海军于此诞生。再之前的抗战期间，长江南北多有沦陷，而泰州幸免于斯，小城里驻扎了苏北国民党军的第二大势力——"泰州二李"的人马。二李就是李明扬和李长江，鲁苏皖边区游击总指挥和副总指挥，麾下统领一支号称三万的部队。

从《雨花》回来后，来到文化系统新岗位上的沙黑，感激对他的工作安排，寻思要为家乡做点事，就想到了写"二李"，于是步至小城的地方志办公室，认识了后来成为好友的俞扬，后者慷慨提供了关于"二李"的材料让他作参考。

万物归根，中国的传统文人谁没有一种桑梓情怀？譬如沙黑，经历了一段省城的飘零流落，他也说——人活到一定时候，大约总要对家乡发生一点研究研究的兴趣的。

家乡毕竟没有遗忘这个游子！不管出于何种原因，终归给他调优了工作，从糠箩安排到了米箩里。

完全应该发挥自己的长项,为家乡写点东西。

创作《李明扬和李长江》在沙黑这儿也就自行决定下来了。

从俞扬那出来,沙黑又去小城政协文史委请教了刘汉符与桂平,几方面积攒下来各类可作时代背景的材料多达百万言,如何就中取材,还原某种历史,于创作者来说都不易。

沙黑是审慎的,他的创作过程也表现出一种历史和文学的眼光。一方面以认真的态度去力求真实,一方面以文学的才气去显示艺术,他的写作近乎实录,不动声色地交代这支部队兴起和消亡的历史,以及二李在国难之中人生命运的演化过程,包括他们类似"唱双簧"的配合,这样重大的史实,也是沙黑第一次披露!咫尺之内可见万里为遥,这段历史可写得委实太多,沙黑却惜墨如金,给读者留下了大片的想象空间。

这是他有意的!沙黑的初衷也只是把这本书当成提纲挈领,甚至不将之看成文学创造,只是因为采用了小说形式书写,也就回避不了有一种创造。于我而言,读过之后脑海里两个情节印象最深,该都是沙黑艺术设计的。李长江离开泰州前到光孝寺敬香,趴下磕了头,站起来仰望佛祖,嘴里喊了一句菩萨,就双手捂脸呜呜大哭起来!全书的结尾,李明扬与周佛海一场叙谈,用马致远"不恁渔樵无话说"的曲辞作结,这几句《夜行船》是可以唱的,不知他是否知道。

与沙黑的低调相比,朋友们对此盛誉有加,将这本书的问世看作当代人解读历史的一种方式,张宏伟作序,曹扬作跋,巴秋写引言,徐文藻设计封面……在锋陵动力公司等小城厂企的支持下,出版资金也得到解决,1989年10月,《李明扬与李长江》由中国华侨出版公司推出,并通过《社科新书目》向全国征订发行。

对于这些一援其手的人,沙黑在附记里表示了衷心感谢。新书的出版,他的内心是欣喜的,这是他正式出版的第一本书。"写作此书,我接触到一些历史;出版此书,我接触到一些现实。在从前和现在,都有真的人",这是附记的开头,有话隐晦于内,他在暗示什么?与之相比,我更喜欢其后那段关于创作的回述,痛快酣畅的释放——

> 本书写作,是我从我忝当了一年半编辑的《雨花》杂志社游子回故乡之后,是举家借居在我同学姨妈的屋中写的。去年此时,光着身、流着汗水,在蚊香缭绕中写到下午七点,然后一头扎进东城河里游泳一千五百米,真是一个野性的美妙的夏天!

后来他应约为省委统战部撰写《李明扬传》,李明扬的后人来泰也会拜访于他,都是这个美妙的夏天留下的余绪。

沙黑正式出版的长篇小说还有《四月南风》与《旧庄遗事》,都是近几年推出的。

《四月南风》应该写了很多年,一直在改,2017年被列入里下河文学流派长篇小说资助项目出版。年过古稀,属于沙黑说的人活到一定时候了。泰州是他的家乡,高邮是他夫人的家乡,也是他插队七年的地方,小说对之也该有所反映,故而将地点定在了里下河农村,时间则是试行"联产承包制"的20世纪80年代初期。沙黑说这次创作是参照生活本来的样子写生活,自言出于一种文学理想,种种迹象都让我想起他写的那首《里下河歌》——"微风偶或惊宿鸟,薄雾轻笼睡梦甜",甜甜的睡梦里,有白日的劳作与夜晚的幽会,有乡村少女们关于婚姻与爱情的欢笑与泪水,有乡村青年们关于生活与前途的彷徨与选择……

从这层意义上来说,《四月南风》也就是小说版的《里下河歌》。

翟明评价这篇小说,"对里下河平原农村风貌的刻画表现,笔到意到"。这应是说小说里充盈的一种乡土气息,农忙天里的夏收、夏种、夏栽、夏管,确是对农业文明的真实写照。小说里没有一个核心人物,也没一个中心故事,倒像一篇散文,叙述了特定生存状态下的几个人,他们默默地接受了历史的巨大转型，相应默默地改变自己。

我想这几个人背后，多少有沙黑自己的影子，包括他的夫人还有许多朋友。

"南风之薰兮，可以解吾民之愠兮"，《四月南风》的初稿前，沙黑引用了《南风歌》，正式出版却删去了，作五弦之琴以歌南风，这南风该不是吹过四月乡村的那缕，当我翻看到小说最后一页，果真看到"噫吁里下河"的诗吟，不由会心一笑。

《旧庄遗事》的创作，沙黑本没有一点儿准备。2017年初冬，我们共同的好友邵展图约着去他的家乡唐蒋庄一游，之前提议的还是我，素闻那里有一座保存完整的都天庙，热衷于宗教研究的我当访谒之。

也就半天时间，我们参观了唐蒋庄以及邻近的老阁，午间主人延请乡老以陪远客，席间闲聊到本地正在修撰的村史，特别提及抗战时期的不少故事，沙黑一听就来了劲，这可以写成小说啊！

说干就干，他的雷厉风行这时彰显得淋漓尽致。从唐蒋庄回到小城后，他闭关三个月，二十万字的长篇就写成了，起名为《旧庄遗事》。这个庄自然就是唐蒋庄，时间在1940年前后，日寇兵临境界，当年乡绅组织抗战联庄会自保，然却因抗日统一战线未能形成，最终仍遭日寇血洗的惨案——国之不存，何以家为？

书稿完成不久，被省作协列入重点扶持工程予以支持，正式出版后，又回到唐蒋庄举办了不失隆重的作品首发式，我与邵展图应邀都去捧了场。

古迹，一起看了；好酒，一起喝了；故事，也一起听了……不同的是，沙黑写了一部长篇！

这是多么不可思议！"一棹兼葭犹有味，当年曾卤五湖秋"，我只是在蚌蜓河边陵亭阁下写了一首七绝。

这就是沙黑的高度，也是我与之的差距。

沙黑还有一部总字数近百万的长篇小说，那就是"天之苍苍"三部曲——《狭路》《力尽》《终结》。

三部曲的内容可概括为一句话,写了教员郁平和他的妻子乔丽的坎坷经历,然而作品以一场政治运动作为表现与探索对象,由此便带来了很多不确定,当下出版的可能也就微乎其微。沙黑将之散给友人看看,并不想自己数年的心血就此了无痕。

范小青读了,又转给汪政,后者给沙黑写了一封长信。信中肯定了作品的真实、反思等特点,还有思想内容给人的启发,更表示一种钦佩,钦佩作者创作的认真,更钦佩思想的勇气。

"天之苍苍,其正色邪?"三部曲的名字来自《逍遥游》。他专门给我解释过,而我始终没能悟透。

不过,我还是认真地读完了三部曲。他送了我一套,视我为朋友,当不能辜负。

长篇小说外,沙黑在新世纪里还出了两本中短篇小说集。

最近一本为我编辑海陵文学丛书时推出的,名为《五月的大雨》,9篇小说有新作也有旧文,《孙庞之战》《五月的大雨》等是历史小说,《狗的喜剧》《歧路彷徨的小芳》等是现实题材,进城的打工仔和灰暗地带的女性,社会的播迁,生活的重压,自我的丧失,特定群体的身心疲惫与心无所安,属于对底层的书写,可以看出沙黑真挚的人道情怀。

前一本是《化而为鹏》,黑猫丛书之一,作为地级泰州市成立后小城文学界的首次集中亮相,这本小说集编得也很用心,作品多在大刊上刊登过,引为书名的《化而为鹏》,发表在1999年第6期的《清明》。我对这篇小说印象很深,觉得主人公老焦有点如生活中的我——善作义山体的诗,善填花间派的词,其人为人宽厚,方面大耳……沙黑给我的散文集作序说过:

> 同华这人,我有幸认识他时,先是他的相貌让我觉得一奇。我每玩笑说他可以去扮演唐僧的,因为他面若银盆,眉目舒朗而清秀,且发散着一种善良之气……

方面大耳与面若银盆，说的一个意思！玩笑而已，我自是知道老焦更多的影子是他自己，写了一出可供上演的戏更轰动省城，剧名还叫《二桥春》，都是真实的化用，再说他写这小说时，我不过18岁，仍在菁菁校园里刻苦攻读。

18岁的天空，风轻云淡，犹无卷舒。

六

《街民》对于沙黑的意义毋庸多言。

这是他的成名作，也是恒久的代表作。

沙黑，街民，同时虚构的词，注定伴随吴双林的一生。

街民！也是沙黑在中国文学史留下的属于他的名词，进而可视作其对当代文学的一个贡献，在小城乃至更大的区域里，这样的名词与贡献，都是凤毛麟角。这是刘仁前对沙黑的赞羡，一次我们同车往省城开会，一路的话题几乎都围绕沙黑，我也深深记下其中的几句话。

仁前让我多向沙黑学习，我深以为然，却也知力有不逮。

《街民》1987年《收获》首发，给了沙黑怎么躺都行的功劳簿，尽管他并未就此感到满足，而是继续一手写着戏一手写着小说，在把目光与笔触投向更深更远年代的同时，一直挖掘着身边的文学人物。

吴萍评价，这段时期是沙黑的黄金年代——

> 沙黑先生写于20世纪80年代的短篇集《街民》，就文字、气息或艺术风格言，全然是本土化的中国化小说。

事与愿违，《街民》之后，街民好像就断了，五色笔明明还在，沙黑偏偏没有继续将这个系列写下去，人们也有议论，这是不是已成了他自己都无法逾越的一座文学高峰？

沙黑听过这样的议论，我也问过他，哈哈一笑，他不置与否。

我读《街民》很认真，如我这般认真的应该不多。

向沙黑学习，首先要读懂《街民》，尽管我不敢说自己已然读懂。

不过我已可以回答下面这些问题——

街民总共写了几个人？几个男的？几个女的？街民的街叫什么名字？小说还有什么地名？哪些人物有些现实的影子？哪些人物又完全是沙黑的杜撰？……

《街民》在杂志、选刊刊载过多少次，不会少于十种，我知道的就有《收获》《清明》《雨花》《新华文摘》《小说选刊》以及《新笔记小说选》，那几年地方上的报刊也常选用，难以一一尽数。至于单行本印行多少次，大概可以明确，应该有四次，我都有收藏，从最早1994年泰州报社印刷厂印行的蓝面内部资料，到收入里下河文学流派作家丛书的短篇小说集，都以《街民》直接命名。我的认真在这里或能体现，曾将几本《街民》摊在桌上，一篇一篇地校读，从每一本的篇章取舍、编排顺序等细微变动中，试图感知沙黑的内心想法。

《街民》最早的单行本1994年印行，老友丁卯作序，不是公开出版，只印了五百本用来赠之友朋。全书二十余万字，除了《街民》系列外，还收了另外十篇小说，比如《陋巷三记》《盐》，还有《萧何与曹参》，都是早年的代表作。《街民》系列从"汪家"开始，以"毛猴"作结，拢共写了28个人。

及至里下河丛书公开出版《街民》已是2014年，二十年前旧板桥的更易，封面上印了推荐语——"这样的书写，已在不同程度上嵌入了中国当代文学史"。还是十一篇小说，《街民》依旧领衔，1994年的只保留了《难忘的小张庄》与《盐》两篇，余则加上了《斜柳巷记》《王山轶事》等，以及我在《花丛》为之编发的《豪杰》。《街民》系列同样也有了改变，《张二》列到了第一篇，以《尚古斋》收尾，最重要的并不在此，而是多了3个人：填房，乡忧，老鹤。

多出来的街民是哪儿的？我循之仔细研读了一番。《填房》写了王家桥东街一个叫何云的，二十八的老姑娘给银行里的刘姓高级职员续了弦，含辛茹苦地为之将病母送了终，拉扯大他的四个孩子，然而很多年后的家庭财产分配，对她很是不公，刘先生的一句"她是填房！"让众人不再言语，小说最后一句大概也是沙黑最想说的——"日子就这么糊糊涂涂地过。"《乡忧》写的是半亩轩的老名流蒋云，一个命运很奇的人，面对步步高升的儿子，他却由起初的高兴渐而背上滚过一道寒气，终将给儿子写信的底稿在天井里付之一炬。其所云"世事固非老朽所知"，主要带出了"位高则险大，权重则害臣"的道理，平常人家的子弟，最好庸常无为而多思侥幸。《老鹤》里的主人公绰号就叫老鹤，家住在城北旗杆巷，这是一个浪漫主义者，平生笑对着同学、妻子还有兄弟，晚年常去炒股，而且从来没有输过。

也就是这个股市的细节，让我有了一种猜度，后面三篇该是《收获》之后的街民。沪深两地的股票交易1988年前后才出现，上证所1990年底挂牌，深交所1991年夏天开业，时间节点，决定了老鹤只能是街民的后来者。

何云、蒋云还有老鹤，他们的故事并无甚跌宕起伏，甚至找不到一点引人入胜的情节，然而沙黑的讲述，却又充满了一种看似平淡却有味道的风格，总能让人悟出点什么。像沙黑这样的综合型作家，其作品肯定很有深度，静荡荡的表面之下，都有一定的现实意义，叶至诚对他的嘱咐，他自是始终牢记。《张二》以挑水为生，《李少山》会做烧饼，《姚大》是个踏黄车的，《楚爹》在政府门口卖萝卜，《杨扯扯》称人习惯带上"同志"，《淑芳》的老公是一个被诬告了的人，《绮凤》是槽坊街上的新式人物，《粽子》是卖盐奶奶的名字，《宫斜子》做酱园和做圆木匠，头斜脾气也斜，《田二》是个瓦匠，遇到谁都热情地招呼吃过没……哪一个不鲜活？哪一个不饱满？沙黑的深度确实源于一种现实主义的写实特质，他认真对待这些生活里发现的街民，将沉重的生命之哀作淡淡的表达，着意写出他们各自的血肉与命运，形成一种艺术审美上的"哀而不伤"。即以里下河版小说集中的31个街民来说，12个女人，19

个男人，作为某一段时间段的典型人物，他们个人史或家庭史的勾勒，最终又只是引子，由之带出了上百有余的众生相。通过这一群人，又联想到自己生活中的另一群人，抻伸出的无限空间让人嗟嗟不断，不知不觉中也就完成了对一个时代的挽牵与凭吊。

文章合为时而著，好的小说就在于与现实之间的紧密相连，而与语言的平淡与否无关。评价汪曾祺的小说，有人这样说，纵观《街民》，或也可看出某种对汪曾祺的传承。

汪曾祺是里下河文学流派的一面旗帜，高邮是他的故乡，也是沙黑插队的地方。"我的家乡是一个水乡，我是在水边长大的。耳目之所接，无非是水。水影响了我的性格，也影响了我作品的风格"。汪曾祺在散文《我的家乡》里诠释了水与文的关系，这必定会影响沙黑。读其《汪先生与泰州的焦屑》之类的随笔，甚至可见一种喜爱。一方水土养一方人，同样的水土滋育，风格确有趋同的可能。《受戒》《大淖记事》以清淡笔写平常情，《街民》亦然，街上不是水乡，但日常生活却充满水的感觉，街民们在这水的纯净与温润下，也都具有了水的品格。有评论家将这水意释成诗意，情绪流动的诗化意蕴，人情人性的诗化归宿，都是特点，而将这种特点聚焦到某个人身上时，烙印更加明显。叶橹将他对汪曾祺的感觉形容为"汪味"，小城的很多人则总结沙黑的小说叫"街民体"，据说一段时间仿作迭出，翻开一本《花丛》杂志，一"味"直抵卷尾。

花絮或可一提。《花丛》在1987年夏一度想改名，供选方案就有"里下河文学"，未定论前，编辑部就早早请托人找到汪曾祺题写好了刊头，这里面就有沙黑的鼎荐，那会儿他是主要编辑。

《街民》为普通人立传，题目也多直接取用人名，只有几篇例外，《天福》与《尚古斋》就取自店铺的招牌名。

天福是家布店的牌子，不是虚语，小城坡子街真有过这样一家绸布庄，1934年春吴惠春创办，时任国民政府代理财政总长的凌文渊题额。我小时候也曾随祖母去那儿扯布，用来做过年的新衣裳。此天福非彼天福，沙黑笔下的天福布店开在考棚街，店主人的两个儿子，大的叫天福，小的叫天禄，小说自是围绕天福展开的。作为家里的长子，厚墩墩的天福生就一副憨相，不抽烟，不喝茶，每天做的事就是下乡卖布，归来后就热水烫烫脚，这是他的最大一乐。父亲去世后，他把当家重任推给了兄弟，兄弟去世又推给了弟媳，跟着父亲过、跟着兄弟过、跟着二娘过及至跟着侄子过，心满意足的八十几年，个中虽也冒出兄弟被绑票、侄子去投军几朵浪花，却都未起什么波澜。天福曾去南门高桥测字，戚先生一句"由此下去，是为得法"，我将之理解为小说的文眼，一生能这样"憨憨"地度过，可说是有造化。

尚古斋也开在考棚街，是家古董店，属于沙黑的创造。老板的绰号叫任呆子，生就一副呆相，与天福的憨有得一比。平日里，任呆子为人随和，对待叫花子都很客气，家境贫寒的邻舍也常接济。他有三个孩子，长女由育婴堂抱来，亲身女儿是个连话都不太会说的呆子，儿子则取名天愚。任呆子也活到八十，在打瞌睡时含笑逝去的，人谓有福。去世前的他，"笑嘻嘻地站在巷口，也好像是在观看一个陌生的人间似的"，读到这里内心频生无奈与不忍，人情世故看烂熟，呆还是福，也就真假难分了。

小城并没有考棚街，泰州人读完《街民》后，都会知道沙黑说的就是府前街。街东首为扬八属考秀才的学政试院，故而民间似有这样的俗称。沙黑一度认为考棚是街两侧店铺为迎接考生而搭建的，是他的想象，其实不然，考棚是考舍的俗称而已，在试院里面。这是我纠正他的，彼时甚为得意。沙黑为此也写过《府前街小史》，解释了考棚街的由来。

《封永高》一篇的地点也在考棚街，封永高是此间昌寿药店的管事先生。老板不问事，店里封永高做主，谦虚、本分、诚恳的他办事有骨子，药店在他的经营下，兴旺而又稳定。由私营变成国有制后，国家派了一个干部来药店当经理，封永高留用为副经理，自此经理换过不少，他则一直没动。同样没有变动的是，每年正月封永高携妻穿得整齐，带上厚重礼物，恭恭敬敬地去老板家里拜望，不管他身为管事还是副经理，"修合无人见，存心有天知"

这样的古风，的确不能只挂在嘴上。当然，我最感兴趣的是老板家住鼓店巷！

鼓店巷并非虚构，就在中山塔西南，巷如一个半圆，北通府前街，东连府南街。于我而言，鼓店巷也有着特殊的意义，人生第一张身份证的地址：江苏省泰州市鼓店巷13号！往事悠悠，多少前尘可堪挥手！巷子早已没了，拆迁建设了中山广场，每当读到《街民》，总会想起巷子里的每家每户，甚至有过这样的臆想——打开13号的黑漆大门，是否有一对穿得整齐的夫妇携礼来访？

除了想起老家，读《街民》也让我想起过父亲。"胡驴子携牵着他的儿子名叫铁锅者，讨饭讨到了江州小城"，这是小说《胡驴子》的开头。"驴子"说的是一种脾气，却也没有名字，就叫胡老头，冲厕所、捡垃圾——他的生活只有攒钱与培养儿子。待儿子考学、从医并娶妻生子后，他却又强迫儿子不准回来，"你回来就没有出息！"这样的话听来似曾相识，"你不要犯错误，钱要舍得用，衣要舍得穿，就是对得起我"，好像也有过耳闻。胡老头去世后，儿子"悲伤原来却是很深的"，沙黑说这是千真万确的，他写的是尴尬的父亲逝世时自己哽咽里的感受。去年冬天以来，我侍父看病于各地，多少个夜晚斜靠在病房旁，看到头发落尽日渐消瘦睡着了的老父，潸然欲泪，胡驴子的形象飘过脑际。

君子之事亲孝，余复何为？

七

《泰州学派》的核心思想就是"百姓日用即道"——

愚夫愚妇与知能行，便是道。与鸢飞鱼跃同一活泼地，则知性矣。

心斋先生王艮的语录，直白地告诉弟子以及后来人他所提供的治世良方。所谓致良知，只是家常事而已，穿衣吃饭也是人伦物理。

《街民》写的都是家常事，表现在这群"愚夫愚妇"身上的平常日用，岂不是体现一抹哲学的意味？

泰州学派指出君子之道的最高境界是淡而不厌，"街民体"里充盈的平淡，是否也可理解为作者奉行的君子之道呢？

沙黑的话剧《青年王艮》写好后即惠于我与俞扬同读，我随即在《花丛》上开辟专栏刊登了——

艮就是山，人要活得像高山一样，挺着。人走路，遇到山，就要停下来，看一看、想一想，该怎么过这座山。艮是山，也是止，当止则止，当行则行。

心斋初名银，字汝止。沙黑的戏里，给王艮写了这段台词，当止则止，当行则行，原是包含"街民"在内的平民阶层的生活信条。

泰州学派的本质，就是平民启蒙运动，王艮就是平民。

吴嘉纪是清初泰州籍的大诗人，亦为泰州学派传人，半世潦倒，一生布衣，始终保持着平民身份。沙黑研究过吴嘉纪的《陋轩诗》，并写文章从家、友、民、国、志等方面概述诗集的主要特点。据说俞扬读到斯文时，感叹"在泰州又有一个可以谈谈吴嘉纪的人了！"他俩一致认为作为王艮的"后兴者"，吴嘉纪是可称伟大的，遗憾没能引起太多的重视。

昔有人说，野人之诗即心斋之道。

允我畅想，很多年后是否有人议定——沙黑之小说亦心斋之道？！不是没有这样可能。

从一本《老子》的家学，至创作观的培炼，沙黑不再惧怕被埋没，始终保持一种屹立后的清醒。

他写有一本《汲古集》。

汲古，是以先秦诸子为阅读对象，以及同时进行的随笔式写作，沙黑自谦是出于对中国思想资源的兴趣,好古寻根、时或把玩而已。实则不然,费老师判断沙黑此举有一个远高于个人趣味之上的理由,那就是以个人的知识眼界努力去认识当下的某种思想潮流。

"谈仁论义"是《汲古集》的前一半,共计13篇文章,主要是以"仁"的概念为中心展开的政治史与社会史阐释。围绕老子、孔子、孟子等人的论述,沙黑考证了"仁"之于孔子的志、孟子的社会等级的关系,强调在平民之中"仁"与"义"的作用,比如《庄子》里的"盗跖",到刘关张桃园三结义,以及绿林好汉替天行道之类,从而得出最后的结论,"仁"与"义"来源于平民生活,只是后来被"圣贤"拿去做了改造和利用,但平民却坚持了自己对仁义的理解。

《汲古集》的后半部分主要讲韩非子,内容多有27篇,《切实的韩非子》《韩非子私淑商君》《守正而俟死》……由此可看出沙黑对于《韩非子》的研究,可能超过了孔子,且对其褒扬有加。作为荀子的弟子,韩非子的思想和学术谱系可案,然其用毕生智力与谋略建构"强者"的政治理论,最终又不是完全成功的,有云"欲成其事,先败其事",对之表示"同情的理解"。

《汲古集》体现了沙黑认真学习钻研的习性,书一直在修改中,尚未出版,而费老师为之写的序早在2012年的元宵节就已然完成。

2018年上半年,沙黑将上半部《谈仁说义气》抽出,单独印了一些,分发给友人赏看。现在他把它们全毁去,因为不断有些修改。

我近禅二十余年,读《金刚经》逾百遍,常惭愧于参悟不透功德甚微,明知无一物,却又多尘埃。

暗香浮动,蝉鸣躁耳,夏日的阳光漫溢成绚烂,该是2013年的小暑节气前后,沙黑与我通电话,他说刚读完《金刚经》,写下了两万多字的笔记,要发给我提提意见。

如是我闻,经不过五千余字,解竟过两万!这是何等智慧,更是何等胆量?

佛曰不可说,在家菩萨维摩诘亦以"默然无言"诠示"入不二法门"之境界，沙黑却偏偏不信这些。

诚心正意，合掌默诵，即便看读经的笔记，我亦不失虔诚。

《金刚经》名为何意？沙黑将之释为能够斩断一切烦恼到达彼岸的智慧之经，这是有出处的，确是如此。随后他又提出《金刚经》主要是解决"云何应住"与"云何降伏其心"两个问题，我们的心应当毫不动摇地定在哪里？又该如何降伏一切不正当且虚妄的心思，永远保持在一种纯然的境界？值得人深思。

比起某些法师讲经，沙黑的见解更为通俗易懂，比如他对名利的参悟。经中的掌故，若得到了"阿罗汉"的果位，也不能有"我已得阿罗汉果"的念头，实际上根本就没有"阿罗汉"这个存在，只是名为有个"阿罗汉"的存在，这就是诸相非相。比如写作得了什么奖，其实创作哪能以奖来衡量？那只能靠自觉，得了奖就满足，马上就会应了"骄傲使人落后"这句话。

举一而反三，沙黑还从《金刚经》讲到了《妙法莲华经》《楞严经》，他说佛教的根本大法是无我，只有无我相了，也就无分别心，同时有了平等心，诸法缘生，性空不住！

看到这样的叙论，我唯有合掌叹服。

佛之论，作为智慧，是某种痛定思痛的生命之花。佛经是如来所拈之花，沙黑的经论便是一笑。记得一次在南山寺的花房，我领之谒见大初方丈，才饮数盏茶，沙黑便高谈阔论起来，法师微笑我低头，芝兰之室散发不尽禅悦幽芬。

老子说道，孔子谈仁，如来说法，沙黑都听下去了，他也都有话说！

他说的很多话，都被收进了《艺海行舟》《艺海刻舟》两本书里。"艺海"两字看上去并不是多雅，沙黑却很认同，他自言学生时候的他已读过秦牧的《艺海拾贝》，几十年后虽已淡忘了书的内容，但书名却刻在了脑子里。沙黑的很多话由于思想性太强，发表不容易，渐渐的，他对于投稿也懒了似的，积笥满囊有了足够的字数，索性就出本书，一是给自己以读书学习之乐，二是可与别人共享，于是这般，《行舟》《刻舟》以及诗化散论之类的书，十数年出了好多本，沙黑将之视作房前屋后栽种的花木果蔬，小小劳作，自家愉悦，也给过路人眼中增添一瞥景观。

人不知而不愠，不亦君子乎？

读诗或动情，沙黑曾闲译《诗经》，以"诗经里的情歌"为题写了一部书稿。他觉得"郑风"是《诗经》里最清新最优美的篇章，全是青年男女之间的情歌，"狡童"则说恋人之间的烦恼，"褰裳"打趣情人之间不免开心作耍，"风雨"写的久别重逢后的夜间幽会……"青青子衿，悠悠我心"，被他译成白话"你青青的衣领，我悠悠的痴心"，"虽则如云，匪我思存"，译成"虽有如云的女子，却不见我心上那人"……难以想象这些绮丽的诠释之句，沙黑写于1985年，西门砂石库的煤油灯下，另一番"秉烛夜书"，我问其这份激情从何而来，他笑说每读《诗经》都会心驰神动，今犹如此，最近写作中的历史小说《嫽姬传》，据说就引用了不少《诗经》。

京剧艺术大师梅兰芳是泰州人，研究并创作戏剧的沙黑对之当然关注，泰州梅兰芳研究会成立以后，他被举为理事。《泰州知识丛书》征集作者，关于梅兰芳的撰写，很多人推荐沙黑，他也当仁不让地把任务领了。很快，《冰雪精神——梅兰芳的艺术世界》的书稿就拿了出来，审稿专家一看便过，对沙黑将梅兰芳还原到生活中来加以叙述的写作方式尤其表示充分肯定，后来我应凤凰美术出版社的约稿写作《梅兰芳》，沙黑第一时间把他的电子稿发来供我参考，属于雪中送炭，让我感动不已。

《泰州知识丛书》还有沙黑的另一本书，写柳敬亭的，题为《醒木寄风云——柳敬亭的时代》。通过历史溯源，沙黑从历史真实中再塑了柳敬亭这一传奇人物的生动形象，引用前人"不朽谁知在稗官"的诗句，强调了柳敬亭的"不朽"，颇多新意。

八

有人戏说，沙黑的根据地是泰州，而他的福地是兴化。

郑板桥是兴化人，是他写的最好的戏的主人公。

同样，沙黑正式出版过几本专题随笔集，一般认为写得最好的也是兴化题材，比如2002年的《水浒散论》与修改后的《水浒新论》，或许他自己也没想到，就这样成了水浒专家。

工欲善其事，必先利其器。

《水浒传》是历史小说，沙黑有时也写历史小说，对此他的解释，小说是虚构的真相，有时更能接触真实的历史。

听到这话时，让我又想起《李明扬与李长江》书后他的附记，开头也是如此"故弄玄虚"。

历史是时代发展的必然趋势，然而很多时候从侧面推动历史走向的并非精英，反而是一些名不见经传的小人物，所谓的鸡鸣狗盗之辈。这样的人物《水浒传》里不少，梁山的诸多大事件常见小人物的身影，所谓风起于青萍之末。

沙黑对此尤为关注，写街民的他乐于研究社会下层民众的生活。他论的《水浒传》，包含有人物系列，其中又有小人物系列、泼的女性系列，赃官污吏系列、泼皮豪强系列，另将"好妓女"李师师单列成节，也是别出心裁。

旧云大器也须小试，我对"小人物系列"读得最是仔细，郓城县城里卖糟腌的唐牛儿，阳谷县紫石街上的郓哥儿与何九叔，江州赌场里的小张乙，李逵的哥哥李达，给鲁智深打兵器的铁匠……沙黑的赏析也很到位。《水浒传》里还写了很多店小二，他认为最有名的是沧州的酒生儿李小二，东京时得过林冲的救助，沧州重逢遂对之多有照顾，小百姓平凡而平静的高贵，在柔弱之中有着无限的坚韧性。

顺带一提的是，沙黑的笔触还论及《水浒传》中的酒店与文学。最有名的酒店是江州的浔阳楼,最大的酒店当数施恩的快活林。沙黑客观地评价小说中描写小酒店的诗词不算很好,与唐诗宋词相比,通俗文学的出发点不同,主要在于渲染气氛以及把握节奏,例举"白发田翁亲涤器,红颜村女笑当垆",风雪山神庙的那段写得多么传神,"天色冷得紧切,渐渐晚了,远远望见枕溪靠湖一个酒店,被雪漫漫地压着",好一幅雪中酒店图,情景交融,读之令人欲醉。

天何美女之烂妖?《水浒传》一向被认为有较明显的贬低女性形象的倾向,尽管她们也多取材于社会底层,沙黑对此表示认同,为此罗列了小说中的"泼的女性",潘金莲、潘巧云、白秀英还有阎婆及其女阎婆惜,细析其柔弱的外表下掩盖的强硬意图,可怜背后包藏祸心,人不可貌相!

王婆与贾氏是他论述的重点。王婆这样的"老猪狗",作恶毫无犹豫之处,一步一步把潘金莲领上死路,把整个事情推上最残忍最无可解救的顶峰,就像一个意志坚强的导演,一定要这出可怕黑暗的恶剧达到最辉煌的效果,可算是最奸、最毒、最强、最硬的女性老泼皮!而卢俊义的夫人贾氏始终是百万家财的主母,哪怕主人换成了李固,二十五岁的女人如此心计,不可不算是女中泼皮兼豪强。

由此沙黑有了自己的定论——《水浒传》最精彩的篇章,必定有一个"泼的女人"的存在!宋江与阎婆惜、武松与潘金莲、石秀与潘巧云,扬州评话将这些敷说成"宋十回""武十回""石十回",自是有着符合理性的分析,鲁智深、林冲等没有他们的专门"十回",其缘故大约不在英雄,而在女人。

沙黑的解读自很严谨,看小说与写小说,他都坚持着历史观。

天罡地煞,一百单八将,沙黑的文章里专门排列了英雄出场次序。他还写出了职官一览表,从宰相、殿头、参知政事到虞侯、孔目、承局,再到押司、保正,数十个名称依次列出并加以说明,从而确认《水浒传》中使用的官职名称符合宋代情况,实事而求是,将之形容为小说现实主义风貌的有机组成部分。

这些研究也是十分有必要的。《水浒传》里最复杂的人物是宋江，金圣叹昔批"此书写一百七人处，皆直笔也，好即真好，劣即真劣，若写宋江则不然，骤读之而全好，再读之而好劣相半，又再读之而好不胜劣，又卒读之而全劣无好矣"，这样的话并非故作艰深，而是确实如此。有一点可以肯定，宋江的一生也是悲剧的，沙黑就从官职这个细节做过认定。宋代的安抚使负责治安，以知州兼任，同时兼马步军都总管，招安并血战各地后的宋江被任为楚州安抚使兼兵马都总管，然而却不兼任知州，《水浒》中这样的书写并不是漏笔，而是暗示朝廷实以另任有知州，并以之监察节制宋江。

心细如发，这样的分析我只在沙黑这里读到过。

"《水浒传》之文精严，读之即得读一切书之法"，也是金圣叹说的，数百年来，如他也如沙黑这样读《水浒传》的，能有几人？

至于《水浒传》的作者之谜，沙黑基本是确定的，他研究过施氏族谱与施耐庵墓志，对施耐庵的故里在兴化表示肯定，同时指出《水浒传》中北京大名府的影子可能是泰州。为此他述评了《水浒传》、元曲、泰州语言的重叠现象——元曲与《水浒传》共有的：端的、遮莫、帮闲、稳便……元曲与泰州方言共有而《水浒传》没用的：吃食赖食、恶相、上紧着干、现报……三者共有的：省的、打熬、撺掇、幌子……而泰州方言至今还用《水浒传》中也有的：买嘱、对过、快当、掀翻……

"把后人的饭都给吃了！"我常伴喷于他。小城的报刊以及公众号里偶尔会读到一些有关《水浒传》的片文只事，已读熟沙黑诸论的我一瞥而过，不少真的太浅薄。

笔底有感何须道，沙黑撰文在上头。

也有人问他，研究《水浒传》的人与文多矣，他的著述有何新的价值？沙黑这样回答，他创作小说与戏剧创作，《水浒传》肯定要读，读时觉得有话可说，陆续就写了二十多万字。

其实还有两个原因他未曾明说，我也是在阅读中窥知的，一是他读《水浒传》，也是在准备创作，他要让这位伟大的文学家在舞台上放声歌唱！后来在两本书的基础上，他写了戏曲剧本《施耐庵》，发表在了《剧影月报》上，虽然他自己不算满意。第二个契机更有意思，他偶然从兴化朋友那里得到一本研究《水浒传》的书，敬佩其中某些分析，又不赞同某些论点，心中多不平，遂生了争鸣之意。

沙黑的朋友中，兴化籍的占了很大一部分。

比如庞余亮。曾几何时，他为庞余亮的小说写作《热土·浓情·秀笔》评论时，后者还是"兴化沙沟中学的高三年级政治教员"，然对其文学才能予以了盛赞，将之称为"旷野的作家"。庞余亮调到江边小城后，我陪沙黑去看过他，坐在酒店的落地玻璃窗下，看着不远处的滚滚长江，沙黑不由感慨，文学的路上倒下无数无名的作家，顽强地走向未来的只有几个，他希望庞余亮成为这样不朽的少数者……回来的路上，他又跟我讲，庞余亮最宝贵最有价值的，还是庞余亮自己，是他拥有的生活和他自己的生活感受！我知道，他这也是在勉励我。

比如刘仁前。作为里下河文学流派的代表作家，而今他俩的名字总会常被人一起提及。沙黑评价过仁前小说《香河》的文学品位，认为其继承了中国现代长篇小说的正宗传统，出于一种喜欢，他甚至将《香河》改编成了三十二万字的电视文学剧本。小说与剧本我都认真读过，最喜欢沙黑为之撰写的主题歌，自诩有哀怨抒情美好沉郁的情调，将来拍摄可用于每一集的头尾：

静静的香河悠悠地淌，淌进满满的乌金荡。
望不见哥哥望星星，望不见妹子望月亮。
……

比如谷怀。沙黑常言他与谷怀气息相亲，可称知己，说他是一个质朴、实在、木讷的人，就像青青黄豆荚一样生长在叶子下面不会张扬，所谓"寂时不寂，荣时不荣"，甚至拿谷怀的散文比方归有光和《项脊轩记》。谷怀做了多年的兴化作协主席，活动开展很多，沙黑常受邀参加，我偶尔也随之同往，每每一种热烈而又和谐的氛围。2014年夏，兴化要出一套"荷叶地"的散文丛书，谷怀请沙黑作序，于是我们又来到兴化，他负责写文，我负责喝酒，又一次尽醉而归。与君同乐亦同忧，在《兴化市十家散文集序》中，沙黑把我也捎上了一笔——

与我一起赴兴化者，是青年散文作家徐同华，他的感受与我是完全一致的。在回海陵的路上，我们俩一直为在兴化所获的文学观感而兴奋不已！

九

延引故乡人，风义未沦替。

沙黑的老少朋友中，泰州的自是大多数。

望海情怀，世事更迭有如潮涨潮落，一湾悠悠的凤城河水，流泛了"儒风凤冠淮南"的千年人文传说。

凤冠便是一直领先，时下小城的儒风也就靠沙黑与他的朋友们在坚守与传承。

沙黑说自己在才俊们身边，并就此写作了二十万字的书稿。于他而言，对生活最好的表达就是将之写下来。2019年的里下河生态文学写作计划推出了这本书，书名就叫《才俊集》。

也是这一年初冬，在第七届全国里下河文学流派研讨会上，主办方发布了经典散文入围名单，《才俊集》名列其中，认为其是一部具有里下河风格特点及较大影响的作品。

问世伊始，即受瞩目，既是对《才俊集》的眷奖，也是对这群才俊们的肯定。

远闻淮南多才俊，满饮葡萄祝酒杯。

里下河不是一条河，是夹在里运河与串场河间的一片广袤平原，其南界就是泰州城。稻河、草河、卤汀河，也从泰州城下川字型地向北流往里下河腹地。卤汀河的"卤"是盐卤之意，在不是很久的百余年前，这条河上犹有盐船的帆影。顺着这条水道，过了城北的老渔行，经桑家湾便可至港口，镇北那片可称宏阔的水面便是董家潭。作家叶慧莲便出生在这里，水乡的女儿灵秀而豁畅，笔名也拈用老家的名字化称董小潭。

我第一次将董小潭引荐给沙黑，已是十年前的事，那会儿她的小说集《纠结》准备出版，想请沙黑写个序。我与小潭相识近二十年，她长我十岁，平时的工作生活中予我多有照拂，她的要求我只有落实。书稿转给沙黑时还有些忐忑，我从未给他"派"过差，没想到他很爽快地就答应了，更意想不到的是随后表现出的一种欣慰与振奋——"文学之河，一波连着一波地川流不息，新的世界，呼唤新的文学表现和文学新人！"也就两天时间，序回传给了我，在文章里他肯定了小潭扎实的生活功底与文学功力，赞赏其创作才华，在他看来，好几个中篇小说都能改编为电影，每一部都会有各自的艺术情调！

前辈的诸多褒赏，对于小潭来说自然是喜出望外的，将序列于前还不够，她把沙黑的这些诠评选摘印到了封面上。于我而言，就此也多了一个戏语沙黑的由头，呼唤文学新人，不就是要开香堂收徒了吗？这下有了一个称心如意的女弟子了！虽是笑谈，小潭为此小宴以谢，三杯两盏淡酒，宾主尽欢。

收入《纠结》的中篇小说《稻河纪事》后来荣获首届稻河文学奖，沙黑又为之拟写了故事梗概，极言这部作品对现实生活作出了生动而富有力度的描写，董小潭的创作是成功的！

份所当为乎？这样的老师可遇而不可求。

有幸亲炙的记名弟子毕竟是少数，小城里更多的后辈私淑其道，执着于

第二辑 雨丝风片 133

从沙黑那儿汲取创作的经验、方法乃至思想。被冠为"计谋小说创始人"的陈建波，其畅销的长篇小说《杂牌军》虽化去了"二李"的名字，但写的还是那个故事，一段历史曾因一支杂牌军而改变……沙黑的旧著对其创作肯定是有往鉴作用的。建波并未就此否认，很多次的三人行，我看他对沙黑执礼甚恭，而后者也丝毫不掩饰某种欣赏之情。沙黑在很多场合推允建波是小城近年涌现的杰出文学人才，文学视野开阔，他对之抱有很多的文学期待，并将这种期待形象地做了譬喻——就像苏中平原上纵横交错的河流一样，不紧不慢地微波轻浪，绵延而不绝。

后浪已来，前浪犹在。王其华与戴秉公是同辈人，文学都不是他们的主业，小城文学圈里也不见经传，他们的身份也迥异，前者是机关干部，后者为企业职工，然而就是这么两个人，在退休前后各自出版了他们的中短篇小说集，一名《求爱信息》，一名《窃后余声》。两本书的序都是沙黑写的，同样的文学痴情获得的迟来慰藉，都将对生活的深刻观照和理解渗透在小说的字里行间，这是真正的文学作品！沙黑感慨，在我们身边有多少这样没有作家称号的作家，在相当深度和广度上写着作家们没有能去写的活生生的火热的生活？

读经读到的"阿罗汉"有无的思辨，在这里又有了现实印证。

什么样的人是作家？作家又都在写些什么？

沙黑提出这样的诘问时，正在退庵我的办公室里，对面坐着王其华。王是我初入公职的老领导，他认识沙黑也源于我的介绍。夕阳西下，余晖透过格子门在东墙上印上不尽斑驳，屋子里满是烟味，他们已在这儿滔滔不绝了一下午，一个请教创作中的问题与解决方法，一个又对荒诞情节背后的揭示与关照深问细究。我坐在一隅做着自己的事，偶尔插句话，要么上前给他们点个火加点茶，听长者讽论阴晴晦暗，涤心拂尘，本身就是很美好的事，也属又得浮生半日闲。

沙黑一般不抽烟，但茶余酒后硬给他点，他多半也不拒绝。然而这种随和也不是总有，他曾推荐戴秉公写的《樱桃血》给我，我遵嘱发在了《花丛》

上，只是删了其中几处鲜血与污秽的景象描写，文字的改动也占到三分之一。沙黑对此表示不以为然，说他在《雨花》时就送审过同类小说且发表了……

这样的"争执"不是很多，却也不可避免，有时他或真生气了，脸绷着没有一点神情，不发一言要么抽身欲走，每到这会儿，我就赶紧作嬉笑样与之打招呼，要么喊邵展图还是谁打个圆场，要么拖着他去近云轩看贾广慧画画，满纸烟云一挥间，墨香弥漫，再烦恼的事也便消散于无形了。

除了文学界，小城的书画界沙黑朋友也不少，之前提到的直呼"好沙黑"的俞振林，还有贾广慧。他们是邻居，都住城内东北玉带河边的楼上，彼此步行也就几分钟。两处都是我常造访之地，亲近大师，有意识接受文艺的熏陶。广慧是徐州人，客籍泰州，画在小城可称一流，竹之清癯，兰之脱俗，写梅花见遒劲流畅之神韵，绘山水现雄阔拓展之气象，画松鼠乃独具一格之笔法，我视作是一种"近乎道矣"，沙黑亦称其属于功力扎实、才气横溢、境界非凡的一类，写了《梅花人间情》《记贾广慧》几篇评予以推荐。我也写过一篇散文题为《近云三叠》，详讲广慧的人、画和事，写完后请沙黑裁示，云"尚可！"分数有点低，内心多少怏怏不服，遂又为画家写了十九首有关松鼠的题画诗，难得沙黑拍案称好，"这个用心，我不擅长，叹服！"

后浪争催前浪来，我也难得如年轻的程郎，心高气盛地追赶梅师而对垒，好在近云轩不是上海滩，墨有浓淡，写出的多是融洽和睦的暖色调。

巴秋与钱新明的画，李雪柏的水彩，花明的篆刻，疑义相与析，奇文共欣赏，我们先后都写了类似解析，及至作家杨国胜出书，请我俩写序，我的长评缀于沙黑的短文之后，"看来我可以休息了！"在国胜家里，主人摆酒酬谢，他一饮而尽后笑言。

但留方寸子孙耕，言浅意深不易为之。

广慧能书，作品于雄豪中伴以灵秀之笔，沙黑曾言有神出鬼没之机，让人看了长精神、养眼睛。书法自不是沙黑擅长，然而他也十分喜欢，在近云轩里，我们偶尔也涂鸦数笔，找找笔走龙蛇的感觉，俞扬杖朝寿庆，广慧画了一幅松山图，贺款却是命我题写的，至于沙黑，胆子就更大了！其婿曾开过一家江鲜酒楼，沙黑想请广慧写幅大字挂门厅里，平常大方的画家偏偏不允，推让沙黑自己写！亲手为沙黑拿三张"四尺宣"糊成一个长幅，调墨取笔，终得"成了成了"之肯定，署上款送去装裱，这幅字还真就公然挂到了店里，沙黑就这么"莽撞"！

这也源于一种自信，他虽没专门练过字，但笔老墨秀里却也看得点儿丰筋多力。后来我也请他写过几幅字，李白的诗、徐霞客的对联以及朱谦之的哲语。一次朋友让我请他写几句论语，去取字时，只见他从小书房捧了一堆出来让我挑拣，自言最近练了好久才写成一些。略翻了几张我便都卷了起来，"全给我吧！"沙黑一愣后哈哈大笑直挥手，我也不客气，一夹便下楼回去了。

让人敦厚的，是那些自己不擅长的事情！这是朱学纯老先生曾予我的训教。在一次席间，他乘酒假气地紧紧握住我的手说，"真正让人醉的，不是这几壶！"沙黑自不擅长书法，敢写却又很重要，桃园孔尚任旧居后辟举泰州戏曲文化展，匾额就是沙黑题写的，虽然他自己不满意。与之相反的，有时在他擅长的领域反又显出一种谦虚，不是伪饰而有一种真诚。我刚到政协主司文史委，头年策划编印《海陵八景》，遍邀小城文艺界"大咖"襄助其事，及至沙黑，他给我回了一条短信，"俺最怕作这样的文，非我所擅，我现自感只会作议论性质的文，您另考虑一人吧！"对于自身的定位不矜不伐，或因自知之明，其实是一种放下后的取舍。我当然不会就此轻易放过他，强不过我的要求，两篇散文最终他还是写了，文章肯定是极好的，看不出一点"非我所擅"。为了表示对我的坚持有所回应，在《天目晴岚》的结尾，沙黑特地找了一段我的旧文来引用：

星移斗转，天目山渐渐被周围乡人取土而平，惟有四面河水缓缓流动，一棵皂角树葱茏依旧，据传为王仙翁所植……

"这真是平原赤子的一声叹息了！"平原赤子，很喜欢沙黑给我的这个定命，一个人最宝贵的不就是在历尽沧桑后，还怀有一颗赤子之心吗？

我心犹赤子，我貌极老衰。他在说我，也在说自己。

十

这么多年，真的很感谢沙黑的扶掖与提挈！

师恩若何为，真诚与高义。

所谓高义，就在一些日常交往之中。我在南大读研时，毕业创作要有一个剧本，我遂选了柳敬亭的题材写了个三幕话剧《柳麻子到》，指导老师解玉峰的辅导外，沙翁对之提出了不少意见。面对一个后辈不成熟的创作，他关怀入微的做法尤令我感动，在人前的交流中他罗列并夸奖了本子里的几多长处，而随后私下又给我写了一封数千字的长信，指出其中若干的不足以及修改的建议，文末犹言——"供改稿时参考，不足与外人道也了！"知道我写戏，他是欣喜且有期待的，为此不愿打击我的自信心。出于对我的爱护，甚至有不少次，听到一些人对我的误解乃至讽怨，他也甘于出头而仗义执言，为之多喝了不少酒。

对于我的写作，沙黑也真诚地给过很多教诲。我的第一本散文集是三十岁那年出的，陈社、徐一清、肖仁几位老师都为之写了序，起初并没有敢请沙黑，只是出于一种谨小慎微，拜托他帮忙最后审定书稿。针对他看过后提的不少意见，我一一都做了修订，没有想到几天后他为我写来一篇评——《怎一个"情"字儿了得》，开头是这样写的：

> 不知这题目取得好不好，那"情"字，我原先是想用"诚"字的，可是在徐同华散文中扑面而来的"诚"字的里头，又是什么呢？我想到了他的文章中弥漫着的独特气质，想到了那一行行优美文字的一往情深、娓娓而道，想到了拜读这部书稿时我的心常被轻轻一触、眼睛为之湿润。我久违了一样享受到了一次感受高尚的阅读之趣。

第二辑　雨丝风片

也就在这篇文章里,他玩笑地说我可以扮演唐僧,评价我的文章"恰如其人",内容上真实自然,风格上纤秾蕴藉,同时指出受所谓"小资情调"时风的影响,下笔行文时格局难免推廓不开,子曰文胜质则史,最好能避免。

难怪沙黑要用"诚",他自己就如此的真诚!

作为第四篇序,我将之也收入了文集里。

这样的勉励与提醒,这之后也一直伴随着我的写作,我也常带着一些具体问题向之请教。沙黑总言非他所擅,自己平时不太看散文,主要在小说和戏剧方面做些努力,而我讲究文笔,写的是美文,自言"禀性粗也"的他于此并无研究,如何写散文还是要靠自己悟,"有些人自以为他的身上随便搓下来的污垢也是文学!"他只是把叶至诚的讽语送给了我。他的散文随笔集《碧清的河》出版前,几次将文稿发给我,说是请批评指正,其实也是给我学习的机会,诚然如此,从他的几次修改我确定也看到了一些我所未能为之处。

除了润物细无声,偶尔他也直言不讳。

沙黑给我"相面",扮演唐僧的玩笑之余,也指出若真让我经历那妖魔迭出的九九八十一难,估计还缺少了一点儿什么,世事艰难而颇多凶险,"善良中有着柔弱,谦逊中带着腼腆"的我,真要有所作为怕是要"脱胎换骨一回"。

犹记得第一次见面,他似有所指地问我,"你读过《毛选》没?"思想,于创作而言,可不仅仅是表现的内容。

其实,他的发问本就不关创作与思想。

多言数穷,不如守中。幸亏那份蕴藉自幼养成,我平素也无甚大志,每念及沙黑的"棒喝",总有劫后余生的感觉。

沧浪之水清兮,可以濯我缨;
沧浪之水浊兮,可以濯我足……

沙黑喜欢钓鱼,有几次我陪着他,罡杨、朱庄、野徐、塘湾……南郊北乡的各处河塘作半日垂纶。我素不喜钓鱼,何况钓鱼哪有观鱼好,张载昔日有言"民吾同胞,物吾与也",板桥论养鸟说不要用笼子,言多种树为鸟国鸟家就够了,我少年时近禅学佛,亦有法师作耳提面命之告诫,"这等先生恶念的坏事,不可为之!"尽管如此,我还是乐之不倦地陪着沙黑,偶尔也拿他打趣,老来恋于此道是不是还有姜尚的志向?如逢渭水猎,犹可帝王师!沙黑听了之后大笑,复也嘲弄我的一无所获,看着他频频拎竿,我也不羡慕不着急,除了心不在此,更知道自不会空手而归,他的收获总要匀给我一半,既然陪奉,总要有谢礼吧!偶尔去到朋友的鱼塘里,主人总是生怕我们钓得太少。多了时,我往俞扬、一清还有老汪那分送了一些,乐此不疲奔波了小半天。

沙黑有很多"宝",满屋的书之外,客厅里忆明珠的字,房间里俞振林的画,床底下还有好多未曾开封的老酒,及至我去,沙黑不无心疼地拿出一瓶来,只是一瓶!"再多也是不够同华喝的,老茅台,只能小杯小杯尝尝啊。"难得的小气话透出一点"吝啬",只是解嘲打趣。

  花雨斋:可有酒乎?
  自愚自乐:大大的有!
  花雨斋:俞爹说你喊喝酒了——
  自愚自乐:随时!最好您顺路拎些您喜的下酒物来(至沙黑处报销),然后吾老妻就家中所有凑之,其腿不便矣,不能让她过多预备,小气话说在前,突然袭击随时随意而来较好。

微信里,我与之常有的对话。俞爹就是俞扬,给沙黑创作开过方便之门的地方志办的那个老友,沙黑钦佩他对生活富有的真知灼见,他们常在电话里探讨些学问,俞扬偶有某种不满的叹息,沙黑也陪着一起叹息几声,用他的话说——"不要让他太寂寞了"。

当念行人多寂寞!放下电话,直接登门,一晚浅斟慢饮,偶尔会持续到更深月色半人家的光景。

意行逢酒住,兴尽放歌还。

数年之前,沙黑曾有扶桑之行,以梅兰芳研究会理事的身份,为日本友人颁付名誉顾问的聘书，属于一种文化交流，这大概也是他难得的国外之旅。及至回国第二天，我即请来俞扬、老汪还有肖仁等人，备酒在家为之洗尘接风，一桌子菜也是我亲自下厨做的，其中特地做了一道红烧鹌鹑，图个"平安"的好彩头。酒是茅台，我床底下的珍藏，总共两瓶，都奉献了出来。一席笑谈倾，众人连干连满频敬沙黑，好酒可压惊！至于为何要压惊，说来也让我感慨，更准确地说是感动——临去日本前，沙黑将平生所著述的电子稿打包发给了我，并嘱咐于我，如若不幸坠海，这些书稿就拜托我了！

谁是仁人可托孤？

当可认为是一种信任！这种信任在我看到信时止不住地潸然泪下，也让我在为之接风的家宴上醉玉颓山。

知我者谓我心忧，不知我者谓我何求。悠悠苍天，此何人哉？

偶尔我们也喝茶，不告而至我的办公室，或是南山寺随喜，也曾同谒小泰山顶上的岳武穆祠。

小泰山不是真的山，宋朝时垒土于城内西北。古阜斜阳，泰岱晴岚，作为海陵八景之一，让人仰望了千年。

山不矜高自极天——虽不高不险不峻，却仍代表了一种高度。

记得是个重阳节，不变的天高云淡，相约着一起赏秋，沙黑与我，还有一个称我为老师的小韩。

年届不惑，来者络绎，我门下也渐多桃李，说来惭愧。

长风万里送秋雁，一起漫步在山间小道，鸦默雀静，唯闻一旁临湖禅院里传来的檐铎之声。这样的氛围很适宜谈文学，怎么才能成为一名作家？小韩有这样的疑问。我看着身边背着手直往前走的沙黑笑说——看他写的书，看完就会写了，要是把他看过的书也看一遍，大概就可以做作家了！正说间，只听林间簌簌作响，一只喜鹊从祠前飞过，停步驻足，只见山门上四个大字——高山仰止！

高山仰止！虽不能至，心向往之！

豁然四字，正是沙黑的意义。

肖爹的意象

提笔写肖爹，我是忐忑的。熟悉泰州文坛的人都知道，肖爹是此间的领军人物，泰山北斗样的前辈，长期工作在文化部门的他对各个艺术门类触类旁通，主编过《花丛》《海陵潮》等文艺刊物，其门生弟子充盈小城文艺的各条战线。

我所生所长的这座小城，僻处在江北一隅，地非要冲，只是环城一带烟水，圈住了斯文故事，千百年来，渐有了文昌水秀的美誉，远近誉之为"淮南小邹鲁"。曾几何时，踏上迎春桥穿过雾霭青岚的凤凰墩，从城东纪家庙走进这座小城的时候，这里的一切于我还是那么陌生而遥远。第一份工作是在位于泰山脚下的学校教书。就是在这里，我认识了长我整整五十春秋的肖爹，开始了自己蹒跚的文艺之路。

没想到，肖爹是我的校友，用他的话讲，昔日落难之时也在这座学校执过几年教鞭。只是他上课用的是一把二胡，没有钢琴的音乐课堂，别有一番韵味。及至我的课堂亦多有箫声缥缈，在校园内也颇为知名。洞箫胡琴两相宜，几十年韶华变异，异曲同工仍妙之欣然。念在旧日情谊，学校偶有的名家讲座还能请得动肖爹莅临开讲。讲座间隙，出于对这样一位后学的关注，在老校长的引荐下，于会场后的休息室里敬仰已久的肖爹约见了我。初会便已许平生，相谈甚欢，如沐春风，并无局促感。肖爹指指校园西南角的那栋楼房，让我有空到他家坐坐玩玩。

肖宅就在紧邻学校的西桥南小街上，站在他家的后阳台上可以俯视我们的操场和整个校园。几天后的周末，当我如约拜访的时候，肖爹就站在那儿远远地看着我从巷口走来。一进门，很是敞亮，面积不大的门厅和朝南的房间打通连为一起。迎面西壁从南到北都是淡绿色的落地书橱，里面整整齐齐地摆满各类书籍，东侧沿壁还是书橱，靠房门的地方摆放了一架珠江钢琴，钢琴上潘画乔字——而列，更高处是幅油画肖像，目光如炬，耐人寻味。"这是我早年的自画像！房子小，但是顶楼比较静，我平时就在这里看看书写写东西……"笑容可掬的老人是那么和蔼。初春的朝阳射进窗户，小屋里暖意融融，对坐在阳台上的椅子上，喝喝茶，聊聊闲话，肖爹与我畅谈起小城文艺的人事典故，对我刚刚起步的文学创作亦毫不讳言地提了一些宝贵意见。之后我便成了肖宅中的常客，惟其德馨的书房内常常是谈笑有鸿儒，我也得以更多地认识了一些久闻其名的文坛耆老名宿。初时我只是他们之间交谈、调侃的一个小听众，但心中已对肖爹那种谈吐流典纵论古今的勃发才情和"老夫聊发少年狂"的矍铄精力烙印深刻，钦仰不已。

过了不久，闻得肖爹《故乡的意象》出版了，我即登门求书。还是在那间小小的书房里，肖爹坐在阳台口的书桌旁边，依旧暖暖的阳光透过玻璃窗正好斜披在他的身上，看上去就好像宋人绢画中的长者。虽然已是年近耄耋的岁数，但他仍思维清晰、乐教不疲，得知我的来历便问我以"意象"的内涵。早前我是有所耳闻的，肖爹早年在上海戏剧学院进修，于文艺中尤擅的便是美学。不懂就问的我赶紧求教，肖爹微微一笑，顺手拿过一枝铅笔，一边在纸上写下几句词语，一边连连勾勾叙述此间的意思，抑扬顿挫的循循言授化难为易，须臾之间，我即明白"意"与"意念"、"象"与"物象"的概念，仿象、兴象、喻象、抽象等美学中意象的主要类型也开始在脑中升华氤氲。为了让我更多地了然谙此，肖爹只一个转身走到书橱那儿，一边扶扶眼镜从里面找出一本《叔本华美学随笔》，一边说："这是韦启昌先生译的叔本华，多读点美学对你创作有好处，我这也就这一本了，送给你，好好品悟个中三昧吧。"正说着的同时，他抽出另外三本书并着《故乡的意象》一道递给我，"差点儿都忘了，周爹托我把他的三本书转送你的，这次一并给了！"我赶紧接过来，是周志陶老先生的"梦回故园"三辑，如获至珍的我连忙道谢不已。"周爹在扉页都题了字的，对你可很是喜欢哦！我也跟着写了几句。"——翻过封面，就着"故乡"与"故园"，肖爹继续跟我叙说着人与城的"因缘"故事。后来，我读到武维春老师为肖著所作的跋记《心中的故乡》，又想起午后的这次"意象"谈，这就是文中所谓"朝花夕拾的意义"吧。

作协组建以后，我兼职担负《花丛》的编辑事务。作为苏中文艺刊物老字号的《花丛》创办于中华人民共和国成立初期，岁月绵延五十个春秋，其起点就是肖爹于当年文化馆开始的橱窗灯光报。复刊第一期，我与其他几位同事便想请《花丛》的诸位元老写几篇回忆文章登载，一示之以传承，二也为增加刊物的分量。信息过去之后我们也忐忑不安，不知能否得到这些老先生的大笔呼应，好在不久之后，我的案头便多了一份厚厚的信封，肖爹手写的千字长文《长忆花丛》第一个来到。之后几年的《花丛》编辑过程中，我亦常登门求教，或于文章取舍，或于人物点评，或于事件考证，肖爹依旧是乐教不疲、诲人不倦，同时亦笔耕不辍。《葛家大茶干》等文章都是每期刊物的"推荐阅读"，肖爹多是自己配上插图，插图又多为其亲手所绘，这也是他的文章广受读者欢迎的原因之一。有一段时间，周志陶、张舜德等老先生陆续驾鹤离世，所谓"经年才契阔，故友半凋零"，老来闻友讣，那段时间肖爹的心情很是不好。在他的建议下，我连续两期在《花丛》推出了纪念专辑，集萃周张二老的遗墨，刊登一些故友的追思文章，肖爹亦感慨而亲作两篇，有梦怀风采，权当作墓铭……

我到市政协工作以后，复兼了文史工作，首做的第一件事，便是将肖爹等人尊聘为特邀顾问，"家有一老如同一宝"，以后的工作自然十分得心应手。这以后我由于杂务缠身，登门的次数渐少，肖爹便常常拄着他的四足拐穿过陈家桥到税东街我的办公室来看我，有时也会让长年包着的一三轮车送他过来。我即泡上珍藏的最好的茶，或是安溪铁观音，或是安吉白茶，天南海北一谈多是小半天，有人来办事，肖爹便随手看看桌上的报纸，人走了，我们继续海阔天空。肖爹知道我喜爱书画，有时会夹着一卷而来。只在临走之时，将卷于我的办公桌上的书画摊展开来，或是吴骏圣，或是计凤鸣，肖爹一一指点其中的妙处，复而轻咪一口茶后放下茶杯，扶扶眼镜拿起拐杖转身就走，背着身一挥手，"送你了！"我自然是欢喜不已，连忙跟上去搀送其出门。"骆驼祥子"多半儿会在门外等着，有时他也步行而归，虽说拄拐却只见一拄后用力一甩,杖音叩地有声,步履沉实有力,虽说近八十的年纪,背影中却全无半点蹒跚之态。

我们的宴聚也从这时多了一些,有时座谈文史留餐,有时三五知音雅聚,肖爹近年秋冬往南避寒后,我也会于其行前和归来后邀几个老友为其送行和接风。座中都是斯文人,每宴必唱渐渐成了约定俗成,陆爹哼哼评弹,沙翁唱唱淮腔,孔爹说说评话,我水磨几句昆曲,肖爹的皮黄多是压轴之节目,有时是《苏武牧羊》的"贤弟提起望家乡",有时是《四进士》的"公堂之上上了刑",铿锵洪亮且不失婉转的声腔让人痴醉不已,常常是虽几"谢幕",却是欲罢不能。一次席间,大家偶然谈及肖爹于小城文乐书画的诸多评论,纷纷建议其集辑一册以飨众人,亦为乡邑留一不可多得的文献资料而传后世。"文字是积累了一点儿,惜多未整理!"肖爹的感叹声中,众手齐指,我不容推辞地接下了这个光荣而艰巨的任务。

几天后肖爹临往岭南去之前,将贴满剪报的一册旧文送来给我,"不要有什么思想负担,你的思想新、文笔好,整理时有不对不好的地方尽管帮我改改动动,不要紧!"谦谦的话语让惶恐不安的我更觉惴惴。这之后的冬春两季,每晚归来我便无暇调朱弄墨了,雨打芭蕉之夕,月窥南窗之夜,一杯清茗,一炉檀香,一篇一篇将肖爹的文章录入电脑。整理的过程更是学习的过程,肖爹文字中对小城诸贤风仪的描述,感佩中的我亦有一种欣然面悟的感觉。一直觉得写评论并非轻而易举的事,作者要有渊博的知识和高度的文艺修养,篇幅长则絮叨,内容专业又不具可读性。肖爹真正是具备了这些优越的条件,这组文章百十多篇,二十多万字,时间跨度近二十年,间有个别重复处,却从来不是人云亦云,专门拣拾别人说滥了的旧话题。他的语言文白相间,简洁老到,读起来有一种史家说古的干脆。书中的评论主角多是当下人物,既有肖爹的友朋,更多的是学生弟子辈,在勾勒他们的形象、品说他们的作品时,肖爹熟练地运用多种艺术手段,通过不断变换艺术视角,凸显他们各自的鲜明个性,使作品与人如同活跃在眼前一般,很容易取信于人。文字与老人一样谦谦,多以褒扬与提点的笔调,对笔下之人主体性的高扬与创造性的勃发评述得恰到妙处，其自身一种精致入微、孜孜不倦而永无止境的艺术追求也跃然纸上。掩册漫思，想到一次席间的玩笑，某客自诩为"肖氏门下走狗"，或谓不虚，感叹于肖爹些年积攒的这些文字，其价值或不只是对时下小城文艺的一种观瞻，更是一段传承的历史。

荷花阵阵之时，肖爹南燕北归，我将厚厚的一辑奉呈府上，老人欣然开颜。"写篇文章，谈谈你整理我这些文章的感受吧！"肖爹嘱命我写一段文字，其用心之真诚，让我无法拒绝，只觉惶惶然。有感于斯，联想到受教于门下的这十多年，随笔写下一些往事，肖爹的文章不敢赘言，只是描绘我心中肖爹的意象吧。

一个人的城市——《焦国坤传奇》序

应恩师肖仁先生之约，为其新著之长篇小说写几句话，权作序言。

手捧先生厚厚一沓手稿，甚为感慨。大约在两年前，榴花照眼时节，先生在我工作的市政协办公室吃茶，告诉我关于他构思一部长篇小说的想法。面对已是杖朝之年的他，我的心里一阵打鼓，写文章是件苦差事，尤其是长篇，不由为之担心。初以为先生一时之想法只是局限于潜意识层面，谁知其重燃写作之炬，竟一发不可收笔，仅一年多时间，已于《花丛》连载五次，十数万字文泉如涌，令人直叹这老来笔力。

这是一部以真实人物原型为背景，辅之以泰城（即小说中的海阳）风土人情虚构而成的长篇小说，时间跨度从清末至中华人民共和国成立初期的1950年，讲述了主人公焦国坤在历史风云变幻中的创业经历与人生际遇。小说试图将这样一位传奇人物及其周围各色人等沉浮变迁的命运，镶嵌在阔大的历史进程和时代背景中予以还原展示，通过反映传统工商业者在特定历史条件下的开枝散叶和花果飘零，谱写一曲传统社会生活秩序在内忧外患之风雨夹击中走向衰微崩解的挽歌，其情之可悯，读来让人感喟不已。

肖先生授画技时常嘱，要学会"从无处下笔"，翰墨同道，他真是谙熟了此间道理。文学表现历史，并非一味对宏大历史主调的应和与重复，或许正是在历史叙述忽略、遮蔽之处，文学有其更赋价值的用武之地。阅读先生的小说，让我强烈地体验到，个人命运与世事变幻以及社会伦理被浑然扭结在一起形成的奇异魅力。墙梢冉冉又斜阳，焦万泰商号静静地矗立在海阳城里，经历与见证着数十载的风风雨雨、饥荒变乱。在近半个世纪的时间中，一阵阵飓风掠过泰城上空，每一次变动，都震荡着它的外在结构，历经磨劫而始终不渝的是小说主人公焦国坤，其所表现出的精神韧性，闪耀着遇挫不折、历难弥坚的人格灵光，维系提振着泰人的天道人心与精神魂魄。

我亦是泰人，只是生来晚矣，唯凭读书知旧事，感谢先生通过小说让我感受这一段历史。

小说写至尾声，先生约我家中茶叙。清谈娓娓，先生徐言，小说写作的过程，是一个撩拨回忆的旅途，不在世的和依然在世经受苦楚却也隐忍前进着的，每一个人的面容都清晰地在眼前闪现，灵魂深处的回眸，时不时地让他不自觉地辛酸甚至流泪。"小说被认为是一个民族的秘史。"在《白鹿原》扉页上，陈忠实引用了巴尔扎克的这句话，肖先生应也是朝着这个目标努力的，难怪有人将之臆度成这是他为父代撰的一部自传史。其实并不尽然。百岁几人登耄耋，兼具多重身份的肖先生，曾经作为泰城各种文艺思潮的预流者和引领者，他的一生可谓浓缩了一个时代，其人本身就如同一部浩繁厚重的大书，世态万千从中信手拈来，流于笔端自然如步化境，真假正相半，这也更符合生活的原真。令人感佩的是，在先生意识流般的叙事行文中，亦充满如其年龄般的思考，涉及许多社会生活的基本问题，而这些问题，尽管先贤圣哲也未必能给出一个标准答案，但思想的触角，只要伸展到这个层次，文学，也就贴近了本质。

晚年的写作经历，不仅重新点燃了先生的文学创作之火，且使其身心得到良好的调节，或谓之和谐。自从开始创作长篇，先生的家人和朋友都感觉到，他的整个精神面貌焕然一新，作为学生，我目睹了如斯变化，深深为之高兴。小说付梓之际，再次祈愿先生健康长寿！

一清二三事

一清是小城名士，我们初识时，他已值古稀，我才刚刚步出校门，处于三十未有二十余的年龄，可谓是"许侯端是忘年交"，何其有幸。

一清善饮。小城文化圈里的人，嗜酒趋癖者不少，一清则是那种属于恋酒却不贪杯的高人，即便是在酒桌，也是一派文人情致。第一次相会便在觥筹交错之间。文联的雪君请几位朋友聚会，我得与仰慕已久的一清邻箸同席。初识陌生的感觉仅是瞬间，几杯下肚之后，话语便多了起来，借着清醇的酒劲，天南海北妙语连珠，你我同宗，君敝好饮，一如家人般的稔熟没有距离，真正一见如故的感觉。

名人多有字号，一清也不例外，所谓"越人"，这缘于他青年时曾负笈受业于杭州浙中。越俗吃黄酒，一清的酒风也深受影响，白天三杯两盏淡酒，晚来温一壶绍兴，这样的吃法在这江淮小城并不多见。我也长游过钱塘几番，在西湖茶肆咸亨酒店中斟酌花雕，风景虽绝佳，这酒却难咽，一股既似陈醋又略带酒味的东西，着实让人倒胃口。偶因事造访一清，得以留餐，师娘几样小菜作"过酒坯"，陶壶温的老酒透明澄澈如同琥珀生光，我避之不恭只能奉陪。只见一清缓缓端杯，悠悠轻啜半口，徐徐品味，完全一派斯文偶傥的举止。我坐在一旁观之已醉，畅然如饮。在一清的循诱下，我敛眉渐宽，轻啜慢咽，一来二去，渐渐也品味到了这其中的古朴韵致和风尚。拈食几粒茴香豆，间品数块臭豆腐，"多乎哉？不多也！"直到这时，方悟这酒，原来是个好东西！

小城作协成立后，一清邀任顾问，我忝为理事。作协的活动颇为频繁，一年之中，春晖秋华，总有几次外出采风，我则又有机会与他相聚。一清个头不高，虽已七十高龄，墨发攀霜，可走起路来依旧精神抖擞，从不见他落后，且游兴丝毫不比我们差。烟波溱湖，我们在肆意讽笑于物事人情，一清独凭舫栏，遥眺着成群的水鸟掠过流水汤汤苇海绵绵，向天水一色处远去；漫步在古镇悠长的小巷，屐音交错间一清感慨尘封往事，乍相逢却是昨日曾识，风华逝去，沉淀的都是难抹的记忆；古刹梵音中，他也一样双手合十，以虔诚状与神佛们稽首，随罄鼓声思绪，祈祷着属于自己的平安祥和；在东邑海安，一清也会深情地回忆起他曾在此任职的祖父，几十年韶华匆匆，昔日承欢于祖父膝下的自己也已双鬓染白，"同来望月人何在？风景依稀似去年"，此时的一清最伤怀，也最动人。就这样，在饱览风物之余，他和我分享着各式之乐趣，我这个后辈，丝毫没有感到代沟，反而觉得他愈发和蔼慈祥。和一清同游，有一种如沐春风的感觉。

有人戏称一清是"泰州最可爱的小老头"，更多人视若师长，钦佩其乐于"为他人作嫁衣裳"。施湾长长的石板路错落有致地沿着草河逶迤而伸，一清旧宅就在这深深的巷中。名人若叶茂中，学者若武维春，诗客若袁晓庆，才女若薛梅，小城走出的很多年轻人都曾在这里受过一清的熏陶，"清风小苑"，多么风雅的所在！我遗憾自己晚生几年，错过了见识那群英会的机会。好在认识一清之后，依旧深深感受到他对后生的那种无私扶掖。

"泰州文化丛书"征集撰写者时，我方二十一岁，在众多专家对我关于《泰州名胜》的撰写方案提出如此这般置疑后，十分沮丧，心情异常郁闷。一清这时放下他手上正在进行的写作，非常热情地为我梳理思路，提出建议，鼓励我好好进行研究创作。良言一句三春暖，正是由于一清此时的帮助，才使我得以很快恢复了信心。当书写成初稿后，一清又主动做了第一读者。几天后一清把书稿交还给我，二十多万字，七十多篇文章，一清几乎段段加注，有对史实的考辨，有对字句的斟酌，甚至还有对句读标点的更正；此外，一清还谈了他对整部书稿的观感，对完善篇章结构的建议，整整四页白纸，疏密相错写满了！一清每天用于写作读书的时间是固定的，这么短的时间他与之如此多的指教，着实让我这素昧平生的后生晚辈感动不已。

受感最多的还是《花丛》的编辑过程。《花丛》是小城传承了近五十年的一份文艺刊物，一清作为老编辑，对此有着自己独特的情结，如他所说"要办好一个刊物,还要爱这个刊物。一不为名,二不为利。不但任劳,而且任怨"。新版出刊后,我和一清参与采编校对,深敬佩其语之为然。为保证每一期的质量,一清从开始文稿的选组、取舍,编辑过程中插图的运用、标题的制作、文章的次序等都点点注意,可谓秋毫处也尽心尽力。对于一些值得与作者商榷的部分,一清经常与他们电话联系,甚至有很多的当面接触、交换意见,就稿件做深度的探讨。最苦的差事是到印刷厂校对。印刷厂僻在小城的西乡,来去都不方便。多数时候我俩搭乘公交,由于没有直达的,每次一清先乘车到一地与我会合,再转车往西乡去。印刷厂的工人与一清早就熟悉,每次到那儿,工人们纷纷玩笑:"徐老又来了!"一清嘿嘿几声笑,散起自掏腰包买的香烟糖果,向众人打招呼。排版工已经适应了一清的"琐碎",习惯于一清贴坐在他身后,一页一页批阅修改删增完善,直到他满意为止。回去依旧坐公交,偶尔也有例外。那次一清由于痛风骤紧,走路不方便,我便打了个车接他去西乡,可是回来时没出租车了,偏偏公交车又晚点,只得步行。并不平整的乡村路上,看着一清忍着疼痛、一瘸一拐地走着,我真担心他吃不消,眼中饱含热泪,多么可敬可爱的老人啊!

断章·我与《花丛》

醉酒

倏忽,睁开醉眼,竟已看见夕阳,稀朗地从北墙的小窗映进来,罩在面前的两位老人身上。他们笑眯眯地看着我从沉醉中醒来,似有趣话,近在咫尺,我却如聋不闻,萎靡无力地横睡在沙发上,看着他们手指间的香烟袅袅舞去,穿过阳光的斜柱时其姿尤美,徒生蓬莱飞云的感觉。

北边一个是一清,南面的是俞扬,地点在莲花四区一清家里。那个中午,最后一页《花丛》样稿合上,师娘已张罗了一桌佳肴,热气腾腾,香气喷喷,让人垂涎欲滴。俞师属客请,佐酒之人,带着他自己泡的当归酒已然在座,笑盈盈地等着我与一清入席。一般不再谈文学，古稀以后的人，更多的是回溯，人物评点往事点滴，一嘬一嚼间，良莠如见。我是小字辈，一个我的宗长，一个我的前辈，在其忽略下，竟也不拘孔礼，和着自己的悲欢独斟独饮，直至泪眼滂沱，惊吓了两位老先生，颓然就一醉，及至师娘提醒，早已难省人事。

醉，因为性情，所以难得。

他们并没有忽略我，掌故闲谈于我也是启迪。一清温文尔雅，口无恶言，相识以来，多有鼓励，俞师目光犀利，针砭时境，直言不讳，是在世诤师。年少多愁，或是庸人自扰，一切惟酒解之。一盅，一杯，一口下，最后我不知什么时候倒下了……

睁开眼的瞬间，那帧图像是一幅宋人的画，夕阳中的笑容，让从沉醉中醒来的我倍感温馨。桌上的黄酒还在温着，中午至傍晚，他俩徐谈，也在静静地等我醒来，时不逝兮奈何，缓缓闭上眼，有泪的感觉。

就是这个春天，我在《花丛》的门外徘徊，已经结缘多年，若许长契，总觉忐忑。一清说，富贵暂饶先手，俞爹说，人生贵在平和。《花丛》太小，如水上的萍，吾生更微，似萍上的蜓。于是乎，小荷才露尖尖角，就有了我的踪影，晚霞中的振翅扑翼，是涟漪外自己心中的图腾。

春夏秋冬，我与一清因为《花丛》一年多了几会，有沽酒处便为家，醉了，才是醒了。子川从南京投稿《花丛》，我与一清先读，诗曰：

    这个春天 我最想回到故乡去
    在那里种几亩薄田 生几个儿子
    如果还有闲情和闲心
    就刻两卷诗
    ……

"为了这几行，我们该喝一杯！"——于是，一卮芳酒，我又醉了。次日陪沙翁垂纶，野外黄草间，我晨昏无获，然其已满载而归。他说，你真是佛性！我答曰，闲情几许，风月醉矣，已然如之。

纂次

编《花丛》，我与一清一样，学诸葛亮，谓之"夙兴夜寐，事必躬亲"。

王泓卫先生推崇"花丛二徐"，为逐贤长，我样样学之，连先生的痛风也照单全收。每至秋深，即成病友，佐酒之谈，也是病患相慰了。一清过古稀，近耄耋，实在舍不得他为了《花丛》，再往西乡的印刷厂来回，我亦有车代步，《花丛》纂次，当仁不让。

2004年至今，恰十年一遇流光速，《花丛》相伴，从教师到流浪，再到机关，已是相濡以沫。参禅属天机，相忘江湖不是经云，求趣无上正等菩提，观不到诸法空相，一切有情如何舍得，根基浅薄，虽《花丛》，我亦足矣。

我在政协工作时，为纪念中华人民共和国成立60周年编辑专册，遍览府中藏画，赏一山雀图而收之，其画无款无注，却淡漠而色用悠然，以为一古人作也。册在苏中印刷厂制作，其接洽人为朱生，"曹螃蟹"之徒也，排版之间，才知道画为其所作，吾竟已将之归为"故人"，群皆称其作"已故画家朱某某"，渐成笑谈。

苏中印刷厂在鲍徐，泰城的西乡，没车的时候，我与一清乘公交而去，辗转换车，一般要一个多小时。鲍徐镇在九里沟南，乡间之市肆，亦甚繁荣，有时去得急，腹中饥饿，我会和一清在镇中小学的门口买个烧饼填补，进厂后，只问《花丛》，饮水而已，余外均谢止无言。

一清做事极认真，印刷厂里最重要的工作是校对。搬把椅子，坐在排版人的身后，一字一句，丝毫不放过。那把椅子，旧痕斑斑，当我一人坐上的时候，延续的仍是一清的做派。《花丛》就如同新生的一个孩子，敝帚自珍，舍不得一丝误差的存在。经理姓秦，负责是"已故画家"朱某人，具体排版先是小杨，后是张迎春。因为这本刊物，我们都成熟人，日久天长，彼此间的默契不在言语，有时只需半句语气，或者一个眼神，《花丛》因为大家的努力愈加姹紫嫣红。

偶尔加班赶稿,在鲍徐河边的小饭店用饭,朱某人会烫壶黄酒,呼我尽兴!每当这个时候,我就总想起一清。一曲鉴湖秋,他是越人,教会了我喝黄酒,我之后,可再传与何人?

话旧

试看沧桑古泰州。临海滨江,楚尾吴头。文风自古冠淮南,瑗艮博学,梅柳风流。

屈指人生几个秋?今日吴陵,可有才否?笑谈且指卷《花丛》,此间人物,不亚曹刘。

千古文章一眼收。曲赋诗词,李杜苏欧。万篇读罢叹江山,悲喜人生,夫有何求?

点点随感笔墨修,君写激昂,卿谱绸缪。且将文字付《花丛》,他阅苍茫,我证闲悠。

两阕仄不谙的《一剪梅》写于2005年夏天,新版《花丛》复刊工作刚刚启动,薛梅在东坝口锦泰酒楼召集筹备组的同志开会,那时我刚二十四岁,座中最年长者肖仁七十三岁。初会海陵文坛艺苑的前辈老师,我的心情异常激动,是夜久不能寐,起身吟出了开头几句。

尝试创作伊始,从书摊上淘来的几册《花丛》已是案上范本,沙黑、雨城、中跃的小说,清徐、顾农、皖人的散文,张荣彩、刘渝庆的诗歌,都是百读不厌的。"草河流到施家湾,拐了一个'N'的弯子,停靠成一座繁忙的码头……"这是清徐笔下的俞家花园;"纯真人性的自由是享受着清幽、宁静、安定、祥和的生命自由",这是肖仁游玩周庄后神凝思聚的感受;"媚俗还是艺术?肤浅还是深沉?肉欲还是精神?"这是诗人北极与时代的对话;诸如这样的句子十多年后我仍记忆如新,自己的文字也亦步亦趋,在"花丛"的浓荫下邯郸学步，偶有习作见诸报端，这里面多半有《花丛》的功劳。

此时的《花丛》处于停刊状态。地级泰州市组建后，《花丛》留在了海陵含苞待放。2004年区文联成立，《花丛》的恢复很快提上议事日程，作协的几位理事义不容辞地成了编委，我得以参加其中，虽然仅仅负责部分文稿的校对工作，但对于能如此近距离感知《花丛》，乃至成为一名《花丛》人却是格外自豪。其时的主编是文联主席吴家宽，由副主席薛梅牵头，编辑主要有范观澜、周昊和一清先生，分别负责小说、散文、诗歌、评论及美术作品的组稿、审稿。我和报社的程越华两人主要校对、审看编辑的修改，并与个别作者做些通报与交流等杂务。由于大家都是业余编辑、校对，文联以及《花丛》编辑部都无固定办公场所，大家碰面多只能在薛梅的办公室，尽管如此大家对之还是很上心，从审阅稿件到版块编排以至插图美化都一一过堂，有时能拖到夜幕降临仍未散去。新版第一期上不光汇集了潘浩泉、沙黑、叶橹、马国征等名家大作，肖仁、沈铁生、陈人龙、陈社等老《花丛》人更是亲自撰文支持，推出后方方面面反响良好，这也让我们信心倍增。通过一清、薛梅等人的联系，《花丛》接下来又陆续刊发了已寓居外地的罗望子、子川、雨城、顾农等人的作品。市、区相关领导王泓卫、陆镇馀、刘仁前以及佟道庆、刘渝庆、姜素素、戴峻翔、时彭年等也把自己的新作放在这里首发。陈建波、董小潭、严尔碧、冒文彤、卞彩云以及外埠的李明官、王夔、何雨生等也惠顾加盟，渐渐都成为《花丛》之主力军。作者群、读者群的日益凝聚，使得又在春天里复苏的《花丛》愈现生机，为之付出辛劳的我们也颇感欣慰。

鉴于一清先生年属古稀，却担负着跑印刷厂最终定稿的任务，从第二期开始，我便主动申请做其下手，帮他做一些力所能及的事情，并陪他去印刷厂送稿校稿，对我来说这也是个亲近大师的绝好机会。一清是《花丛》的老人，对之有着自己深厚的情结。为保证刊物的质量，从开始文稿的选组、取舍，编辑过程中插图的运用、标题的制作、文章的次序等都点点注意，一清可谓秋毫处也尽心尽力。

藉《花丛》的平台，我也与得以认识了泰州文坛上的各界人物，从文学到美术，从书法到曲艺，以文会友——都接上了头。第一次认识沙黑也在这会儿。为了提高《花丛》质量，薛梅带我们一般人去靖江文联了解《孤山》办刊情况，我与沙黑正好都坐在商务车末排。作为一清笔下留守海陵文坛的"苏中大将"，沙黑自是我仰慕之偶像。好在他十分随和，记忆力更是好，知道我的名字后，随即说出了我写过的几篇文章，然后微微一笑说："文章除了形式与内容外，更要有思想、有表达！"一言受用平生，沙黑的话至今我仍有启迪，落笔行文总有一种压力伴随左右。从第三期起我开始兼一些编辑事务，责任自然比以前更重，好在诸事多有一清把舵，肖仁、汪秉性、朱学纯等老师也常有帮衬，老先生们对年轻人的关怀可谓体贴入微。肖仁是《花丛》的创办者之一，我常于编辑过程中登门求教，或于文章取舍，或于人物点评，或于事件考证。他总是乐教不疲、诲人不倦，同时亦笔耕不辍，《葛家大茶干》等文章都是每期刊物的"推荐阅读"，老人多是自己配上自绘插图，这也是他的文章广受读者欢迎的原因之一。

2005年至2009年，五年时间我先后供职了四家单位，从学校到机关，从乡野到城市，却始终伴随《花丛》不离不弃，每年编辑"春秋"两期。2010年春《花丛》因故小停，圈里圈外的人都为之着急，每每遇到肖仁、一清，面对他们的询问，我的心情几多黯淡。2011年秋召开的中共十七届六中全会让文化建设如沐春风，泰州亦于其后绘就了文化名城建设之路线图。在区委宣传部、文联诸位领导的关心下，《花丛》续办事宜很快提上议事日程。作为海陵"梅兰"文化品牌中"梅兰芬芳系列"之一的《花丛》，由每年两期改为四期，由文联牵头，仍有薛梅、一清参与的工作班子很快搭建完成。我再次得以参与其中，并由兼职《花丛》人成为专职《花丛》人，这或许也是冥冥之中注定的一种缘分。

2012年的春节，我到肖仁老师家拜年，我们对坐在阳台上的椅子上，又一次畅谈起《花丛》里的人文典故。从1962年第一期灯光报始，花开花谢，花谢花开，《花丛》已走过了整整五十个春秋，当初的发起人所谓"七条汉子"——肖仁、诸祖仁、张纪夫、佟道庆、顾维俊、韩伯诗和潘觐缋如今已半多凋零,双手按着拐杖的老人念着这些旧时同好的名字时,颇多感慨至一时语塞,初春的朝阳透过玻璃窗笼罩在老人身上,五十年的时光瞬间定格:

"一姚二吴三张"——姚社成,吴双林、吴青青,张荣彩、张晓平、张跃年,"三清"——徐一清、韩长清、孙亦清,"江州二刘"——刘渝庆、刘鸣阳,

参与编辑的冯栋、陈社、洪东兵、沈铁生、许润泉、顾农、石文虎、陈人龙、武维春、徐文藻、朱广明……

一个人名后都是一段经历,一段段经历接连起来就是《花丛》半个世纪不衰的传奇,说到这里,肖仁老师忽而又兴奋起来,"五十年的《花丛》,它传承了海陵文学精神的薪火!"铿锵激越的一句话,又一次让我感怀不已,心生揣揣,不由想起薛梅主席曾经说过的一句话——"身无长物,我和《花丛》的编者们只有怀着对文学的诚意和热情去埋头做好这一切,并且真诚地期待《花丛》的鲜活和灿烂。"

锦瑟无端五十弦

2013年,《花丛》创刊已逾50周年。感叹锦瑟无端,光阴只在弹指。

从灯光报,从油印,到铅印,到电脑制作,随着时代的进步而进步。从肖仁等老一代文化人的培育,到冯栋改版,沈铁生继任,到陈社打出"苏中文学"旗号,洪东兵继任,直至薛梅等推出新版,薪火相传,随着文学的壮大而壮大。真的是一丛花,历经半个世纪风雨,亦已长成根深叶茂的大树了。

这本厚厚的纪念专刊,我们酝酿很久。50年来,《花丛》编发了大量优秀文学作品,成为海陵作家的摇篮和泰州文学的坐标。50年过去了,与近两万个日子、数百万字的文学作品相比,这本专刊又太薄了。上篇"当年明月",我们从1982年至1996年这个时间段精选了50篇文章,主要是小说,兼及散文、诗歌。"选"的过程,累并快乐、兴奋着,我与一清,埋头在浩如烟海的文字中采撷,初选,再筛选,痛感频生——遗珠、割爱的"忍痛"。

感谢50年来所有的作者——小说家、散文家、诗人、报告文学作家和书

画家。《花丛》是一部绵延不断的书，这部书由你们写下，你们向它倾注着心血和才情，延续它异彩纷呈的段落和章节。

感谢 50 年来所有的读者——在漫长的时间里，在凤城的某个角落，你们翻开这本刊物，和它一起感动、思考与咏叹，《花丛》由此参与到你们的成长中去，同时被你们滋养、塑造。

感谢 50 年来所有的编辑——文学的接力是生命的延续，从 1962 年创刊的"七条汉子"起，怀抱纯正的人文理想，关注时代风云，不阿世、不趋风，你们对文学的虔诚与热爱，使《花丛》具有了灵魂。

下半篇"彩云归来"收录了 50 名作家、诗人忆写的《花丛》往事。有作者，有读者，有编者。有名家，有未名，名家也都是由未名而来。50 年，多少人与《花丛》相伴一起走来，回头一看，脚印一串，深深浅浅，相互伴随，相濡以沫。在此，由衷地向 50 年来几代关注、支持《花丛》的朋友们表示深深的敬意！

我们从这里出发，我们将走得更远！

2012 年秋天，南京白鹭洲青果，秦淮河一水盈盈，我与子川坐在廊外。他是《花丛》的老人，酝酿起编辑这期专刊，50 年间万事非，一晌黯无言。桨声灯影里，只听着屋内庞余亮在吟哦他的诗——

    人生那么短
    如果没有文学的慰藉
    我想我会更加孤单
    ……

我与观澜

俞扬先生说，可以用"平生风义兼师友"来形容我与观澜。在城隍庙西墙外的小排档，我们仨喝掉两瓶他珍藏多年的剑南春，亦师亦友的三代人恣情欢饮，未负风义厚，可称平生会心处。

算起来，我与观澜相识也已十六七年了。初见的辰光，我还是师范学校的一个学生，而他业已是小城颇为知名的作家了。少年时候的我清净近禅，课业之余常往义学街的福善庵随心权师太学佛，听听开示，打打佛七。师太年近九旬，僻处清修在这深巷的小庵一生，这本身就是个传奇，亲近老人家，于我也是一种机缘。福善庵的法会很多，有时也会请来地方上些名士参加，研究佛教文化多年的观澜自是常在受邀之列。庵中狭陋的客堂里，心权师太向观澜引荐我，见说青年文赋好，嘱其多带我见见佛堂以外的世面。师太自是替我考虑，观澜也爽快地答应了，亦属一种机缘，我们彼此间并无一点生疏感。里厢请师太去主法后，观澜便与我移坐到檐下的小沙发上，和着悠扬的梵呗吟唱，和我谈起很多我前所未知的掌故。初夏的时节未离梅雨天气，外面下着连绵的细雨，隔壁人家的丝瓜藤蔓攀过墙头，黄粉粉的花在雨中颤颤巍巍的，相谈甚欢中，浑然不觉法事已毕、暮色渐沉。

我步出校门的第一份工作是在实验小学，也是在那里，我结识了肖仁先生，听他说，原来观澜也是这所学校的校友，当年肖先生的音乐课，一把二胡教给了观澜最初的音乐感觉。老师的工作很琐碎，幸而我的写作初衷不改，观澜在其时给了我很大的帮助。《古寺如风》是以小城佛寺兴衰为主题的一篇散文，我写好之后请观澜指正，他提出了多处修改意见，文章后来在《泰州日报》上发了出来，这也是我跟该报的第一次结缘。投稿过去时，责任编辑姜素素给我电话以示确认，说这篇文章"像范观澜的又不像范观澜的"，看似矛盾的话却也一语道破了我于观澜先生那儿有意的学步。市委宣传部欲出《泰州文化丛书》，登报征集各书的作者，观澜当仁不让地承担了《泰州佛教》的撰写任务，编委会别无异议，斯时不自量力的我也申报了一本《泰州名胜》，在一众专家那儿可引起了争议，才21岁的我无疑给大家出了个难题。观澜很鼓励我，甚至放下自己的书稿，帮我看起申报提纲。那会儿他还住在图书馆旁的古邑小区，当我第一次登门求教时，即被其家浓厚的书香禅味给倾倒了。关上书房的门，烧上一炉香，在阳台上的茶案边坐下来，观澜认真看着我带去的材料，有针对性地和我分享自己的创作经验，并找出几本很是有用的书送我，一边喝茶一边让我放下担子轻装上阵，宠辱不惊，得失不计。属于了悟人生的提醒，对于其时其境的我，这种无私的扶掖与关怀，其鼓励作用无疑是很大的。

《泰州名胜》最终我很顺利地接手写了，费时三年多，尽管出版的事情此后延误了几年，但正因为这三年多时间，使我与写作结的缘愈加深厚，对自己所在的这座城市也更为熟悉了，观澜跟我说，这还是一种机缘，我信以为然。组建作协是2005年夏天的事了，起初由雪君召集，自观澜、周昊以及我等七八人的筹组班子定下来后，就以观澜为主了，连办公的联系点也设在了观澜工作的四院。我最年轻，打印复印材料等一应之事自是交给我的，只是其时还是一名教师的我，对于这些事务性的事情真的不甚熟悉。观澜是善解人意的，即安排办公室的人从旁协助于我，这才妥为完成。清夏槐生风细细，作协在乔园水榭召开成立大会，小城文人济济一堂，观澜被选为主席，我亦以副秘书长的身份忝列理事之一，有了这层关系的加持，我们之间的联系在这之后自然是更多了起来。

春秋不计，诸事自来饶过，唯有两件事情印象最为深刻，一件关于老项，一件关于小乔。老项在小城作家中名气不算最大，但他的认真态度绝对是第一的。那会儿我已开始编《花丛》，七十多岁的他常常拿着文章到我单位，询问才二十几岁的我之意见，至于观澜那儿，更是常去的。那天我正工作，突然接到观澜的电话，让我火速赶去四院，不要去他办公室，直接去抢救室！我吓了一跳，放下手中的事就立马去了，十几分钟赶到那儿，只见观澜正在抢救室外焦急地来回踱步,见我来了,喊着说老项出事了。原来老项上午又来找主席,在观澜的办公室,没有说几句话,突然就大口大口地吐起鲜血,很快昏迷不醒,观澜见状赶紧送去抢救,与此同时,联系他的家人,却发现没有他家的电话。主席慌了,秘书长来!可是我也没有,还是救人要紧,没有家属,我和观澜顶上,他继续抢救室看着,我去血站取血……经过半天多的抢救,老项总算缓了过来,双双合掌念佛,我俩的心才算放了下来,"老人家不能轻易接待啊,主席不好当啊——"看着观澜疲惫的样子,我知道他被吓到了,真的很不容易。小乔之事就更惊险了,说来如做梦一般,那是在四院斜对面华侨大厦四楼的饭店,我与观澜、一清小宴后的事情。作家小乔那日也应邀而来,所谓平生嗜酒见天真,性情爽利的他那天再次不出意外地醉玉颓山,席也就散了,小乔去了洗手间。一清上了年纪,我与观澜遂先送他下楼,坐在门厅的沙发上等小乔,十几分钟仍未见身影,不免都有些着急,就在这个当口,只见外面来了七八个人,一个个油头光面、流里流气,硬生生地挤进了电梯,就上了四楼。过了四五分钟,又来了一群人,还是这般打扮,一副寻衅闹事的样子也直接上了四楼——不好,要出事!小乔呢?当时的情境,不容我们多考虑,按开电梯,观澜与我又搀着一清重又上去。上面已经乱了套了,客人四散地走光了,就剩下几十个刚刚上来的人四下找人,听他们嘴里吆喝的,找的正是小乔!避开人群,我们在吧台下的空当里找到小乔。"躲在这里不是办法,很快就会找来!"眼看着电梯口已经被人封住了,观澜毕竟见过世面,打开旁边的包厢门,指挥着我们一个个埋着身子躲进去。才进去,只见观澜赶紧把餐桌、椅子一切能用的全堵上了门,还没等我和一清意识过来,就听见有人砰砰砸门了,许久没弄开这才悻悻而去。还没缓过神来,只听见外面噼里啪啦声四起,他们砸起了店里的锅碗盆碟,第一次遇到这样的事情,我的心都提到了嗓子眼,一清虽说年届古稀,估计如此遭遇也是少有的,坐在那儿不停地摇头叹气,所幸观澜还是清醒的,先是问清了小乔冲突的起因,赶紧短信报了警。这是一个封闭的包厢,四周连个窗户都没有,我们憋在里面,一个个倚墙坐着,也大气都不怎么敢出。半个多小时后，总算听见了警察的声音，及至我们走出房门，只见外面那一片狼藉，满地的坏凳碎瓷，一种刻骨铭心，因为小乔而惊悚，因为观澜而庆幸。

我与成一长老的一段机缘也肇始于观澜。长老每每来大陆，观澜总是陪着的，没有法事活动的时候，常约我去参谒。最初的几次都是在光孝寺里，长老很慈祥，笑呵呵地开示弥勒法门，一次又一次地不厌其烦，观澜陪着我静静听着，多是间隙，时间长的也有一个下午，禅机一拨透三关，总有不尽收获，临了观澜多会请长老和我合个影，以称我的心愿。长老在海安的老家建有观音禅寺，观澜亦带我去参访过。那会儿晓庆正好要采访长老，一行五六人驱车往孙庄而去。过了曲塘，多是乡野的风光，地近孙庄，只见远远的田野之中，几进梵宇间香烟袅袅，一派丛林气象。在大雄宝殿后的僧寮里，晓庆开始采访长老，观澜遂带着我在庙中四处随喜，说起他与成一以及海外诸位长老相识相熟的缘起，为事诚殷勤，其实都是一个道理，为人与为文也是一般。暮夏的风从寺外的稻田上吹近，带着一股乡野特有的气息，裹挟在炉香浓浓的栴檀香里，宁静而安神，观澜说话不快，嗓音也很特别，时不时的檐铎声点缀在其间，让我又一次想起初识时福善庵的雨声，人生在世，怎一个"诚"字了得？采访到晚间才结束，成一长老留我们斋饭，可巧的是那天正好是他生日，一桌人满满地围起一个圆桌，有居士买来了蛋糕，熄灯点烛，我们一起鼓着掌给长老唱生日歌，浓浓的温情，浑然不觉是在佛寺里，且是替一个年过九旬的老法师唱的。及至告辞的时候，已是夜色深深，四周依稀还能听到一些蛙鸣，长老送我们出山门殿后，又坚持送到更远的牌坊下，我们的车开出很远后，回头望望，只见长老还站在那儿，和我们挥着手，旁边的观澜在车里也挥着手，那一刻的他眼中似有泪一般，我能理解，知恩报恩！这也是赵朴老为中国佛学院所题的院训。

作为观澜口中他所谓护法的"金童"，多数时候，观澜都是带着我做着他的事情，学习有时就是一个过程，在这样的过程里，所知所悟也就润物细无声了。佛说，世事无相，相由心生，该也是这样的道理。凤城河搞碑苑，观澜指导我整理一组应景的古诗词供书画名家题写，一篇一篇地斟酌，听其评论这一应作者、诗篇的价值所在，不乏真知灼见。在净因寺办佛教专题摄影展，我亦见识了观澜作为摄影家的一面，和他一起推敲作品的名称，一起规划摆放的位置，连续几个昼夜，这才功成事遂。编辑《华严文汇》时，观澜也给了我很好的实习机会。那会儿我已在西乡的学校做着老师，工作的不稳定带来了心情痛苦的起伏，然而那一段时间，每至晚间，整理常惺、南亭、成一几位法师的文集，心境却是澄明的，多是台湾出的旧式竖行繁体版本，辨读起来委实费劲，黄山谷当年说"读经一字礼一拜"，我虽做不到那样，但虔诚带来的就是一种清净。常惺法师的《佛学概论》与《大乘起信论讲要》，校对之余，我都将其工楷抄了下来。心权师太告诉过我，抄经也是一种功德，如同禅定，属于福慧双修，从这一点来说，感谢观澜，感铭机缘。

因为机缘，在我濒临失业、流落异乡的当口，我得以入宗教局工作，我是视之以一种接引的。及至入政协工作，他是政协委员，到文联工作，他是作协主席，有缘维系，我们的关系就这样不离不弃了快二十年。前些年，观澜退休，亦离开凤城河，去往城东北的秋雪湖做景区策划，空间的距离远了，但我们的关系依旧，我将之来电铃声设置为佛光山心定法师诵念的《大悲咒》，每每他的电话一来，双手合十，我知道，机缘又至了。

闻古有香

秋天还没有过完,就已在想念冬天了。

刁铺不刁,恰如旧名迁善,委实是处福地,即便冬天也是暖意融融。一道环溪河在镇中盘旋环绕,九曲十八弯极尽旖旎水光,萧云鹏先生家就住在镇西的环溪河边。每年重阳过后,海陵城里西风寒天催日短,萧先生的邀约便随之而来了。

到刁铺吃羊肉传统有年,所谓"刁铺提汤羊肉",在周边颇为有名。萧先生邀客的正是这样一桌土席,茅堂酒暖,溪桥肉香,常常就在家旁的邻里家中,满满一桌烧炒蒸煎炸烩煮卤,凡味不离"羊"字,着实令人口角流涎。众人杂坐,且啖佳肴温神气,全凭村酒暖精神,几轮推杯换盏下来,人人脸上密布汗珠,有人还热得脱去外衣,那叫一个通畅!佐席的依旧还是不断地侃侃论辩,有关乡邦文史,不尽故事杂谈。

我与萧先生结缘也正因文史。弱冠辰光那会儿撰著《泰州名胜》,有关高港的部分都不甚熟悉,俞扬老师雪中送炭给我送来两辑《高港文史》,正解燃眉之急。萧先生正是两本书的主要编辑。通读其文字,不尽梓里旧闻,充斥怀古情怀,无论是对大江古渡的寻找,或是对繁华商铺的回忆,抑或是对历史人物的追述,依稀总能咀嚼到一种我熟悉的味道,欲语还休。这也是生活中常有的一种感觉,易安居士词中的"旧时天气旧时衣"的旧家情怀。萧先生的文字于我的创作多有裨益,习学之余,自然心向往之。

榴花照眼时节,俞扬老师邀集端阳宴,酒香四溢的府南街天滋园里,我于席上终于见到了萧先生。只见萧先生头发多半苍白,但精神却异常饱满,目光从容,雪白的银丝映着滋润的脸色,有着一种别样的风度。虽然是初识,好在彼此并不陌生,谈笑往还都有话题连接。萧先生开口是地道的南乡口音,浓到开口不需问籍贯的程度。在如此婉转别致的音调里听其高谈阔论,再凭杯酒长精神,也是一种美妙的享受吧。小饮谈噱,高吟幽清,通过一段交流,萧先生的以往在我脑中渐渐清晰起来。20世纪90年代末,从劳动争议仲裁岗位退休的萧先生有志于乡邦文献的思考与整理,连续上书市、区两级政府,很快引起了有关领导的高度重视。芳草付与有心人。很快他即被高港政协文史委聘用,专职于地方历史研究。这以后其在省市报刊上发表了十多篇文章,协助编撰了四辑《高港文史》。老骥伏枥,成果不可不谓之丰硕,在社会上也取得了较好的反响。畅叙至此,萧先生的脸上流露出灿烂的笑容,幸福的感觉四散荡漾开来,渲染得我也心欢如许,有道是"馀年乐著述,此外吾何求"?

这年冬天,我第一次受邀至刁铺吃羊肉。刚过环溪河离萧家尚有一段距离,就遥遥看见萧先生站在桥边等候。风厉愶草木的日子,尽管戴着棉帽裹着围巾,还是冷得他直劲儿搓手跺脚驱寒,真正让人感动。赶紧下了车,一番寒暄后被迎进萧先生家中。北临河的萧家东西而向,一楼朝东面街为货栈,日常起居多在二楼。虽说客厅,亦为书房,三五人对坐下来,茶烟在温煦的阳光下轻扬,浸润书香的谈论依旧浓烈,尽管是寒冬,大家都如坐融融春风。萧先生已经离开政协文史工作岗位,此时的他言谈中更多了一份无羁的洒脱,陪坐身旁的萧夫人,透着热乎劲儿地一再招呼瓜果,淳朴的老两口亲切无比。不知过了多久,北窗外传进河那边的叫呼声,一桌羊肉席已妥,大家应声而起,也就闻香而去了。

良友有幸晤不多。离开刁铺,却始终未疏萧先生。之后的日子里,常常在《泰州晚报》读到他的连载文稿,电视上见闻欣赏其于"凤城河讲坛"和泰图知识讲座上的妙论,我在政协编纂《海陵文史集萃》,也曾电约其撰《泰州大江口》以收入书中,彼此间谋面虽少,然神交仍丰。越明年春过秋至,俞扬老师转来萧先生的新著《闻古札记》,扉页上惠题了款赠,文字谦谦之极,让后生如坐针毡。开卷欣再读,所谓闻古,真正是古风萧瑟笔追还,文似其人一派脉脉书香。又读至《闻名遐迩的刁铺羊肉》,"看那盆子里的羊肉,皮覆于肉上细润如玉,透明如水晶,肉藏于皮下,切开一块,其色绯红,异香扑鼻……"口中早已馋涎欲滴,窗外秋风袅袅已浓,食欲来于羹,神思直往刁铺的冬天而去了。

拈花说明

传汝楼接着丈室，隔着一面高高的灰砖墙外，是重修的藏经楼，供着当年香雨楼上的《大藏经》，那会儿的光孝寺就这么大。从五一路上过来，要穿过一条长长的甬道，倘若是在冬天里，院中的那棵百年老蜡梅，幽香散溢，行走其间，是种极美妙的享受。寒花有余馨，夹杂着些许墨味，循之而去，多半会找到藏经楼下的东厢房，半掩的窗户里，常见一位清癯的中年人，挥毫弄翰忘我中。趴在窗台上，我入神地看着，两两心无旁骛，一段时光流动成往事的隽永。

我也是许多年后，才知道此人就是花明先生。重说起这段掌故的时候，已然是在税务桥南的先生家中。尔时光孝寺梵宇重辉，早非当年寒朴气象，传汝楼亦易址，只剩那棵蜡梅，犹自氤氲着每岁既有的清芳。一村书屋就在朝南不大的房间里，书橱画案摆设开来，容人活动的地方就不是很大了。窗外是连绵一片明清民居，远远可以望见人家院中高大的绿树，烟云供养，花明先生就在这里继续着他的笔墨人生。

作为小城名士，花明先生时任泰州书协主席，黄宾虹昔日讲"善书者必善画，善画者必先善书"，从这一点来讲，先生在书道成绩斐然的同时，在泰州画界也安居一席，也就不难理解。同样是黄宾虹所言，"吾尝以山水作字，而以字作画"，今观花明先生，未尝不是如斯。我们看花明的画儿，总绕不开他的书法，其书以行草见长，亦擅篆隶，行草书内夹篆隶结体，篆隶书中蕴行草用笔，亦显独特风貌，而沉稳厚重更是其主要特点。复观其画，或山水，或花鸟，或人物，线条遒劲，不拘形似而自得天趣，极富韵致。其师支振声先生当年点出花明"绘画有俭涩虚出之状，无板滞壅塞之感，书艺藏犷悍奇险之气，少平庸闲散之态"，书画相得益彰，可谓一语破的。万门祖先生今将之称赞为一种苍拙逸雅的笔墨风骨。

花明先生擅长写意花鸟，他的画路亦宽，梅花、春兰、紫藤、芙蓉、海棠、茶花等在其笔下皆有独到之处，诸类题材之中又以绘制牡丹称著。周敦颐在《爱莲说》中以"牡丹之爱，宜乎众矣"结尾，足见牡丹为人之偏爱，延之绘事也是如此。从五代之徐熙到明之沈周、徐渭，清之恽南田、高凤翰，及至近代吴昌硕、任伯年、齐白石、王雪涛诸大家，牡丹之绘，诸姿已备，富贵者众，娇媚、香艳或野逸者也不乏有之。"小技拾人者易，创造者则难，欲自立成家，至少苦辛半世"，这也是吴昌硕留予后世画家的遗言。于牡丹一路而言，更是如此。与四君子入画一样，牡丹之绘如今早有套路可言，初学国画者临习也多从牡丹入手，大红大绿，署以国色天香纤秾示人，怎一个"俗"字了得？鉴于此，多数花鸟名家皆避牡丹而趋别径，也就不难理解了。花明先生执着于花鸟一路，却未将之视为不可逾越的鸿沟，检点群芳，却是深丛耐，在博览历代名家墨迹的基础上，先生勤于写生，以造化为师，善于思考，亦求变化创新，所谓"画无定法，物有常理，物理有常，而其动静变化，机趣无方，出之于笔，乃臻神妙"。先生又在牡丹之格调上下功夫，专精体物，以气韵自矜，力求艳而不俗，墨之韵趣，一扫画谱习气，终跳出窠臼，自成一格，牡丹在其笔下真正有了不一样的格调和气息。

　　所谓格调，王国维在序《中国名画集》中有言"象在而遗其形，心生而无所往"。沿袭传统，花明先生的牡丹，虽一样不乏东风吹送御香来之貌，却找寻不到一丝柔媚娇软之态，香满春城且自傲，这也是一种境界。作画必先立意，立意的前提是写生，也就是前面王国维说的"象在"。花明所绘之牡丹皆有来处，海陵城北牡丹园是其常去之地，晴雨朝暮，或含苞，或绽放，或凋谢，牡丹各时之态皆熟稔之至，胸有牡丹亦如竹，一夕落纸也就如在花间，任意构图都属于自然而然了。其葩以紫为主，红黄碧蓝皆可为之；其状以放为主，含吐离合皆可为之；其态以仰为主，垂平撝斜皆可为之，相顾则如笑，相背则如嗔，或掩仰而如羞，或偃蹇而如傲。构图与空间处理上极尽变化之能事，"心生而无所往"即可解之。所谓"密不透风、疏可走马"，在章法上，花明先生很注意宾主之呼应与取势之得当，用笔果断爽利，虚实兼济，疾徐并施，实笔重而刚，虚笔灵而巧，疾笔处则随势而行，慢笔处则蓄势待发，勾皴点染自然而不造作，呈现出一种明显的顿挫转折之节奏变化。其花取势多走"偏锋"，以绘制风雨之态者多，一株初破经风雨，半朵犹含最可怜，萧瑟风味纸上之氤氲，也就很好地中和了妩媚与浓艳，清新脱俗之美油然而生。先生常在画面构图上勤思妙想，时而在画之下方补几尾金鱼，或下方写飞燕、蜂、蝶，更增添了几分情调与意趣。

　　花明绘制牡丹的过程，水之运用也很值一谈。"笔墨作合生动，妙在用水"，这是扬州八怪之一李复堂的论述。同为扬州人，数百年一脉相承，花明先生对作画之用水也有着很深的研究，于他而言，作画讲究笔法、墨法，亦需借重水法。画家朱静波对此曾有论述"花明先生的水法尤可称道，当今画坛能将水用得这么出神入化的实不多见。花明先生的'水'，滋润而不浮涨，潇洒而不漫溃"，尤对其能用出水的"厚度"，感佩万分。《美术报》编辑蔡树农在评论花明先生的画作时也讲道："也许是生活在水乡的缘故，有着金石笔法的花明先生在他的画面中仍不经意地涌流出迷离的水韵水色。"对于两位先生的评述，我亦深以为然。中国画的基础在于笔墨，其关键在于用水得法，黄宾虹之泼墨破墨积墨诸法，傅抱石之破笔渲染，皆为深谙此道之功。追溯花明作画水法之源，该是得益于陈大羽先生。大羽先生系当代著名写意花鸟画大师，曾师从白石老人。先生健在时，花明每年都要去南京好多次，带上习作聆听指教。大羽先生最常说的就是写意花鸟画最重要的就是用好笔墨，着色也要讲究用笔用水，应和墨色相呼应，一幅画中墨为主色为辅。花明得师之指点，在水法上着实花了一番功夫，浓淡、干湿、苍润……淋漓恣纵，一一由水化染开来。观其作画，即起始的洗笔、蘸水、溶墨、调色，就已十分在意，不急不缓，自然而为；笔落纸上后，浓淡立见变化，明暗也觉显明，展示出花的姿态和动感。然这远远未曾结束，趁湿之际或者半干之时，复以带墨之水或只以清水，又反复点染，破墨兼破色，溶墨复溶色，墨与色在笔间之水中相互渗染，朦胧感之后，层次感浮现，最终定格为一种美感，恰如陈师曾论画之"神情超于物体之外，而寓其神情于物象之中"，令看画之人叹为观止。仅就绘制牡丹之叶来讲，虽仅一叶，却真正可见墨之五色——水墨画叶，先浓后淡，近远之间，一气呵成；然后浓墨以水破之，淡叶以墨筋之，浑然不觉间，虚实浓淡自然之效果活灵活现，天地有大美而不言。此乃数十年之功力所至，至于要细说每幅画用多少水，怎样用，用什么样的水，却真正是不足为外人道也。有心人可以学其法，反复摸索，然究竟能达到花明先生的几层功力就因人而异了。

在泰州，花明先生的弟子众多，书家如徐锦石、陈斌等，画家如刘争鸣、张任荣、孙洪等，都已成名成家久矣，而其公子花俊，少年时就求学于国美，后又游学海外多年，今在中国美院任教，已蜚声国内外画坛。相比于此，先生却一直很低调，身处俗世而存扫去俗情的禅意做人为艺，这也是一种修炼。肖仁先生评之以"性格内向又颇具书生气质的花明，在书画界素以默默无闻与不动声色的学风而著称"，姚社成先生评之以"花明由谦逊好学而不断进步，由艰苦摸索而每有创新，由不求闻达而渐有声名"，熟悉与不熟悉的人，皆对其人品画艺赞许有加。我与花明先生相识也算来十年有余，想来还是他主动找寻我的，意在找寻我这个在凤城难得同"姓"也是舞文弄墨之人。旧时我尝以花雨为笔名发表过一些文章，也许是占了花家的斯文之气，花明先生对此印记尤深，四处寻芳，总结缘分。交识之后也就对我关爱有加，我们虽属两辈人，却有着很多相同的经历，比如都曾长期从事过宗教事务工作，也就更知缘分难得。清人恽秉怡言"实处皆空，空处皆实，通之于禅理"，和绘画一样，先生待我以一片挚诚，酒席文会之间我们常以父子相称，我的斋名"花雨斋"，先生以篆隶、行草各书了一幅赠之，及至花俊返乡，先生又嘱之为我这"义弟"再书一幅。而今我的书房里，东壁上是花明先生所绘的牡丹图，西墙上是花俊先生所书的斋名，如梦如醒，只道老去丹青底，真正是花雨缤纷了……

丁酉年的春天来得很早，冬风不改绿，忽见新阳浮。范家花园里，老竹新篁还没来得及枯去，就又泛青了。素壁斜辉，竹影横窗扫，退庵我的办公室里，花爹坐在我对面，一杯粗茗一炉烟，谈文论艺，闲话家常，桌上清供腊梅一枝，光孝寺折来，清香如旧，情怀亦然。

花明印选序

泰州之地，东濒海南临江北迎淮，融吴楚越之韵，素有"汉唐古郡，淮海名区"之称，其历史人文之盛，毓秀钟灵，允武允文。言之印学，其源头可溯清之吴熙载，让翁一生治印万方，声名显卓，有"气象骏迈"之誉，由斯开泰州百年之印学传承。近现代以来，胡石闲、杨浣石、戴次青、臧济刚均有印谱行世，孙龙父更是以一身跻于江苏"印坛三宿"之列，乃至王能父、叶大根、张舜德、朱学纯等，倡立泰州印社，莫不有篆刻名家称，海陵"儒风凤冠淮南"，于此可见一斑。

当今泰州印学犹盛，人才辈出，其中不乏砥柱衡石者，如花明先生。余习书论，尝读沙孟海之《印学史》。所谓印学，自以文字表意为其首要特征，即所谓"书从印入，印从书出"，也就是常说的以笔墨入印之思想。花明曾任泰州书协主席十余年，长期浸淫于篆隶研习，深识个中堂奥，延及治印，其从秦汉玺印入手，旁涉甲骨汉金，章法于线条之爽朗与结构之巧妙上着力，辅以侧冲直进之刀法，在一种凌厉迅猛之力里突显平中寓奇之趣。让翁昔时寓泰，为赵之谦《二金蝶堂印谱》作序，有云"刻印以老实为正，让头舒足为多事，以汉碑入汉印，完白山人开之，所以独有千古"，由斯可见，花明的治印走的也是这样一条正路。读其印，兼赏古朴之边款，咀嚼涵泳其间深沉的趣味，昔人诗"信刀所至意无必"，真正有逸气生于襟胸。

在泰州当下书画界，花明是中坚之一，肖仁先生评之以"素以默默无闻与不动声色的学风著称"，他的书法由艰苦摸索而每有创新，可视作"金石书风"之承流，在绘画上又以风骨为尚，为泰州写意花卉的多元发展做过很大的贡献。行文及此，想起《墨林今话续编》的一段记载，"让之擅各体书，兼工铁笔，余事作花卉，亦有士气"，花明于书画印各门的融会贯通，让我深切地感受到一种"古人之象"，士气者，风雅赖之扶养也。

殊为难得的是，花明并未以士气自居，年逾古稀的他仍能与时俱进，这也是其为人称道之处。中华人民共和国成立70周年之际，封刀多年的他不忘初心，敬制"庆祝中华人民共和国成立七十周年"印一枚，同时检点印匣，择出以"华夏颂"为主题的印拓三十余枚，汇编成册，衷恳之情跃然纸上。"数风流人物，还看今朝"，算是"中国梦"中的一瞬间，属于花明的精彩瞬间小梦。

印集辑校之间，余曾为之佐策，及成，先生遂嘱序于余。不忍拂之美意，为国庆献礼，更觉与有荣焉。

是为序。

大美彭年

大美而不言，关于彭年与彭年的画，相识有时，静然思之，《庄子》中的句子念念而活色生香。

时彭年其人，我有幸初识他时，首先感佩于他的挚诚。那已是十多年前的往事，海陵文联成立伊始，在梅青青的办公室，我们不期而遇。盛色十年无，《花丛》在经历一番蛰伏后迎来又一次复刊，彭年送来他的《记忆里的大树》以襄其事。初逢之时，白露时令，彭年穿着藏青西服，桑蚕丝的提花领带上开满红紫牡丹，笑容未动，神态自若，眉宇间流露出淡淡的平和与静气，彬彬而见文质。在一旁的沙发邻坐下来，梅青青添茶引荐，我这才知道此人即时彭年，海陵美协主席，小城知名的大画家，闻姓称名惊初见，自是一桩幸事。斯时的我于丹青仍属门外无知，听着时梅两人谈论一些陌生的画林掌故，不免有些无趣，好在时文惠我先读，于是便坐于一旁径自感受未知的大树记忆。细读之下，才知道这里的大树即泰州文坛前辈叶大根。行文三章，娓娓道来，彭年的笔调纯真且朴实，以其亲身经历讲述了自己与大根先生的结缘与交往，东时巷里求大篆，麻麻亮中登泰山，语到真时不属情。在感怀大根先生艺术人生的同时，我亦为彭年于文字外涌动的一腔深情所感动。因为一篇文章而认识一个人，这个人且是一个画家，彭年于我是第一个。

时文在复刊后的第二期被刊发出来，彭年电话对我表示谢意，谦辞之下，孜孜求友意，多少有点相逢恨晚之感。电话里彭年主动许我水墨一张，让我激动不已，只可惜这之后的日子里我们难得再遇，美图未睹，着实让人翘首以待。孰知还没等到彭年送画，我竟已得眼缘。那是戊子年的初夏，我从关帝庙巷里的统战部调至临街的海陵政协工作，蝉鸣高树，其时政协大楼后园的枇杷正熟，颗颗金黄挤挤挨挨在华盖亭亭中，同事们流连树下攀枝摘果，一种迫不及待的兴致盎然。许是初至新地而怕生，抑或是不习惯那份热闹，我一个人静静地坐在办公室，对着墙上的一幅《听泉图》出神。鸣泉竞漱石，活灵活现的两只孔雀一立一伏，雄孔雀斜拖着艳丽斑斓的尾羽独占石头，不远处的泉尾，雌孔雀翘首以盼，两只越鸟眉目传情，生动传神而呼之欲出。似闻婆娑振羽声，第一次欣赏彭年的画，和初读他的文字一样，我又一次被感动，可称是别有一番滋味在心头。其时我的工作主要是负责机关的日常文字，因为专业的原因，原本无涉的文史工作也交给了我。彭年是海陵政协的老委员，之前出的几本文史资料集之封面设计多半出自他的手笔，我主其事之时，类似之务自然也就仍需麻烦于他，我们之间的见面机会也就日渐增多。与在梅青青的办公室不同，这时候彭年的装束随意多了，领带不常见到，宽松的白衬衫亦卷起袖口，随身拎的文具包朴素而显得有些老旧，有时就是一普通的帆布袋，率性非勉强，不改的依旧是那份雅道彬彬。我们之间的话依旧很少，但茶添胜致的时候也偶有，聊罢公事，听我指点墙上他的那幅作品，彭年还是得意的，微笑点头之余，对于承诺我的欠债表示尽快了却，弄得我反而不好意思，平白添了借机索画的肥私之嫌。真是应了辛稼轩的那句词，"诗未成时雨早催"。过了没多久，彭年的画果真送来了，恰是如我所赞的孔雀听泉，只是尺幅大了几倍，足够中堂之用，虽说秀才人情纸半张，然在这丹青以为奇货的时期，彭年此举可谓待我厚矣！细看之上首有款"赠贺新婚"，联想到我渐近之婚期，孔雀双飞敞花屏，寓深意于墨礼，彭年端的是有心之人。

健笔亦不停操，这之后的《花丛》仍然常见彭年之身影。《触摸汉碑》《泉城读画》……彭年以其画家的眼光与学养，叙述人生旅途中的所见所闻，兼及沉淀洗练后的所思所感，多有翰墨丹青维系，文字附着着一抹人文的亮色，敏捷而睿智。人在旅途，梦在远方，艺术本来就是一条寻找爱与美的道路，画家散文我之前读过一些，丰子恺、黄永玉和陈丹青一度都是心头好，彭年在他的步履所至之处抒发的感情独白，同样给我或淡妆或浓抹的艺术享受，《花丛》也因之增色不少。每每来我办公室，其与我多说文章，滔滔不绝中言尽而意不穷，瞅着机会我常把话题往画上走，成名的艺术家，总有自己不足与外人道也之心得，想着听听彭年说说自己的画。如同有准备一样，每到这时他的话就不多了，经典式的微笑再次浮现，让人不忍再行追问，现在想想这也属于一种敝帚自珍吧。这年秋天，一街而邻的老年大学诗词班老师告病，汪秉性先生命我接而教之，我惴惴然而应允。课诗是乏味的，把本属性情的格律剖析开来本来就不是件易事，好在听课的老同志们热情都很高，教学相长之下，也便坚持了过来。课余之际漫步廊中，隔壁的教室里虚掩着门，听着里面传出来的声音仿若是时老师，从窗口向里一看，果真是彭年，临画持笔，正在教授着一众白头画摹山石。倚着门框静静地听他授课，复杂而不失深奥的画儿里，由其慢言细语而娓娓道来，真可谓通俗易懂，加之其示范也很细致，具象可摹的笔走话随，学员们会心地一边凝神听之，一边琢磨着自己的作品，墨香透过门缝传出来，有种沁人心脾的感觉。下课铃响起，兴致正浓的时老师却丝毫没有停下的迹象，那几片山石在他的边讲授边示范中愈加生动，豁然开悟，原来彭年不是不能说，而是真正的敏于行而讷于言，里仁为美，大美由斯，我深感幸哉。

我到宣传部工作后，与彭年交往益频，担任文联秘书长，更是得其多处扶掖。"梅兰讲坛"开讲后，其率先垂范，为书画爱好者讲授中国书画衍变流传的历史，编辑《花丛》，已是编委的他不光身体力行，撰写《怀念恩师》《秋天的思念》等以支持，亦亲自策划"纪念潘觐缋先生"专辑，力邀张执中、贾广慧、范观澜诸先生赐稿支持，尽已心而补我之缺，让人很受一番感动。癸巳年的春节，他与宋振维、于涤生、卢文举等几位先生在范家花园合搞一场花鸟画展，撰序的事情竟然给了我，完全在意料之外，自是不能应的，石涛画论还没完全读通透，铨次点评这一应名家哪有这样的勇气。又是彭年，在陈明的办公室，拖着"干爹"花明，一起对我晓之以理动之以情，文事有责，师言诚有味，拳拳意让我再也无推辞的理由。

"餐咽山光，长斋读画"，是林琴南品读丹青后发出的赞叹，力延古文之一线的大师，欣羡画家如此，不能说不是个例外。接下序画的任务，先行对参展的作品品读一番，自是必要。初春的一场小雪刚过，退庵的院中铺上一层薄薄的素毡,桂花树上竹枝叶头缀满晶莹,寒气袭人间,透着清新淋漓的静谧。西厢里热着一炉香,已上框的画儿环摆一周,踱步其间,如同行走在明媚的春风里。彭年的画儿在当中,秀逸而苍润,清雅而大气,处于一室佳作中格外突出。孔雀别后,第一次如此系列地赏读彭年作品,深感其已谙"取法乎上"之三昧,唐人讲画儿,所谓"外师造化,中得心源",以笔墨意趣传达人文精神,寓情于景,彭年无疑做得很好。他的画儿传其师潘觐缋之味甚多,又不囿成法,取意众家,直接以造化为师,于自然中求规矩,工笔与写意、没骨与勾描、水墨与重彩多种技法浑然一体,落笔有先后,勾染有法度,极富渗透力和感染力,雍容典雅中体现着一种泱泱大度,这较其师更具一种现代审美倾向。繁花如瀑、石泉流淙、荷蒲熏风、青藤飞舞……夺下生机不作声,彭年之作以丽取胜,浓艳腾腾,能入世,结众缘,虽少旧时院体画儿那种恬淡幽远的隐逸气,然即便五彩已成斑斓,其花枝招展之处仍不乏清谧安和,古苔生石静,傍于一角的一鸟数鱼看似随意点缀,然灵动尽出,韵律毕现,传统文人性灵小品式的闲情逸致跃然纸上。彭年的画儿题跋不多,人名时间外偶署以斋名,所谓临远轩,不知是否取自"登高临远"之意,典出柳永的词,何事苦淹留?彭年应该自有其一番心得。香冷熏炉,忽起的一阵风把门推开,只听得竹叶远远的飒飒作响,飘落的残雪随风吹进小屋,落在画儿上,未几便消融无形,滋润着彭年之颜色愈加淋漓。

　　有感而发,序写得很顺畅,笔落有余劲,及至展出,各方面看过多点头称是,长吁了一口气,任务完成,我深感庆幸。彭年对文中针对他的"苍润"二字尤其认可,这是侯方域题记倪云林画作所用的誉辞,我借用而来被其一眼即窥破,人有同心,真可谓是灵根一点便通神。彭年为示感谢,又一次次表示送画儿之意,我却不好意思再求佳作了,回首想想,经年之间我也已得了彭年多幅作品,作为书斋清赏,珍若拱璧,已然知足了。每年除夕,花雨斋里的数幅画儿轴更换迎春,彭年总在窗前的位置,春风未来花已开,仔细欣赏一番之余,每每徐叹人间有味是清欢。

　　展览结束后的这年秋天,彭年往美国儿子处探亲,假天滋楼之处,我邀花明、贾广慧几人为之送行，平素皆少饮酒的众人，那晚都开了戒，小酌欢有余，我则又是大醉，一樽别酒为君倾，当然是在意料之中。入腊以后，天外来鸿，彭年从南卡罗来纳州寄来的贺年片如约而至，大洋彼岸异域风情的影像背后，熟悉的笔迹传递熟悉的祝福，诉得离情几许，站在退庵的廊下，望着湛蓝的四角天空，不尽故人思，一一涌上心头。

近云三叠

人

萧萧乱发垂过耳，清癯而静气，是我对画家贾广慧先生的第一印象。

这个印象，柔和着丹青所特有的气息，绽染般地浮现在脑海，是怎么也抹不去的。我们相识也就近几年的事，当时的惊嗟相见晚，回想起来就如昨天的事。一直以来，我就想着给他画个肖像，即便只是勾勒一个侧影，以画酬画，算是感谢他于我平素以来的照应，也是对彼此情谊的一个回眸与摘记吧。

儒风夙冠淮南，一湾凤城水圈住了小城的斯文在兹。在海陵的文化圈子里，我有好几个画画儿的朋友，广慧是我比较投缘的。当过兵的他，性子很耿直，待人没有一丝世故的感觉。德不孤，必有邻。我们的交往也就在这心无挂碍里，慢慢找到了契合的感觉。

按照广慧作画的风格，应该属于泼墨写意的一类。他擅山水，谙南陆北李之法，以面上气象取胜，三尺画案一尺流年，点皴着恰如其人般的豪放笔势。我在他面前，笔下的格局只能是褶痕间的线条，尽管饱蘸深情，多少有些艰涩。好在广慧是画家，对线条自是熟稔的，如果能用一个线条从头到脚地把他画出来，鲜活而又生动，相信他也是理解的，抑或说是一种欣喜，应该相信在我之前，估计还没有谁这样做过。

真正的画家，总有不同常人之相，每见照片里张大千那飘逸的白须，总生仙风道骨的感觉。广慧是徐州人，典型北方汉子的体态，关于他的线条，最难写之妙处首先在于那一头近乎花白的头发，长已过耳，蓬乱不需梳，又带着一点自然卷，很有莫言笔下"像个鹊巢"的感觉。时光的痕迹蜷曲在发间,糅进他的个性,以及高傲的气息,更有一种沧桑感在里面,偶有霜风拂过,吹起银丝几缕,如同舞起的一林秋树,生动起别样的气度。偶尔也见广慧戴帽子,将一头画意藏起来,含蓄成文静,只有鬓下的华发被压在帽子外延,如蒹葭中的鸟羽一般,而翘着帽檐的帽子恰如其喙,禽鸣高树,凤歌归去来,又是别样的一种风景。

于广慧,眉毛最精神,他的军人气质在这最有显现。很粗的线条,像用墨笔抹上去一般,浓淡有致,渐近眉梢处如小山耸起,倔强地朝两鬓挑去,蹙攒展放中,透着一股英气逼人。双眉之间亦宽,相学中说这是心胸开阔度量大,看来还是颇有道理的,随心所欲而不逾矩,广慧为人,如出一辙。眼睛属没骨画法,线条走到这里十分自然地陷下去,迥于眉毛,在这里凹聚着一种收敛,文天祥说"英雄收敛便神仙",作为一位画家,聚万物于笔端是需要这份收敛的,静静地观察,默默地注视,期待着收获属于自己的悠然一点会心时。如同一汪春水,清澈透明的双眼平和而谧然,让人心中生出暖意,眼下之卧蚕亦明显,中有重褶,也是生来与人为善的寓示,与广慧交,坦然相安,应该都是源自这里流露出的心境。

鼻梁高高隆起,人中丰盈,线条一路下来特别顺畅,及至棱角分明的嘴唇,刚毅地紧抿着,略向下出而又起棱有样,看上去又严峻又冷酷,显出一种军人样的威严。广慧一般很少说话,不言而化的修为很高,除了一种孤寂在里面,更和他的绘画语言太丰有关系。兼美之人毕竟不多,时拈纸上语,笔下风光的一泻千里,广慧丰富的精神世界已经明彰,欣然会意,这可以定位成高级的交谈,心清近禅,阐发世事本来就不在多言辞。

线至地阁,厚实而圆盾,数笔寥寥即写出画家由来的沉稳笃定。往下再一收就是脖子了,有喉结的曲线,恰到好处地显示出他的清癯而不瘦弱。衣服的线条多简约,却又不失文艺范儿,尽管只是简单的T恤,却多见独具匠心的色彩运用。夹克虽然朴素,里面却常搭配着格子衬衫。即便入冬霜霰严,换穿上深墨色调的羽绒服,一切归为幽微之时,别致的帽子又出场了。不甚讲究穿着的广慧,就这样在有意与无意间,让人见识到艺术家该是一种什么模样。

一番提按顿挫的勾勒，收笔提毫，意犹未尽。就这样，我不无细腻地把广慧先生描画了一下，是正面，也是侧影，都是单线条，这样的线条不是来自砚上，没有斑斓的颜色，而是仓颉所造，有生命的灵动酝酿其间，急缓迟涩随意而写，管窥画家丰富的内心世界，捕捉飞翔的灵魂在一瞬间的沉着。广慧于我，亦师亦友，值得慢慢回味。

广慧年轻时候的样子我没有见过，他比我整整年长三十岁，及我们初识之时，他已经退休在家了。好在见过两张照片，依稀可见其当年模样。一张是广慧画室里挂着的，站在圆明园的断垣残壁中，抚摩古老的石柱，夕阳下的那一缕余晖盈照在他身上，绿鬓朱颜在一片狼藉间沉思，显示着一种骤然升起的力量。另一张是我从网上搜来，在洛阳龙门石窟，广慧估摸着如我现在这般年龄，属于骨骼清奇的光景，乌黑的头发异乎寻常地浓密，双手背在身后，深邃的双眼与其后的卢舍那大佛保持一致的朝向，兀自望着远方，似乎要看穿这苍穹一般。现在的广慧左手腕常年戴着一串檀珠，经年摩挲，已是很古旧的样子，他的佛缘不浅，或也是当年龙门菩萨注视过的缘故。

一次，和广慧一起在裱画师小高那儿盘桓，我随行请了位摄影师来拍几张他的近作，临了他跟我手一招，喊着我一起合张影。秋日的傍晚，夕阳的余晖斜斜地照来，罩在脸上暖暖又炫目，阴阳脸犯了摄影的忌讳，广慧却是有意为之。一半明，一半暗，在照片上的我们如素描般，都有了线条的感觉，与我画的丝毫不爽。写真但要写得似，情之所至，描摹遂有样，由斯可见，我也是有做画家的潜质了。

画

造化钟神秀，胸中丘壑富丹青，是我对贾广慧先生画作的第一印象。

庄子以造化为大冶，南华梦蝶，是逍遥游后的感悟，广慧的画室名为近云，亦有冷然而御风而行的味道。没有认识他人以前，我已经欣赏过很多幅他的画作，有花鸟，有山水，笔力洞达，骨气坚苍，精妙的笔墨与深邃旷远的意境让人难以忘怀。

山水有清音，广慧诸画中，我最喜其山水。当代画家习作山水多半上承宋元，近学石涛，从"四王"至近代诸贤中取法，广慧的笔墨功底大抵也是由斯而来。他是徐州人，笔下山水自然可以归入李可染一派，却又不囿成规，熟谙积染之法的同时，多受海上陆俨少的影响，用笔纵意而多变，构图大开大阖，尽显大山、大水、大意境的特点。

曾在近云轩里亲眼看过几次广慧铺染山水，直叹挥斥之感淋漓尽致。迥于传统技法之由淡到浓层层递加，见他作画，每每临案静心屏气，砚中反复蘸墨润笔，一夕落纸笔健势涌，一笔紧连一笔，兼浓有淡，繁简相济，顾盼生姿，因势利导间变化迭出，须臾片刻之间，纸上山脉已由一角延至全幅，气势顿生，这也是石涛"一画之法"的一种诠释吧。繁中见逸，悠然而成，在以重墨勾勒出山的轮廓后，复于崇山峻岭之间，以简约的笔线粗写树木、屋舍，随即便是任意自如的勾皴擦点与烘染泼积，娴熟老到的绘画语言驾轻就熟，笔随形运、墨从笔变，精致而丰富地连缀成气脉通畅的整体意象。或因近云，广慧画云极具特色，大笔蘸淡墨行运侧锋，云生其下如瀑布一般富有流动感，虚实相生中幻起有形，云之柔衬山之刚，即于计白当黑处亦成妙境。收尾以点苔，如为美人簪花，明显稠密之处以苔散之，过于疏朗之地以苔合之，有种天然妆就之感，点点顿挫如音符一般，凸显了画面的韵律感，山水相宜海潮音，属于高人手笔。

尝与广慧谈画，言其画中传统之蕴，他总是辩说自己的笔墨是有新意的。未尝不是如此。余观时下之山水甚多承学明清文人画之遗风，以写意为主，以隐逸风流相示，唯心以崇，赋情操于纸上，一味追求幻想性的构图和淡逸的笔法，黄宾虹称之为笔墨游戏。一段时间有人推荐我看何加林之作，其写生大都对景落墨，笔未动，气已吞，烟云满纸，展开一片江南图，殊为难得。子曰"绘事后素"，素者，白采也，素之绘事是一种境界，这类性情之作，在现实世界中很难见到。纸上沉沉，是写自己心中的山水，古人如斯，今人失法学之即很容易难脱其窠,岂不知当时明月当时人,今人已非古人,境遇之沧桑,情性之迥异,流于笔墨意旨,当"后素"已定格成一种模式,终究可仿而总不可即。板桥题画有句,"意在笔先者,定则也;趣在法外者,化机也"。返璞归真,比前辈画家少一些精神束缚,让笔墨与山水形象、山水意境更统一地融为一体,重新突出宋画式的绘画性,于广慧而言,这也的确可以说作一种新吧。

广慧的山水多为大幅。他应泰州净因寺请为之客堂所作山水堪称巨幅,竖宽六尺余,长足两丈四,逶迤群山,峰巅连绵,自然山水与宇宙天地融为一体,笔力扛鼎,气势撼人,台湾的了中法师看了亦叹为观止,直赞佳构天成,有磅礴大气存焉。记得画初成时,广慧约我近云轩看稿,画室很小,这边打开那边收起,山水叠折中,无限风光尽被占,瞬间的震撼感让我记忆犹新。

"大体一笔"画松鼠,应是广慧独创之法,也是他最引以为傲的。历代画家中以画松鼠而闻名的并不多,却也不乏其人,元时有葛叔英,清末有虚谷,延至近现代,齐白石、王雪涛、吴作人等亦有以松鼠入画之作。广慧之松鼠,初时便从虚谷处学来,其特点即将松鼠的两个眼睛夸张得既圆且大,辅以极细的线条描写鼠毛,长长如若松针,满体圆成刺状,隽雅鲜活之外得"冷峭新奇"之味。如同画山水一样,广慧执着于承传统师造化之际,又远未止步于此,立意于新,在松鼠的水墨表现手法上费用心思。在多方搜寻并悉心琢磨近现代画家的松鼠作品的同时,广慧多次专程前往风景区及动物园写生,实地观察松鼠的形态特征,为了深入了解松鼠的习性情态,他学齐白石的做派,特地买了松鼠豢养于自家阳台上,朝夕观摩,着意研究。从生活中来,到生活中去,二十多年笔耕不怠,终让其参得其神,摸索找到了前人尚未笔涉的泼墨大写意画法,一点灵光堪宠,真可谓功夫不负有心人。

泼墨是中国画的传统技法,属于不见笔迹的用墨之法,清人沈宗骞言此最能发画中气韵。广慧泼墨写鼠,一"简"字可尽其意,其表现手段首先扬弃了具象的秃笔枯墨戳毛及没骨点缀之陈法,仅以一饱蘸水墨的羊毫斗笔,经逆锋落笔、抑扬顿挫、收气回锋,一笔下来,五色分墨,从头到尾整体动态顿现，随后略作点眼、剔须，一只形神兼备且气墨韵俱的小松鼠遂跃然纸上，令人拍案叫绝。一笔成面，眼鼻几点，足须写以线，三位一体，即如潘天寿所言"画事用笔，不外乎点线面三点"，广慧于此是用尽心思的。在处理松鼠头部时，他又借鉴儿童面部之五官布局，全头绘作圆状，复将两眼拉开与口鼻相聚，以一种夸张的手法突显出松鼠的娇小可爱与童趣盎然，自然更是一种匠心独运。简练至极，熟能生巧，十多秒钟的笔墨，源于他二十多年笔冢墨池的苦练。以如此地凝练集中、高度概括来完成此种被符号化了的松鼠造型，广慧自成一家，传神有独工，国内花鸟画坛当无出其右，有赞曰"古无此法、近无他人"，更有权威人士鉴之云"用笔简括畅达，造型夸张适度，水墨淋漓，形神兼备，妙美灵动，雅俗可爱"，诚哉斯言。

为松鼠补缀全图，自古以来以松树为多，昔人亦广有尝试，虚谷用菊花，齐白石用荔枝，金梦石用葡萄，王雪涛用萝卜。广慧依旧别出心裁，多以梅花、飞雪、冰凌等配之，背景处理与色彩敷设吸取西画之各种技法，泼洒晕染融合成一种画境，统合成个人性的审美表达，加署以"悠然自乐""苦乐年华""大雪无痕""天涯秋思""悉闻天地声"诸题，更加彰显其创作的初衷，濡笔写心声，这也是一种传统。

关于广慧的梅花，我是比较推崇的，"傲骨梅无仰面花"。广慧画梅充斥一种豪迈之情，人与梅花融为一体，迎风傲雪，多铁骨铮铮之姿，疏放冷艳之中，有一种寂寞中的自足，玉蕊生香不染尘，远非俗家迎春手笔可比拟。这类佳作沙黑曾撰《梅花人间情》以力荐，文图互印相得益彰，眼前有景道不得，我也只能自叹笔拙，谈画止于斯了。

事

高山如故丝弦在，交友属忘年，是我与贾广慧先生交往的最多记忆。

同在小城的文艺圈，他是长者名家，我是后生晚辈，偶尔有机会出现在同一个场合，展览或是酒席，却很少交流。我们的个性都倾向讷于言而敏于行，初识于何时也就说不太清，属于那种彼此知名而又不相熟的朋友。正因为如此，第一次交谈才显得那么重要，场合的特别更让我印象尤深。那是在张士忠先生的葬礼上，城西北的寄思园，北邙萧瑟又秋风，我们一起送别一个共同的朋友。斯时我仍在政协工作，士忠先生是我们所聘之文史专家，工作中对其多有倚重，文交渐厚私谊，不料先生竟一夜猝亡，让人痛心无比，怀着无限伤感静立在灵堂一角，意外地发现广慧也在这里，一袭黑衣，一脸肃穆，透露着与我一样的悲恸。走上前去问候，他看到我也很意外，寒暄几句才知道他们是要好的战友，在一个团队里生活十多年，一起书写过青春无悔，情深义重自不需细说。因为士忠先生的维系，我们很有一番长谈，又由此及彼，说起了很多共同关注的话题，相契如来，真应了毛泽东之词，可叹作"算人间知己吾和汝"。

有了这一次的交谈，我与广慧自此亲近了起来，第二次长谈也不在预设当中，亦属特别。清秋冷落，友人约我在鼓楼大桥南的广东菜馆喝粥，三杯暖寒酒，醺醺半醉中，活动结束互相告别，沿着河边小径，我徐徐散步回家，已值霜降时令，凤城河的柳树还未褪尽残绿，在影影绰绰的灯光下，有种恬然的幽美。湖上的风吹来，凉飕飕得让人忍不住战栗，转过身倒着前行，只见桥东一人疾行而来，戴着帽子，双手插在袋子里，半低着头向前直走，超过我时也浑然不知。正是广慧！我随即喊住他，原来他也刚吃完饭，出来走走消食，也是一种锻炼，不期而遇的意外让彼此都觉得欣喜。路谈是融洽的，沿着人民路一路向西，从东塘书院到坡子街，经洧水桥到光孝寺后门，谈孔尚任，说储柴墟，直至说古谈禅，辨听庙里悠悠钟声是从哪一口传来。那一回我刚从省文联会上回来，其间曾见识了尹石先生的偌多竹画，遂将观感一一说之，广慧一边倾听一边插话，他与尹石也是相熟之人，自己也画竹，三言两语于我受教尤深。路尽折向南则入西城河畔，不远处就是溢景园，教导大队的旧址所在，广慧的行伍生涯多半于此度过，大校场南，新楼立起，歇步于此，言及物是人非，广慧动情地回忆起军营里的生活点滴，又一次说到老张，不由人作当年故人之叹。从五一路向东从光孝寺前门路过，来到泰山行宫路口，才欲分手，广慧执意再送我一程，没办法我们又回头，过溢景园向南折到迎春路到南园，我看离我家太近又觉不妥，便再向东送他一程，如此折来复去几个来回，他送我我送他，最后执手在升仙桥口，这里离彼此住处距离一般远近，这才挥手作别。朦胧月下各归去，临行许以近云轩之请，广慧盛邀我自是喜不自禁。

近云轩就在北城河畔，一排旧式楼房的顶楼，广慧家住另一侧的楼下，这里是属于他一个人的天地，如我爱恋书房一样，大画家需要一个大画室也是情理之中。置身画室，广慧的气息扑面而来，东侧墙上有其师支振声赠其的梅花，冰雪林中著此身，当为佳作上品，西侧一面墙上则贴满了他自己未完成的画作，有山水，有梅花，亦有小松鼠跳跃于其间。当中是广慧的画案，毛毡上已墨痕深沁，幽幽弥散着馨香，临阳台处是张小桌，几十支大小各异的毛笔或堆或挂，一个一尺见方的匣子内，摆放着各式各样的印章，透过窗户可见老式的阳台上，一只松鼠模型栩栩如生，一双眼睛直溜溜地盯着人，仿佛瞬间就要跳过来一般。耳畔还有很老旧的音乐，从里面的房间里传出，说不清什么歌，应该还是放的磁带，一种静谧在被打破的同时，也让人感觉到内心的一种莫名澎湃。好处不待细细回味赏，广慧便端着茶送过来了，我们在画案两边对坐下来，高谈倾耳一会儿，便是期待已久的粉墨登场了。看广慧画画儿是一种很美的享受，眼见得素白之宣纸上，风起山前，花开水际，多少有点王维诗中"坐看云起时"的感觉。当天的画作自然是归我了，并另外挑了两张他引以为得意的松鼠图送我，在这个丹青可换金的时代，他的大方赠与，我只能道谢不已。

这之后的日子里，我便渐成近云轩的常客，与广慧交，真正不亦乐乎。去南大学习，犹豫于不知以何见面礼谒师，广慧闻知后，遂让我买上四五把成扇，为我一一绘之，山水花鸟掌中现，金陵城里的师尊们得之，皆赞为珍品。我主事《花丛》之后，每年冬季刊的封面用广慧的画渐成惯例，岁至其时，他也总会按照我的要求画上几幅，电话喊我来赏鉴一番，一起议议哪张用在封面上会好一些。偶与客同访，生熟与否他也都不见外，从来没有艺家的架子。孙广华先生欲观摩其山水笔法,我陪之赴之浮生半日,广慧丝毫不居奇藏私,一起挥毫共绘山水,大谈异曲同工之妙;计凤鸣自胶东归来,我与肖仁、俞扬奉之亦往近云轩而来,广慧与他昔日都曾在潘觐缋门下学艺,窗友重逢,清波白石小鱼跳,再写当年风物分赠一行,复听肖仁一一点评,也算是海陵文坛一次难得之雅集。兴化出散文丛书,邀沙黑作序,其携我一同前往,席间劝酒而酩酊归来,我们都没回去,一起不告而至近云轩,广慧正在作画,被两个玉山将崩之人扰了雅兴,善良的他放下笔烧水沏茶,坐在一旁听我们不着边际的海阔天空,酒后的沙黑意兴陡起,竟拿起笔替广慧未完成的画作题起了款,弄斧到班门,真正都是性情中人。

广慧是典型的北方汉子,有如林散之论书的那句"不随世俗任孤行",他的耿直与直爽我也多次领略。一段时间,我的工作面临可能的调整,前路多种选择,曾于席上征询众师的意见,群皆以为不可。广慧静坐不言,是日子夜,他给我打来电话,说因为我的事辗转难眠,对于其他人给我的建议不以为然,极力劝说我要志在奋斗,努力争取更高的发展平台,鸿鹄在高树,年轻人不可懈怠青春。半个多小时的电话,广慧对我的关照可见一斑,我感铭心中,也无以为谢,夜深人静中,一口气写了十九首五言绝句,都是关于松鼠百态的,且供广慧题画之用。

文会宾筵,每每我都邀来广慧参加,只是他是不喝酒的,一盅酒从开桌到散席,人人敬他,他也次次端起,可是最终还是满满溢溢的,对酒已失沾口香,这无疑也是一种定力。人如其画,表里如一,正是如此,我对广慧日愈敬重之因也就不言自明。

赋广慧师松鼠图十九首

踏雪
日落天垂黛,花飞地覆琼。江南春意早,梅下觅诗情。

观瀑
飞湍出翠岩，望若绛河帆。携手乘风去，蓬莱涤浊凡。

临波
闲日涨春漪，双双近水嬉。学来处儿样，镜里照冰肌。

听泉
枕石漱寒流，泠然万籁幽。人间殊此境，未几已千秋。

跳雨
花落东篱外，苔斑涨北墙。秋声馀淅沥，蹈舞怕天凉。

跃溪
临壑已无路，闻涛似鼓鼙。的卢犹可学，一跃过檀溪。

望月
只因怜素女，一任羡瑶蟾。今夕银光共，明朝愁绪添。

谒石
寒梅落墨田，残雪印红笺。为得书人样，山前学米颠。

逐雀
一自破森晓，灵禽奋翅飞。林梢惊不动，相守对斜晖。

戏蝶
一枕庄生梦，双飞梁祝情。清明春过半，游戏海陵城。

乐鱼
盈盈一水闲，庄惠辩章艰。如我已知乐，嘲他学道顽。

眠花
牡丹天下贵，行乐洛阳来。香彻东风软，梦浮金谷台。

卧松
自古名松鼠，合同松有缘。松称百木长，我是长人仙。

问竹
霏霏丛筱雪，澹澹野人家。新月横空碧，逐风怜异葩。

寻梅
疏影乱山家，暗香无际涯。一声羌笛里，三两踏梅花。
友兰
汀兰将郁郁，岸芷正青青。只慕香君故，才观孔子经。
嗅菊
东篱黄菊傲，劝我醉秋风。莫恼凉天气，春芳在蕊中。
爱莲
荷盖欢为伞，莲花喜作船。亭亭君子海，我去尽菾蔫。
入藤
翠蔓垂帷帐，青阴锁阙墙。南柯添一梦，自此熟黄粱。

五砚楷模

"砚为文房最要之具",此为明人高濂之语,写过《玉簪记》传奇的瑞南先生对于藏砚情有独钟,自古以来文人墨客多不亦乐乎于此,所谓"宁舍一室不舍一石",弄琴洗砚破除闲,端的是风雅之事。经年之间我也收过两三方砚台,虽无有端歙洮澄之贵类,却也是把玩聊自娱,每每书房宴坐,情趣自生当不必赘言。

游鱼自迷,惟吾德馨!书案一侧是锦石先生书赠我的《陋室铭》,工楷书来对之可称赏心悦目。锦石先生与我同宗,今之泰州,徐姓也算是书香阀阅,文章有徐一清萧散平生,丹青有徐文藻春风妙笔,于翰墨一道而言,锦石先生可称有名,其与家父名讳锦忠只一字之别,我遂多敬之为叔台大人。相识以来,锦石先生于我多有赠与,或书古贤文赋,或录今人词句,每每见"五砚草堂徐锦石"之署,风流收来毫末,不觉常作"五砚"之猜,这该是五方什么样的砚台?书家藏砚自与旁人不同,如同美人簪花讲究的是一种声气相投,六一说"墙外有楼花有主",说的该就是这样的境界,不尽揣度在臆想中弥散开来,加之伏凤时不时在耳边熏染几句,对于锦石先生愈加心向往之。

回溯我与锦石先生的初识,亦得缘于这个叫伏凤的姑娘。那年央视戏曲频道到泰州录制《过把瘾》,我与伏凤合作了一段《甘露寺》里的"劝千岁",年岁相仿的我们自此定交。那会儿伏凤刚生完小孩,属于珠圆玉润之时,然我更赞美的是她的一手好字。在歌舞巷旁的工人文化宫彩排,场子东墙是一面黑板,轮到我们休息时,只看见伏凤随手拿起一只粉笔,写下的几行字,内容我已记不太清,但极工整,如同字帖上拓下一般,那会儿我已不在学校工作,忆想自己教书的辰光,肯定是写不出这样的好字。伏凤很自谦,对于我的赏评连连摇头,只是说是学到了老师的皮毛,请教其师上下,我得以第一次听说"锦石"的大名。而后的一段时间,演出间暇我听伏凤叙其从锦石先生学书的经历，十多年点滴回忆动人处甚多，关于五砚，伏凤也有说过，只是在铺叙锦石先生收藏时提及，语焉不详，让人更添几许平生未识春之念。

伏凤与锦石先生师徒常有聚餐，当她知道我有这样的想法，接下来的一次便携我前往了。记得是在税西街的泰山饭店，锦石夫妇都在，第一次见到想象中的五砚主人，黑色大衣里衬着灰红色的围巾，透着一股儒雅形象，叙及同宗之谊亲切便生，满面春风似故人，再无甚局促之感。席间的话题自然不离写字，顺带着指点伏凤携至席间的新作，锦石先生与我款款道来。书可书，非常书，在锦石先生看来，书法不能等同于写字，而是表达书者心灵的载体，乃一种艺术活动，对于我所请教的习楷临帖之问，其深以为然。有道是临帖作为向古人学习的重要手段，初学楷者必须尊重原帖，临写之时须排除杂念，有帖无我，方能学其精华；会得古之永字八法、欧阳询三十六法、黄自元九十二法诸古法之意后，才可算是略窥门径；如若恣意随性而为之，也就成了无源之水无本之末。真正是此中有真意，明人诗句"席间往往落珠玑"，佐酒闲言听得我顿开茅塞，有豁然开朗之感。既是受益匪浅，理当举杯谢之，酒也因之喝得有些过了，锦石先生亦是，对于我求书的《陋室铭》，自然是慷慨允之。

故事还没结束，因系酒后余谈，求字的事也没作太大期待。锦石先生几天后电话来的时候，恰母病入医院我在从旁伺候，寥寥几句寒暄匆匆谢别。令人意想不到的是，十几分钟锦石先生即来到病房，一手提着水果前来探病，一手则握着书卷示我收下，原来正是我前夕所求之字，只一面之缘而厚赐于此，着实让人感动。回来之后我将书房原先悬着的叶大根条屏换下，挂上新装裱的锦石先生之轴，朝暮相对，每每见之即念旧事。或也是缘分所至，我与锦石先生的交往从这之后渐渐多了起来。净因寺能静法师的寮房里，一起赏看他沐手恭书的各式《心经》作品，或轻灵，或婉约，或丰润，或朴厚，妙札闲开古寺香，佛前清赏，明心见性，得悟机参禅之趣。画家张任荣在明德茶社举办个展，锦石先生忙前奔后为其张罗，既应付过去各类所悟，又携参观人群为之一一点评画中妙境要旨。我在一旁静静看着，为他人作嫁衣裳之事鲜见如今，深深钦佩其古道热肠。锦石先生的好人缘也正是这样由真诚修来。他在会宾楼宾馆庆贺六十寿辰，一时间高朋满座，小城内翰墨同道多前往祝之。蒙其抬爱我在首席忝列末座，寿觞还捧笑声哗，只听得众人欢语不止，锦石先生持酒谢于席间，觥筹交错的光景，浑然是挥毫看半醉的另一种状态。

花明老师为小城书协主席，锦石先生尊其为师，我因素来与其有旧，花老师的家里也成为我们常晤之地。那年肖仁老师例往深圳过冬，我在府南街的天滋园设宴为之饯行，花明老师与锦石先生均应邀而至。一杯一杯醉复醉，不出意料地三人又多了一点儿。酒店离花家很近，散席之后我们便过去喝茶聊天醒酒。花明老师的书斋不是很大，一张画案摆下来之后，连落座的地方也没有，捧着茶杯随意地站在一角，我们的话题自然还是写字。狂言酒后多，不知怎的议及当下之书坛，说起楷书不以为然者众矣，每每展览也少见其身影，一些形如"颠张醉素"之作反而多现其中，究其神韵却不可同日而语。神韵者，法度中出也，而所谓法度，着一"楷"字而尽言之。习书者从初学把笔到自成一家乃至功成名就，并无一蹴而就之终南捷径，先临楷而从中取法是多数人必由之路，正宗、正源、正本，才是正道。对于锦石先生的楷书，花明老师亦多有肯定，能够不为古法所囿，而尝试诸多风格，却又不盲目创变，在一种精工细作中追求艺术个性的自然融合与生发，这既是一种能力，也是一种修养的体现。为楷书者，变化容易一致难，有的时候专比博来得更不容易。想到自己见过的锦石先生诸多作品，我亦有同感。回味其楷书，即便无有界格，也可明显地感觉到一种规矩所在，疏密穿插，不偏不倚，字里行间透出一股秀逸清雅之气，风骨标举隐谨严之风，提按得宜呈端稳之态，气度神闲，耐人寻味。《妙法莲华经》中有"是法非思量分别之所能解"，佛理如是，书道亦然，说到底学如牛毛成如麟角，芸芸精进，能悟得"法亦非法"者十之一二也。

酒意欣然里，恣意品美说项，夜深窗竹动秋声，浑然不觉已进二更。辞师而去，锦石先生与我从画案上各卷了几张画稿，也没得到主人同意，好在那样的氛围里，花明老师笑着挥挥手也便罢了，得了便宜的我们连连称幸。步行而返，归去的我们走在花家门口的老巷子里，冷白色的路灯光拉出两人长长的影子，印在了彼此深深的记忆里。

我至海陵文联工作后，与锦石先生交往日频，文联举办的"书断·海陵"展、文联成立十周年展、美协会员展等十数场展览，每每都有其作。良朋好友时往还，我有事也常向他求助，环溪萧云鹏先生过寿、探望南大董健教授，我填得新词，都请之书写，也属一种文墨两相宜吧！表弟乔迁之喜，相中了我书房里的《陋室铭》，无奈割爱，只是不喜素壁，遂央锦石先生为我重写一幅。只两日电话便来了，恰其时我偶染小恙在医院输液，又是不到十几分钟，锦石先生便携作送至医院。我一手打着点滴，一手与其一道徐徐打开书卷，输液室里人们一个个闻香而起，赞叹声此起彼伏，我被淹没在了一片艳羡的目光里。输了两个多小时的液，锦石先生就在我一旁坐陪着我说话，又是一番谈论写字，行草楷正大小异，此中说道真正是乐此不疲。由楷书讲到颜真卿，听锦石先生细说《多宝塔感应碑》《颜勤礼碑》《麻姑仙坛记》的微妙之变理，属其习书数十年之心得，实是我闻所未闻。忽而话当年，当听到其年少时随外祖父陈亦甸学文、从叶大根先生学书的很多故事，分明又感到一位书家成名之不易，看着他与我翻看手机里的作品照片、微信评论，这种感觉愈显明晰。也是内心久有之疑惑驱使，忍不住问起"五砚"之究竟，锦石先生畅然一笑，砚者，"锦石"也，为书者，磨穿老砚始成趣，又岂止"五"数？家藏是有数方古砚，但"五砚"只是一概数，署以堂名的缘由，也是为座右铭而自励尔。

一语破的，总是我慧根犹浅，没能参透这其间的意味。五砚楷模，所师者不在砚也，砚之赏藏固可有之，习书者修的是铁砚三升墨之功，否则就有本末倒置之嫌了。由此想来，我写了多年的字却总写不好，也就可以自解自嘲了，宋僧道璨法师有谒"梦中能楷书，以我心念故"，挥毫落纸如云烟，耽于性情，于我而言，读读诗会会意也便可矣。

还是要谢谢叔台大人，予我如此一番教益，人如字，都需楷模。

退庵的水墨辰光

天井里有两棵树。一棵桂花树，另一棵也是桂花树。

东边的一棵开着黄色的细花，人们习惯地称之"金桂"，西侧一棵开着白色的粉点儿，那就是"银桂"了。秋光清浅时，花香溢泛，最撩人天气在今时。东厢的格扇门一扇开着，一扇半掩，隐隐可见门内书案后一个人静静坐着，一手抚纸，一手执夹双笔细描缓绘，墨香犹闻，熏染着花香更为别致，天台桂子为谁芳？画人在画里，这人就是陈明。

我是在调到宣传部后才认识陈明的。走下讲台后，在宗教、政协等统战部门淹滞多年，壬辰年的春天，我由税东街走进中山塔，专司文艺。其时《花丛》编辑部设在一街之隔的退庵，尽管日常在宣传部办公，但要常常往退庵去收些稿件，单位便也给我在那边放了一张桌子。退庵在大林桥西，是一组泰式古民居建筑群，因其西侧曾是清末泰州名士夏荃（字退庵）所居之夏家花园，虽俗呼这里是"范家花园"，我还是喜欢称之为"退庵"。退庵东南的一套院子被辟为海陵艺术展览馆，院中天井的东厢即是陈明的办公室，《花丛》编辑部也设在此。第一次见到陈明也是在这里，他是文联的专职副主席，于此驻会办公，在宣传部长赵常委的引见下，得成初识。那个春天，竹风摇曳，不知名的小雀儿在檐头瓦空里出出进进，时而叽叽喳喳叫上两声，东风呼唤得，真正春气融合万物佳的时节。亭亭如盖的桂花树前一番寒暄，话里多闻南音，问姓惊初见，我这才知道他就是君琳女士的先生。

我与君琳女士缘悭一面，只是常听戴琦说起。那会儿我还在政协工作，案牍之余，偶到相邻的书画院呼吸一会艺术空气。知契经年的戴院长那里多的是好茶，金瓜贡、祁门红、金骏眉也时得一尝，茶瓯墨意话清，就听得他夸赞院中新面向全国招来的几名画师，其间唯李君琳所闻最多。君琳女士是福建人，尤擅工笔花鸟，其师法宋元，所画求真唯美，在当下画坛广受关注。

画院为招她颇费气力，为解后顾之忧，将其夫也一并请调至泰州。真正贤伉俪也！丢下多年奋斗之乌纱，千里护妻为艺忙，可思而难行，我深为此公之举所感动。画院的茶香不远，深院小迟留，这么快见到本主，意料之外不由惊喜连连。

谧，苔痕悄无声息地在墙角屋僻处滋蔓，青砖黛瓦错落起伏，陈年之气弥漫，多少会有点儿恍若隔世之感，这样的美意，院墙外的匆匆过客如何领略？在没有展览的日子里，或倚墙静立于墙角的丛竹间写生，或铺纸染毫在室内，一幅画图开水墨，属于陈明的辰光就是如斯淋漓尽致。阳光透过云隙从四角天空洒进院子，映出一地的疏影斑驳，荏苒光阴就这样被关在退庵里，任墙外车似流水马如游龙，门内自有一份淡定从容不变。我勾当公事得闲也偶尔过去，桌子被陈明侵作了画案，只得搬把椅子在桂花树下，泡上一杯香茗，享受会儿闲中一卷圣贤书的惬意。飘叶摇落中，东厢的灯不知何时亮了起来，暮色渐起，回到别样馨香的屋内，陈明多半收了笔，洗砚去残墨，半日之功已悬钉于墙上，苍苍乎一壁阴然。只见他交手抱于胸前，皱着眉头，咬着下唇，在自己的无声诗中且自陶醉一番。有美同观，我也乐得一饱眼福。

陈明的画儿多为兼工带写，尤精工笔，内容则以花鸟、山水为主。突睹清新，见多了愈趋繁缛的工笔画风，初赏陈明的作品不禁令我眼目为之一新。海陵，自唐张怀瓘、清唐志契以来，书画传统由来已久，工笔大家亦屡见不鲜。学生时代的我从赵龙骧先生学画，听其课上臧否人物风尚，眼界无穷世界宽，工笔之径亦成亦险，自觉深以为然。画竹先拍一组竹的照片，绘山即参详若干山的古图，目识心记，略勾小稿，一夕落笔，陈明近距离的做派，气静神凝，澄怀味象，让我嗅到一种久仰的古人气息。多为小品，或扇面或册页，小鸟儿在竹间梅上忘我，大鸭子在池边藕下凝神，在乎"静"而追求其"动"，在恬静之中捕捉生命的灵性。陈明之为工笔花鸟，融会了宋人之院体风格与元人的笔墨趣味，别具意境。与君琳女士的画不同，他的画细腻之外不乏阳刚的气质，从状物到造境，敏感而静气，这点儿"静气"最是难能可贵。

山如仁者静，陈明的工笔山水则更显冥寂。泰州无山，画山的却不少，吴骏圣、徐文藻、贾广慧几师于此间的修为已非常人能率易臻之。陈明的画别有气象，高山流水，不失传统又不落窠臼，充斥现代意识的笔墨，以我揣察，走的应该是杭州何加林的路子。中国文人画的精髓在山水，山水有清音，一直以来我都这样认为。多少年来，无惑鼓噪的何加林静居西子湖畔，从容笃守笔墨文脉，超然玩味画中生活，尉晓榕说，"这是一个精神孤行者"。陈明与尉晓榕同是福州老乡，他也应一样关注何氏，在远离故乡的退庵小院里，他取法大师，藉虚淡的墨色渍染，"静气"磨砺自己。武夷山光、廊桥遗梦、筹峰积雪、寒岩晚钟——取材闽中的山川对景落笔，又不是照实的写生，多夹杂记忆与想象，或水墨，或青绿，在披皴点染的操作中，在山林烟云的滋养中，属于自己的精神气息在第一时间于画中氤氲精微，真实、具体、亲切、生动。这是退庵孕育出的意趣与气度，水墨辰光里，陈明悠然营构着超乎时空的存在。眼花缭乱，《山乡过雨》《桃溪清影》《长夏山乡事事幽》《家山》……一幅幅作品从这里北上京师、西入湘中，屡获丹青大奖，天赋才情，不尽感喟，我也深深为之庆幸。

　　风流，在胸中丘壑间，一样难避雨打风吹。零落愁芳荃，秋风晨夜起，退庵一夜翦翦轻寒，推开沉沉的院门，一地落英铺满桂花树下。晨雾氤氲，小雀儿依旧活泼，肆无忌惮在叶间窜来跳去，踏得残留枝头的花儿又是一阵零落，瘦弱的嫩黄寥落在秋风里，以袅袅婷婷的姿势舞蹈最后的美丽，残骸寂寞，只有香如故。对西风、两两念莼鲈，随着君琳女士的携笔归里，陈情一表乞还乡，陈明也将又一次护妻而去。独立寒秋，气冷，笔硬，墨在砚中也如凝了一般，周末的退庵静静清清，只有风的声音。白昼短了许多，午后不过几个钟点，太阳已隐入了西墙，冷飕飕的，在院中片刻也都坐不下去。回到东厢，常见的景象已不常见，只是壁上多了一轴《竹荫双雀图》，这是陈明留给我最后的念想。我喜欢他们夫妻笔下的竹，陈明送过我一本君琳女士的白描竹子集，极尽唯美之本事，他的竹亦是，知心唯有孤生竹，伉俪情深，可见一斑。关上手机，铜炉慢炷一铢香，窝在沙发里，对着画儿不由想起初识的光景。凤尾森森，龙吟细细，窗外竹梢风动过耳，已是月影移墙时候。

冷落清秋节，退庵里，无端暝色催人去。

春天的鼓浪屿像极了风姿绰约的女子，一目倾心，便已情难自禁。慵懒地踯躅于日光岩上，极目处碧波荡漾、白帆点点，那迤逦海岸的尽头，或许就是福州。心潮起伏，远游至此的我却无语凝噎。七巷三坊记旧游，晚凉声唱卖花柔——不知在哪间屋里，退庵曾经的水墨辰光在继续？也不知退庵的小院中，人面不再，依旧春风无恙否？

天井里有两棵树。一棵不在了，另一棵还在吗……

日用即道

　　社区文霞主任说带我去老汪家去的时候，我婉辞了。所谓大下访，到基层去，到群众家里去，不需要这些繁文缛节，用真心去换真情，用脚板丈量短板，一切自然就好，何况南园这一带我丝毫不陌生。

　　清清一湾城河水，圈住了小城的斯文往事，书院社区就在小城的西南位置，因南宋时始建的安定书院而名。二十岁的辰光我初工作，第一站在南园小学教书，这学校也就在书院社区，青春岁月摩挲出来的熟稔，秋雨梧桐十数年，小桥边那棵桃树也已长大，一草一木有如故人。入机关工作后，挂钩社区也是书院社区，这么多年，从卫生城市检查到文明城市创建，每每都是在这儿，冥冥中一种巧合。

　　我走访的这家对象有点儿特殊，退休人员老汪，既是社区的一名老党员，也是一位失独老人。十年前，才31岁的独子猝然离世，白发人送黑发人，原本老汪好好的一个家。然而正是这样一位老人，这么多年却一直坚持为社区做着义工。小角色传播正能量，文霞主任无意间跟我说起这件事的时候，感动是瞬间的事，我便主动说这一户我来走访，我去看看老汪。

　　问清地址，不需引路，四五分钟我便步行到了老汪家楼下，就在我曾经工作过的学校围墙外，曾经何时，我还带学生摘过楼下几棵枇杷树的果实，往事并不如烟。三楼，敲门，汪婶开的门，老汪不在家，去公园跑步了。问了好，简单做了一番自我介绍，汪婶连忙把我迎进了门。

　　家中干净得很，处处收拾得井井有条，看得出汪婶是个能干的人，系着围裙的她，年龄和我母亲相仿，周身那么朴实而透着温慈。老汪接到社区电话赶到家的时候，我和汪婶正站在客厅说着话，"怎么让我们的作家站着说话？"他赶紧张罗沏茶，我几步上前握住他的手，彼此间没有一点陌生感。

　　宾主落座，老汪说刚电话里听文霞主任一提我的名字，就知道是谁了，早前读过一些我在报纸上写的地方掌故文章，还和公园里的老伙计们谈论过其中的细节。好处相逢，不需多言，我连忙感谢认可。茶很快端上来了，先是一番家常话。老汪穿着退休前的厂服，我一眼就认出了上面的厂名海阳化纤，这与我母亲退休前工作过的泰州造纸厂也就是一墙之隔，话题转向此，说起过去好多彼此相熟的事情，老汪也兴奋了起来，问收入、聊生计、话发展……丝毫不刻意，一切都是那么自然而然。

老汪对于中央及省市的会议精神，以及国计民生的很多大事都有关注，我们也都说及。没有等到我提及此行走访的目的，老汪倒主动说了出来。作为泰州建市20年来规模最大的一次走基层，老汪对"百团千村万企大走访大落实"的活动已经知道些时日。后楼缪书记反映的下水管漏水的事情，已经解决了；河北几栋楼不亮的楼道灯最近都修好了；小桥边道路坑洼不平下雨天难行的事情，前几天也有人处理了……听着老汪数着我们这些时日做的一点儿小事，我觉得不太好意思，老汪却连连赞许，虽然都是些小事，却也真正办到了群众心坎上。幸福不一定就是要高大上，看得见摸得到的才贴心才热络。

情到深处难自禁，不知何时老汪主动跟我说他儿子以前的事情。"没有人天生坚强，朝前看才是过日子的真道理"。儿子去世之后，老汪强迫自己重新"站起来"，带着老伴去社区文艺队学跳舞，帮着社区积极调解邻里纠纷、宣传文明礼仪，跟着社区工作人员走访贫苦孤寡还有留守儿童。不知从何时起，老汪开始每年拿出一个月的退休金，委托社区"代理"，去帮助那些困难的街坊邻里……我用"温暖别人，快乐自己"誉予老汪，老汪连说不可，自己的生活条件还可以，比上不足比下有余，社会还有很多弱势群体需要帮扶，自己并没有什么需要政府帮忙解决的事情，应该说不属于大下访走访的对象。

"一言之善，重于千金"，晋时葛洪所言，多么可敬可佩的老人！汪婶插言留饭，我们这才发现窗外已是夜幕降临，两点多到访，时间倏忽间过去了三个小时，与老汪的长谈犹有方兴未艾的意味。"下一次我带孩子来玩，专门陪汪爹小酌"，连连谢辞，一回生，二回熟，虽是初识，已似亲戚。

老汪坚持送我下楼,我亦客随主意。

楼下是小区的街心花园,菜场、水果摊以及很多小食店都集中在这一块。路边简陋的益寿亭里,还有几位老人坐在里面聊着天,家常有味,日用即道,家事国事天下事,事事有音,老汪陪着我站边上饶有兴致地听了会儿。"这不是徐老师吗?你也来大走访了啊?"旁边卖水果的老宋认出了我,我曾经做过他孙子的语文老师。

走进社区,走到百姓身边,大下访中去发现的问题,是坐在家里想不出、打算盘算不出、看图表看不出的,朴素的百姓,朴实的心愿,关键是沉得下去,静得下来,才能真正把政策精神带下去,把支持举措带下去,把关怀温暖带下去。过了益寿亭,就是小区的北出口,对面就是安定书院,当年开创泰州学派的明儒王艮于此讲学,所谓"淮南格物",其核心也就是一个"百姓日用即道",摒弃浮华,只留平真,未尝不是如斯。

约好下次拜访的时间,与老汪握手而别,顺请他带了五十块水果钱还给老宋。

第三辑　鸿爪雪泥

风情岂唯里下河

近年来，泰州美术的总体发展基本形成了老、中、青年相结合，中国画、油画以及水彩画等多画种共同发展的艺术格局。而说起泰州的水彩画，就不能不提李雪柏先生。20世纪八九十年代，泰州水彩画异军突起，活跃着一支在全省都有影响的老中青水彩画家队伍，雪柏先生即列其中。他是正宗的学院派，年轻时求学的正则艺专为前身的江苏艺师，受业于吕凤子先生及其子吕去疾……名师的指点与扎实的基本功训练，厚植雪柏心灵之土，也成为他半个多世纪艺术实践中受惠并感恩之处。这早期的养分伴随着他的不断探索与追求，使他在人生艺术的不同阶段都有无为而成。

毕生从教，雪柏早已"桃李满天下"，而美术家的身份也一直不离不弃。退休之后，雪柏仍坚持着对水彩画"现代性"的不懈追求，在参酌中西的基础上，托意以远而陈义向高，在题材和技法上都力图有所改变，一些作品在表现手法上的创新意识和大胆探索都很值得肯定，特别是于形象之锤炼、色彩之谐调、气氛之渲染等方面，在彰显个人风格的同时而着力拓展其外延与内涵，在似与不似之间探求着属于水彩艺术的审美。

子曰"绘事后素"，中国绘画的一个重要特点就是其美学情怀与现实观照，强调熔结于心而形之于笔，以格高品逸为上，作为西画范畴的水彩画在中国流传后，也自然受了这样的影响。于雪柏先生而言，他的里下河情怀促使其在近期水彩创作中找到美学表现的契点。自古以来，泰州就是里下河地区通江达海的门户，天光云影下的灰墙黛瓦，秋水春波里的桥渡舟楫……一声肠断溱湖水，何事将归不问家？雪柏先生不顾年迈，经常身背画板，沿着泰州城北的卤汀河、泰东河行走在里下河的腹地实景写生，于此基础上体会提炼客观物象，在水色晕染中幻化出朦胧的意境，从而实现了从具象到意象、由"再现"向"表现"的融合创造，一种乡愁在不经意间跃然纸上，"留得住绿水青山，记得住乡愁"，成为画面形象之外更为深沉的现实观照。情怀与现实一夕交融，也就有了雪柏先生的"里下河风情"系列作品。

　　风情岂唯里下河？雪柏先生虽年届耄耋，画亦佳，神亦聚，气亦舒，道亦通，这份对绘画艺术的毕生追求和热爱最是值得我们尊敬与光扬。霜鬓不须催人老，天道酬勤，愿先生艺术之树常青！

巴山几场夜雨

小师妹费滢端阳回泰省亲，一枝春早茶后同往梅兰文创园赏石。正是梅雨天，雨势来得比旧年都猛，甫到园区门口，遥见里面积水如汪，车行其间仿若浮舟一般，至巴秋美术馆门前水尤深，道路已然不见。

巴山夜雨涨秋池的涨，该类似这番景况，只是不知当下的巴山是否也这般积霖，君问归期未有期，主人不在，我们没有遇到巴秋。

一水西来，贴着盐运河，葱郁垂阴的梅兰文创园由一片老式厂房改建，自从以画家巴秋先生命名的美术馆于2018年深秋在此开馆后，俨然成为小城的一处人文高地，谈笑有鸿儒，有关文化的各类活动接二连三。

连昏接晨的辰光都曾有过。美术馆的门厅设有茶席，很别致的曲水流觞，小红鲤悠游浅底，陪送着晃悠悠的茶盏，或空或静或平安，随意拿起一杯总有似曾相识的熟谙。记不清有多少次夜酒后相携而来，三五好友看看书画品品香茗聊聊闲天，有客弄弦弹琴，有客引吭高歌，亦有客吹洞箫，如泣如诉的呜呜然，倚歌而和者不在少数。这会儿的我多半倚坐于一隅，旁边多半还有巴秋先生，余醺未散，眼前的赏心乐事，也只能乐呵呵地看着。

我与巴秋先生相识已逾十五年，初会于何时记不太清了。那会儿的他是泰州文联的主席，而我初出茅庐，山遥水远横竖不晓。2005年的仲秋，刚重建的小城作协组织到邻邑采风，我随一清老师同往，泛舟溱湖，踯躅古镇，慢享一日时光。巴秋先生同行，记得在溱潼街巷里看到竹篾店，先生不无动情地跟我们讲起童年往事，母亲别无所长，靠编篾子的蚂蚱笼子维持一家人生计。回忆漫长，如同看不到尽头的麻石街，细节也多淡忘，只记得先生怆然欲泪的模样。很多年后，我读到先生的散文《母亲的蚂蚱笼》，寸草心拳拳，也就理解了缘何成名之后的他，每每画展不管何地举办却总拟题：造化情缘、心象物语、逐梦家园、故土乡愁、乡情催春……采风结束前，我与先生在高二适纪念馆门前合了一张影，给彼此留下追溯前情的源头。是日晚，会饮于湖滨，酒浪月波供一吸，人生的无数次大醉约莫也就从那段时间开始。

每宴必饮每饮必醉，关于我能喝酒的传闻也有巴秋先生的助力。先生退休之后北上京华，入荣宝斋学画，深耕经典食古而化，艺术格局渐次开朗，作品多见温文尔雅之意趣与士气，得到诸多名家肯定。衣锦而归，梓里故友自是备酒接风，先生多招饮于我，一杯一杯复一杯，无不以酣畅淋漓为乐。有一次先生回乡过春节，碰巧是大寒之夜，七八人雅聚于五条巷的醉香园，店主小野相熟，为我们准备了老式的紫铜火锅，涮着羊肉同享一种热腾腾的暖意，冬日里最浓的烟火气。酒过三巡，巴秋先生点我唱支昆曲，酡然欲醉的我随口便应了。小野进来送菜，告诉众人外边下雪了，巴秋先生听到特别兴奋，"把门打开，好曲带着雪听！"推开门，即见檐下的红灯笼在融融风中摇曳，细细的雪落在夜空飘得纷纷然。不拂美意，选了《拾画叫画》中的一段"则见风月暗消磨"，缓步走到院中婉转一段水磨，"客来过，年月偏多……"未到阳春，然已白雪，只记得唱完之后的顷暂安静，动人无端，时间在那刻仿佛凝固了。

多好的雪，多好的夜，以及好曲与好酒。

次日早茶，夜雪已尽化不见，大家忆赞起昨晚风雅，画家夫人李阿姨一阵佯嗔，"你们是快活了，我坐在门口，冷风吹得肩膀这会儿都疼！"众人闻之哈哈一笑。

十年达变，先生声名愈彰，偶归粉榆有司亦多礼敬，我在文联工作自多奉陪。"建议画一点家乡的风光！"作为一项任务，于一次宴后确定下来。巴秋先生再一次点名我，陪他去看看小城里残存的老街旧巷，于公于私我都不好推却。我与先生都是老泰州人，对于这座古城同样怀有特别的依恋，先生知我经年执着于乡邦轶闻，故谦称以"术业有专攻"命我导游，其实是在有司面前故意抬举我。涵东街、涵西街、紫藤街、石头巷、顾家巷、南北瓦厂巷、卍字会、温知女校、许家大院、徐家桥、通仓桥、破桥……大半天的时间，我侍之徘徊在稻河草河两岸，姹紫嫣红都付与断井颓垣，怎一个愁字了得？恰好碰到电影家丁文剑的《建筑师》正在河边拍摄取景，犹喜相逢，却又多有慨叹。入暮我们并未离去，河边南山居的楼上，我与巴秋先生对饮，不顾李阿姨的一再阻劝，两人喝了一瓶多，直到月上柳梢头，窗外的古城在一片皎洁下重又笼罩于静谧和隽永之中。

　　李阿姨做事十分认真，巴秋先生的勋功章里她的功劳要有一多半。其实也很随性，多数时候有了我的票戏开场，她也会接上，来段日本歌曲，一次还和我合作了段《智斗》，嗓音婉转颇有洪雪飞的味道。在淤溪乡下巴秋老师的别墅，亦或老街的古月楼、大陆饭店，都曾有我们愉快的对唱。她待我甚好，杜大恺、马海方、老圃等书画家南来巴秋美术馆，夜游湖后有场小范围的笔会，她悄悄约我过去，而今我书房里的"懒画眉"长轴，就是那晚老圃先生所赐。

　　小城画画儿的人对板桥都有着一种尊崇，巴秋先生亦然。先生最近的一次兴化之行也是我所陪，入腊已然数夜，素素姐开的车，一行四人北去下河。印象深刻的倒不是参观板桥故居，而是去的路上才过周庄，车胎竟被扎了，一个急刹车差点拐到沟里去。前不着村后不着店，惊吓之后的素素姐和李阿姨明显有点焦躁，巴秋先生与我倒还好。联系朋友来接后，我们走下马路慢步到田垄上，冬日的麦田绿意深沉，在寒风里匍匐着坚强。指着远处农家错落的屋脊，先生笑着对我说，"随处可见的风景，看看多么入画！"再一次讲起绘制家乡风光的任务，已经完成好几张作品，连带之前的一些画作，春节拟在小城的艺术展览馆办个展览，"你写序吧！"突然听到先生这样的要求，我丝毫没有准备。

　　"有奖励吗？不是冬瓜的那种！"自是没有推辞的理由，一样的随口便应，不过我笑着多说了一句。

　　这可是有出处的。舍尘与沙黑两位都给巴秋先生写过画评与文评，或许是舍尘更用心一点，斯楼应许自由魂，关于《荷戟楼纪事》的评论中，将西方哲人"谁校对时间，谁就会衰老"的名言，改成了"谁真正获得内心的自由，谁就永远年轻"，这个谁当然是巴秋先生，他对"永远年轻"该是很满意，一幅谢礼画的芋头，而沙黑的评自然也要谢，不过画的是个冬瓜。一繁一简，笔墨差别实大，沙黑为了这样称了很长一段时间的不公平。

老友间的玩笑而已。巴秋先生一听我的接答，拍着我的肩膀数声大笑，"放心，按你的要求来！"

小城的艺术展览馆其时正是由我负责，春节期间的展览也如约举行，六七十幅画作，有很多场景似曾相识，细描淡染，绘形写貌，先生画作之别开新境，洵非虚誉。假期我多值班，从早到晚候迎于馆内，那篇短序贴在前厅，每闻观展者啧啧称赞，心中更是有些得意，行走间也吟出数句诗：

窈窕人家图画中，也从纸上望春风。
先生名在京华旧，尽让乡情成苦衷。

乡愁是一种苦衷，也是一种春情。巴秋先生中途也来了几次，拱手互贺新禧，更带来了谢礼，一幅《月是故乡明》，小桥流水人家，属于笔墨繁秋的那种。听了我的诗，先生笑道，"好诗！你我之间又岂可无好酒？"复又拿出幅字——"诗酒趁年华"，我素爱的东坡词句，后缀款曰"赠同华贤弟"，原来是他早就准备好的！

丹青挂寒壁，一书一画而今都挂在我书房旁边的茶室，每当晚归茗香之际，特别是有雨的清夜，对之心益闲，总会想起巴秋先生——

千里之外，巴山几场夜雨，能饮一杯无？

乡情催春

海陵文昌，春和景明。

东濒海南临江北迎淮，海陵之地儒风凤冠淮南，素有"汉唐古郡，淮海名区"之称，其历史人文之盛，毓秀钟灵，允武允文。言及艺事，唐有张怀瓘，明有唐志契，或于书理或于绘事，莫不有精品之作，珍若和璧隋珠，亦自此开泰州千年崇艺风气。而历代文士，范仲淹、陆游、赵孟頫、吕潜、龚贤……或此地为官，或闻名访胜，皆有作流传，且吟咏出"香粳炊熟泰州红"之名句，人文遗韵，可谓荟萃繁昌。

　　笔墨当随时代，前辈诸公正因站在时代前沿方才奠定各自名位。然而经典的延绵，并非简单之传承，而是人们面对现实生活和价值取向所做出的文化抉择。当今海陵绘事之盛，佳作频仍，人才辈出，其中更有称誉全国之名家，如北游京华十四年的画家巴秋先生。古人云画非易事，大抵以明理为主，唐志契在《绘事微言》即有"写画须要自己高旷"之论，巴秋先生本为明理高旷之人，融作家、画家、书法家等诸身于一体，昔日以古稀之年求学于荣宝斋画院，孜孜以求而百折不挠，将梅花、蔬果、家常用物及南方建筑引为研究课题，运用白描淡写之笔墨语言，次第锐进，终修成正果，画作为圈内专家及收藏家瞩目与认可，由人书俱老渐趋诗画同佳，在笔墨精神中得人生之大自在。

　　遥遥赴京阙，戚戚望桑梓。巴秋先生虽常居北京，然心系家乡，自云"行千里走万里，忘不了生我养我的桑梓地"，继去年泰州巴秋美术馆在家乡成功开馆后，今又携七十余幅佳作入海陵艺术展览馆展献乡亲，拳拳之心眷眷之情溢于言表。作品中多有海陵涵东街巷及溱溪乡村等地之写生作品，念其时我曾亦步亦趋奉游左右，亲见形相与心手凑而相忘之妙，正可谙苦瓜和尚"舍一画而谁耶"之语录。

　　乡情催春，绘事后素，不亦乐乎。正值春临，也属恭贺新禧之事。

　　是为序。

唯观戴琪神采

"深识书者,唯观神采,不见字形",这是张怀瓘在《文字论》中的精妙之言。一语如谶,瞬尔千年,蓦然回首,当我们把目光聚焦到这位盛唐供奉翰林的海陵书家时,墨迹片纸无存,果真是"不见字形"。惟其书论幸丰,尤以《书断》著名,于此识认书者,神采盆溢,尹旭撰《中国书法美学简史》,称之为"功勋卓著的书法美学巨擘"。

算而今,若想一睹海陵字形倒也不难,"儒风夙冠淮南"之古城,书学之道绵延不绝。现当代以来,高二适"兰亭论辩"名扬南北,以"草圣"之姿在书坛独树一帜。此外,孙龙父、武简侯、叶大根等人书作,或飘逸,或狂放,或静定,呈现出风情万种的格调。即至今天,可观神采者亦众,笔墨得三昧,戴琪先生就是其一。

现为中书协会员、泰州书画院副院长的戴琪先生,治书学逾四十年,上自甲骨、钟鼎、竹简、陶器等,碑帖双修,凡有文字者无不肆习,作品先后入选全国第九届书法篆刻展、全国第四届正书展、全国第二届扇面书法展等展事,乃为今下泰州书坛的中坚人物。漫步于泰州之大街小巷,不经意间总能看到他所书写的牌匾题额,那种雄浑开阔的气势和铮铮之金石声韵令人震撼,相识十多年来,我就在这种震撼中唯观戴琪风采。

唯观戴琪风采,首重其行草书。纵观中国书法的发展趋势不难发现,其衍变之重要原则即维系日用,由初时之繁复渐趋简易,从另外一层意义来说,行草书体也是书体进化之止境,其笔画无一可以移入他书,而他书之笔意在行草书中却无所不悟,张怀瓘于《六体书论》曾推崇曰"字势生动,宛若天然,实得造化之姿,神变无极"。同是海陵人,虽然史隔千年,戴琪先生于怀瓘之述却是深有体悟,他的书路亦正,走的是于右任所说的"从篆、隶、楷书入手,入行草用笔,才有神韵"之法,有了神韵,也就具备了神采的可能。

神采先观其势。势是书法的重要原则之一，清人袁枚《随园诗话》讲"文似看山不喜平"，文章如此，书道亦然，讲究的是奇势迭出，而最忌平坦。行草书之势，字与字间引带，上下左右向背，一笔而成而血脉不断。戴琪先生对势的理解与把握多有心得，其字小如一行半卷，大若数篇巨幅，横斜曲直钩环盘纡间，都可看出势之所在，磅礴不显张狂，流畅不失法度，轻盈不既飘浮，轻重缓急与张弛虚实都臻于妙境。作品中常见长撇大捺，酣畅商蹂，恣态横生，也属大胆之举，"飘飏洒落如章草，窈窕出入如飞白"，此卫夫人《笔阵图》中语形容之恰如其分。同是一册中所展示其行草，《谢庄月赋》显整齐与方圆，结体宽静，俯仰有致，传统意味浓郁；《道源》显夷险与展促，笔势更加放纵，字形变化多端，缠绵虚灵临怀素之意象；《高二适白下一首》显疏密，跌宕奇诡，但抒张旭之情界；《傅山诗一首》显曲直，沉雄豪迈，多有黄山谷之笔法；而巨幅《心经》则可见参差与盈虚，会得颜鲁公《祭侄文稿》之精要，用笔出以中锋，如锥画沙，笔画粗细相间，枯笔亦多，愈后愈纵，不遑笔墨中，可见一气绵亘，这气也就是书道之势。在这种势之导引下，用笔再间以篆隶之法，以篆笔之筋骨、真书之八法以及飞白之轻散化用于其中，在力呈古意的同时避免用笔之轻薄，或刚劲粗犷，或蕴蓄洒脱，流畅迅捷间，不失精微谨严之所在，至于形式上的和谐与匀称，就属于妙造自然而不在话下了。

观戴琪书之神采，会意是为关键。一切书体都可归纳于形式与意境二种，书无形自不能成字，无意则不能成书法，而草书最重意境之美。唐人陆羽的《怀素别传》中记载了一段怀素与颜真卿论书的文字，"吾观夏云多奇峰，辄常师之，其痛快处如飞鸟出林，蛇惊入草，又遇坼壁之路，一一自然"，讲的就是草书。戴琪写字笔意为先，走的也是一条抒情写意的路子，其行草书在备有形式之势的基础上，于意境上的氤氲上也着墨甚深，非是每字皆妍，但皆有奇趣，甚至愈拙而愈妍。与此同时，他对章法布局亦十分注意，正书之外，偶会配以小字行书，常以朱砂书写，或释文，或心得，自然率意而为，兴来随性，逸笔草草，颇耐人寻味。《水调歌头》一帖，以浓墨草书上阕数句，以朱砂行书款题全词，东坡一片诗情，移向纸上无毫差，孰人读之不起"乘风归去"之感。

意境出自性灵，书之美，肇于人。魏晋之际书家辈出，缘于其时士人浸润老庄入虚出玄，超脱一切形质实在，这才有了"逸笔余兴，淋漓挥洒，或妍或丑，百态横生"之行草书体传于后世，黄山谷论书有曰，"士生于世，可以百为，惟不可俗，俗便不可医"，可见人之修为是成就书法的前提。戴琪先生为人在小城多受赞誉，经年以来，他不追风、不逐流，只以笔墨抒胸中块垒，省城书家李啸许之"温和憨厚"，可谓中允。他的修为亦好，画院之画室里，案陈灵璧，瓶供枯荷，宝鼎茶闲烟尚绿，馨香是为不绝。作为其茶座中之常客，我常于此间听他高谈阔论，也曾多次观其挥毫作书。带着一种仪式感，每每欲书，只见其先自提笔对纸，屏气凝神渐趋物我两忘，在一种"超鸿蒙混希夷"之境中，以浩浩感慨之致纵笔而书，作品一挥而成。什么人写什么样的字，这话真是颇有道理，昔年于右任写草书时说，"一个人的字只要自然与熟练，不去故求美观，也就会自然美观的"，所谓字为心画，从这一点来说，书家与其书法是合一的，看戴琪之作品，影影绰绰真的透着他的影子。

李啸先生对戴琪的隶书亦为推崇，吾亦深以为然。戴琪先生为了中长老八十寿诞所书"寿"字，得金冬心漆书用笔之妙，横画粗阔，撇竖细长，厚重里一种逸气散发无疑。其时我研墨在侧，观之不由击掌惊赞，遂为之口占"耄耋称惠畅，朝杖许和合"一联以配，只见其复以左手书之，缓则雅行，急则鹊厉，抽如雉啄，点如兔掷，一番乍驻乍引，纸上神采毕现，左手妙书让人更加叹服。

思我故人兮，神采犹在，唯观戴琪又不限于戴琪，而欲通过戴琪追溯和总结当代海陵书家与传统息息相通的艺术血脉。体认传统，感知现代，今下书者，只有不断对传统书艺进行开拓性的解读，才有写出全新神采的可能。文以载道，道至文亦精，是艺术发展的本质规律。张怀瓘就是这样一位文以载道的书论大师，他认为书法与"道"相通，在《六体书论》中发"启其玄关，会其至理，即与大道不殊"之论，将书法看成"无声之音，无形之相"。

谁传道之？何以启与会之？相对于唯古是崇、专工翰墨，书法也应关注经世致用、惠民利众，书写时代神采，共圆中国梦想，所谓"务使泽及当时"，从这一点来说，戴琪先生已做了颇多可贵的尝试，应为更多书家创作的必取之路。

写下来就是一场盛宴

与志勇相识有年，因书识人，他的作品给我最大的感受就是很有文情。所谓"文情专一"，他的大部分作品，字里行间格调优雅，一如独坐幽篁里弹琴长啸之书生，笔墨流动中氤氲书卷之气。无论手札尺牍，还是大幅长卷，多追求古典、沉浸古典，气韵、节奏、法度等无一不形神兼备，然又不完全被古典左右。笔锋起落时，情来神会，顷刻而成，那份雅致文情在纸端自然流露，欣赏起来令人心神清朗，可用李嗣真在《书后品》几句话形容之，"如清风出袖，明月入怀，瑾瑜烂而五色，黼绣擒其七采"。

再者就是性情。纵观先贤遗墨，《兰亭序》因雅集而心手双畅，《祭侄文稿》因悲愤而笔生风雷，《寒食帖》因忧郁而起伏跌宕，三大行书皆为书者一时心绪之描述，属于无意书法之状态下而成就。志勇书法深谙其道，常与人言主性情不贵奇巧，一件好的书法作品定是在理性之下的感性表达，观其作书，惯以小楷带入忘我之境，以行书挥洒飘逸情怀，最后收官亦如气回丹田，动静相生若行云流水。"气之动物，物之感人，故摇荡性情，形诸舞咏"，钟嵘《诗品》总论所言，一种从容优雅，倾心与关注的是自己的性情，更是笔墨所表达阐释的内容与精神。

最后还有世情。"文变染乎世情，兴废系乎时序"，书法亦然，作品要接地气才有灵气，戴琪先生称之为好作品须"雅俗共赏"，这一点志勇无疑做到了。他的作品在讲求性情之外，亦重法度，用笔布局无一处悖古法，墨色温润浓淡变化、线条粗细搭配精巧，于平和中见情趣，于规矩中见生气，笔画穿插，如逢花开。中国人遵奉中庸之道，中不偏，庸不易，以中正平和为美，这也是世情之初心。而这份初心释以书道，就是笔墨之调和，有典有则求韵尚法，用笔用墨险正相生，在不露丝毫破绽中精益求精。苏辙形容其兄东坡的字有所谓"魏华自磨淬，峻秀不包裹"之句，志勇作品的世情也就如斯而来。

人书俱老，怎一个情字了得？这情自然也是建立在一种法上，志勇之师江苏省书协主席孙晓云著有《书法有法》一书，其间有"用笔法写成的字才是'书法'"诸论述，对书法之演变追根溯源。一字一世界，一笔一精神，谈志勇的书法，也不外乎晓云主席在其著作中教给我们的方法，也就是濠上观鱼的庄子所言"请循其本"。

志勇以及其他"70后"的书家，基本都曾受到清、民碑学书风的浸润，又经历了帖学主义的复兴，中青展之后的广西现象、流行书风、碑帖结合到当下的新二王书风，这些都昭示着书法审美取向的空前活跃。短短数十年，经历了多种风格的演变，在转型如此之快、覆盖面如此之广的现象背后，一种跟风与盲从不可避免，取法与坚持便成了每个书家面临的抉择。总体而来，志勇的书法基本取法于帖学，书体上以行楷结合为主，小楷结体取法钟太傅、黄道周之厚重拙朴，行书走二王一脉以及宋四家风格，走的是一条崇韵尚意的路子，笔意为先，神采为上，执着于作品意韵的诠释，我将之称作一种"魏晋为体，宋元为用"的书写。

所谓"魏晋为体"，主要是指崇韵，也可以解释为书法审美的取向。宗白华在《美学散步》说"晋人向外发现了自然，向内发现了自己的深情"，俗语有云，唐诗晋字汉文章，这晋字就是晋人自我融会自然的产物，以优雅高逸为特征的书法风格的形成，在中国书法史上属于登峰造极的高度，也成为后世书家所遵循的基本法则，"宗法右军"亦是判别书法优劣的重要标准而被奉为圭臬。

志勇习书，从遍临二王法帖开始，严格地遵循传统帖学的路子，是以魏晋小楷和"二王"体系的行草书为依归。他信奉"魏晋风韵"中技法与精神的高度统一，为此读《晋史》，看《世说新语》，翻检两晋有关文学、经济和社会发展史，从每一个侧面了解二王所生活的时代，有我之境以我观物，无我之境以物观物，进而无限接近二王，真正走进二王的精神世界。应该说，魏晋时期二王之类士人的思想是比较自由的，属于卑微时光里的温暖，不囿于法，不囿于物，不囿于己，不囿于名，是其精髓所在，论及习书，理也在此。早在南朝梁代，武帝萧衍即有云"世之学者宗二王，羲之有过人之论，后生遂尔雷同"之论，习二王而又不囿于二王，师古而不泥古，写出新意和自身面目，或许更谙合晋人思想之妙谛。一边临习一边勤思中，志勇亦有感于二王书风的真正意义应该是对魏晋精神的汲取和对经典技法解读的双重驱动，而非近亲繁殖的表面形似。孙过庭《书谱》里讲"虽学宗一家，而变成多体，莫不随其性欲，便以为姿"，说的也就是这样的路子。

有鉴于此，志勇"根据晋人，兼涉北朝"，在融通"二王"诸帖与在钟繇《宣示》《季直》《墓田》基础之上兼学别样，更是在宋四家中汲取营养，又旁及元明赵孟頫、黄道周一脉，所谓"我书意造本无法，点划信手烦推求"，也就是我前面所说的"宋元为用"。书道自唐中叶以后下衰，及至宋初已然式微，面对法度森严的唐书，以苏轼为代表的北宋士人开始转而崇尚意趣，推崇自然本色的审美创造，以"出新意于法度之中，寄妙理于豪放之外"为准，这也就是所谓的"尚意"书风。宋之意趣溯古而接晋之风韵，即可释作书之意韵，意韵者，通神也。董其昌昔日学书，亦曾临宋四家，有"先具天骨，然后传古人之神"之感言。志勇延其法，融千家而自出机杼，从东坡的浑厚俏丽、山谷的奇崛多变、元章的沉雄飞鬐以及君谟的容德兼备中悟求三昧，在书写中更多地融入自己对书法精神的把握，轻重出于心，妙用应乎手，自然而不做作，体现着一种"技近乎道"的精神追求。宋荦昔日评述黄道周云，"意气密丽，如飞鸿舞鹤，令人叫绝"，志勇于此何其相似乃尔。

从浅识到渐知，从广博到精专，从浮逸到厚重，得益于不懈的努力和追求，近几年志勇的书风也与时同变，笔墨之内涵越来越丰富，用笔、用墨及至章法中那种大气厚重感越来越强烈，个人面貌更加突出：由小楷写至榜书，规矩而不死板，秀妍而不流俗；由行书写至草书，活泼而不张扬，生动而不跋扈；多侧面反映和体现了他对书体与笔墨的驾驭能力。一本《含弘光泰》书法集，志勇以古笔写时风，用小楷抄录逾百篇历代吟咏泰州诗词曲赋，或手札或信件或册页或扇面，以"我法"出"我之面貌"，每幅作品皆精心设计布置而少有雷同，用笔看似率意而为，实则都是根据章法布局巧妙安排，疏朗有度而气韵连贯，给人耳目一新的感觉。十米长卷《北宋泰记四则》，录北宋文坛范仲淹、欧阳修、陆佃、刘攽写泰州四篇散文，洋洋数千字，写下来就是一场盛宴，然拂掠轻重撇勾截，却不见一丝含糊，踉跄而将飞，联翩而欲下，承蹑不绝间气候通流。志勇正是以此实践，孜孜以求在传统与当代之间寻求文化的契合点，试图使自己的作品在审美趣味、文化传承上传达出全新的意味。右军《兰亭集序》中有"后之视今，亦犹今之视昔"名句，艺成而下，德成而上，我愿信长此以下，新的经典在志勇这里终有所成。

美好初心

在泰州画界，新明可谓是一朵奇葩。

说他是画家，新明好像也并不将之当回事，关于自己的介绍，他多半会以资深媒体人开篇。参加文联、美协的活动，又不热衷局囿于此，仿若游离于主流艺术圈之外，努力保持着一种近乎独立的存在状态，剧作家刘鹏春套用《空城计》里的一句戏词，说新明是稻河岸边"散淡的人"，诚哉斯言，颇以为然，从某种意义来说，画画儿应该只是他表达情绪寄托精神的一种手段，至少我是这样认为的。

新明的画和白居易的诗一样，虽浅切而不俗，接地气之甚，属于大巧若拙的范畴，既往的童年游戏，近年来的泰州风情，都不外乎此。泰州风情一类的画尤值称道，而今新明已高擎起以之命名的画派之大旗，引人注目的同时，也说明了他的应然自信。所谓风情，于己可理解为风雅性情，于外又可释作风土人情，柳永的《雨霖铃》里有"千种风情"的说法，观新明的画是完全够这个数的。

泰州，有着两千多年文化底蕴的一座城市，曾几何时，老街、旧巷这些伴随泰州人成长的一处处古城元素正逐渐消失在人们的记忆中，而依傍其生存发展的文化生态也正遭到侵蚀。城市在发展，人文在改变，而繁华的背后，我们是否应该保留一丝记忆，一缕底蕴，一些传承。文化的记忆多数还是属于非自觉，需要人们去主动地保护。作为老泰州人的新明，正是基于一种责任，力求用自己的画笔，唤起人们关于老泰州以及古城文化的记忆。穷数十年如一日，他大量创作，绘画题材由点到面，由浅入深，江色河光、古宅深院、小巷野花、粉墨戏台……钩沉一连串活脱脱的老泰州人的生活场景。而其用笔又在继承传统水墨的同时巧妙融入西画的一些技法，线条夸张而流畅，设色明亮而细腻，造型生动而传神，所谓"妙在似与不似之间"，作品也就具有了更多的观赏性和审美价值。库尔贝说"我不会画天使,因为我从没有见过他",用西方19世纪的美术思潮论之,新明这也归于一种写实主义。泰州的书画传统自古以来就很盛,从唐代的张怀瓘一直到明代的唐志契,过往已成经典,即便早去四五十年,新明师长一类先生中,也有很多画传统山水、花鸟、人物的高手可攀师,而他却坚持了自己的选择。孑然独行虽然是自讨苦吃,却也能走出一条属于自己的路来。我亦为之点赞,因为这不但维护了中国画的表现广度,也留住了我们关于这个城市共同的记忆。即引唐志契在《绘事微言》里的说法,"盖画家非易事,大抵以明理为主",新明就是明理的人,他的笔不光是在画,也是在写,写老泰州的历史,更是在写老百姓的历史。泰州学派讲"百姓日用即道",都是同一个道理。

熟悉的地方有风景,知趣的人家有风情,今时之新明又在微画上着力,且颇有市场,在多家报刊开有专栏连载。所谓微画,尺幅多数不大,然以象取意之初衷不易,见微知著,小中见大。我和新明都爱唱戏,我欢喜京昆,他是淮剧名票,学鹏春先生的做派,亦套用一句戏词赠之,"要学那泰山顶上一青松",前路犹长,有待新明这朵泰州画界的奇葩奇上加奇,秉持一颗美好初心,占尽风情,绘事后素。

一枝红杏出墙来

春天总算姗姗而归了。几声春雷,数天春雨,满园的春色从锁闭中复苏,姹紫嫣红摇曳生动了泰州城。

突如其来的疫情,让我们度过了一段不堪回首的时光,于今看已退潮,却仍未散去,敛着的双眉何时尽展,犹待来日。幸而有钱新明的微画可常看,关于防疫生活的真实记录,成为朋友圈里温暖的传递,可许作隔离时期的一枝红杏出墙来。

关心时事,勇于担当,作为一种传统人文精神,传承有年。防疫期间,新明每天从电视上、微信上收看各类新闻,及时了解疫情发展的动态,最美逆行者的一往无前，社会各界的无私援助，部队官兵的不避艰辛，基层志愿者的任劳任怨……感人的万象千罗，激发了他创作的激情和灵感，画笔一动，情景再现。表现手段一以贯之他的钱氏笔法，然看似轻松简洁的线条构成，却包含了新明的精心经营，含意于象外，不沦于摄影式写实，在这个非常时候，以一种朴实自然的叙述呈现给观众，或更能为人所接受。疫情趋缓之后，春色渐深，新明的画里又揉进了花红柳绿，垛田菜花，窗前柳色，小巷深处的几树桃李濡染别样的春意，鸟栖高枝，牛犁村垄，二月东风里的纸鸢，则可让人发春意深深深几许之叹了！新明本就是有名的"段子手"，善于在图成之时，随心所欲地佐诗几句题之，诸如"荷塘静静波还冷，小鸟憩脚问春音""柳絮轻拂飞雨，正是植绿时节，庚春栽树意切，记住众志成城"之类，由此，我们更感受到画家的审美与表达，看到他的情致，他的向往，他的纠结与挣扎，以及更深层次的思索和突破。这些作品发在微信朋友圈后，成百上千的人点赞，各地报纸纷纷转载刊用，不失为一种现象，引起越来越多人的关注。

　　我与新明相熟已久，之前给他的画展作《美好初心》之序，深以为他与其他画家的最大不同，就在于不管做事还是从艺，都有着很强的责任感，这或与他长时期从事新闻工作有关。初心自在，泰州人的血脉里，不迟于明代，就有了"百姓日用即道"的民生底色，新明曾给自己的微画确定主题，所谓立足当下，体现传统而又富于时代特征。在艺术创作上，新明不喜拾人牙慧，将自己囿于一隅，而是在不断求新求变。从儿童人物到戏曲人物，从古城风物到案头小品，再到近几年来独创并在美术界产生一定影响的泰州风情系列以及微画的发酵，及至这一阶段的防疫系列作品，都记录了他在艺术领域探索的足迹。

　　红杏在林，存记别样春意，属于画出来的信史。很多年以后，回顾这个特殊的春天，有人再闻动听的歌曲，有人重温作家的日记，我想新明的画肯定也会为人提起，我肯定。

人间风物清宜画

人间风物,皆有灵性,在工笔画家张任荣笔下,以一种清宜的面貌,体现出鲜明的通灵特征。

海陵自古"儒风之盛冠淮南",唐有张怀瓘,清有唐志契,书画艺术昌盛不绝。现当代以来,海陵花鸟画亦形成一种文化经典。继承传统,踵武前贤,海陵青年一代花鸟画家里,任荣可称翘楚,近年来其画多次参加国展,广受好评。解读他的作品,着"清宜"二字则境界全出。清者,其笔墨纤巧明秀之习少,而优雅逸致之气多,在专精体物的传统基础上,任荣以造境为主,以气韵自矜,画意趋向一种现代审美情趣之转变。宜者,宜风宜月还宜雨,任荣之画含有文人趣味,可咀嚼之处甚多,前贤有言"画中无禅,惟画通禅,将谓将谓,不然不然",他走的就是这样的路子。近年来,任荣北上京华于文化部中国现代工笔画院数年进修,外师造化,中得心源,用画笔思考和实践着更为宽广的艺术理念和人文情绪,从他新近印制的《有容居遣兴》册中观来,即可见一斑。

概括任荣近期的作品的变化,一是水墨渲染之技法更为熟稔,二则意境更趋禅意。他不再孤立地绘制鸟雀,而是将鸟雀放到一种环境中加以表现,先以空寂的花木熏染出一种化境,"川濑氤氲之气,林岚苍翠之色"之中,鸟雀亦以一种"澄怀观道"之姿视物,瞬间观照中,自然引人入胜,悠然起澹远幽微之思,而脱离一切尘埃之念。《偶得悠闲境》一图,疏帘半卷,粗茶两瓯,亭前青蒲之下鱼游浅底,惊得美人靠上一鸟鸣欢,鸟之鸣叫又带来更幽婉的寂静,小园莺唤春归,本就类属诗境。然更为令人称绝的是,亭内案上另一只鸟悠闲地闭喙向天,全不闻身边之歌,呈现一种名士风度的同时,又将画面延伸至画外。《好鸟不知处》一图,双鸟相对立于窗棂,一鸟俯瞰,一鸟回首,墨与黄在窗之上下各染一带墨迹,余外并无他物相衬,静已臻极处,鸟儿的心思也就不语相通,这是画工画不出的意境。《诗品》有言"具备万物,横绝太空",明代之吴门画家亦提倡素净为至美,以"大藏来大露"无疑,大道至简,墨法如斯,任荣应该深谙此理,他的画儿也就倍显出不尽禅味。

　　《此情可待成追忆》一图又略有不同,任荣采用兼工带写之法,画面主体以大写意之法写阔大的荷叶和一朵红莲,墨色淋漓,全无勾勒,然即便如此,红莲之浓淡有变,婀娜而富有动感,依旧给人以惊艳的感觉。斜出水面的荷茎之上,两只鸟雀自是用工笔精描,与荷叶莲花形成对比关系。幽鸟一双立多时,既是一种静态,又不脱动感,与画面整体的情境相吻合,实处皆空,空处皆实,此皆通于禅理。古人论画,皆言贵有神韵,而神韵又从动静中来,总览此图,布局有章法,留白有分寸,工笔与写意互相衬托,佐以李商隐之名句题款,复寄之以无限情思,荀子说"形具而神生",大概就是这样的道理。

　　石涛论画曰:"法于何立?立于一画。"赏看任荣近作,无论是立意构图,还是笔墨技法,一片清光,奕然宜之,表现出一位青年画家较为扎实的传统功力和学养修为。新近他被吸收为中国美术家协会会员,风物长宜放眼量,这也当属于一种实至名归。

城春草木深

昇仙桥口季家院的汪宅，明代万历时期传下的院落，被列为省级文物保护单位，在小城中颇有名气。主人叫汪秉性，曾任红粟诗社掌坛，退龄过耄耋，是我的忘年之交。

高大的堂屋里，我们一月数会于此，与俞扬、沙黑几位把酒浩叹，听肖仁、张洪纶等人摇扇说古，偶尔也会听到汪爹讲起儿时趴在后墙头偷看福音医院的美国医生晨间吻别的趣闻，欧阳修诗云"人闲乐朋友"，小城的时光悠悠而过，似水流年，不曾冷落每一日的生活。

世家自有世家的做派，包括陈设。榴花照眼，桂子飘香，四季在小院中次第芳菲，及至堂屋，书画随宜遮四壁，也都是名家翰墨，尤为难得的是，厅前门后的几个花架上，一年不断的盆景，黑松、黄杨、榆树、杜鹃、佛手、梅花，物随时易，怎一个赏心悦目了得？

小城僻处海隅，旧有"太平之州"之称，盆景栽培已有逾千年的历史，始于六朝，盛于明清，现而今是国家级非物质文化遗产。回顾这些掌故，汪爹总是颇为自得，万觐棠、王寿山——这几位泰州籍的盆景艺术大师，中华人民共和国成立前都是民间艺人，多曾在汪宅侍弄花草，几盆家藏也得过他们的照应。

一寸三弯、云片层叠，名家"缩龙成寸"的技艺果真是气韵生动，今日看来仍妙不可言。盆景的栽培重在培，万、王两位大师仙逝都已三十余年，这些盆景谁来照应呢？这些宝贝可一日慢待不得，听到我这样的问题，汪爹抚掌大笑道："不用担心，有于涤生呢！"

这是我第一次听到于涤生的名字！涤生两个字，并不陌生，曾国藩的号，有所谓平生之举涤故更新，只是不知这位于老师又是一个什么样的人？让汪爹安心如此。

原来他是王寿山的私淑门人。20世纪50年代小城筹建泰州公园，王寿山被请来负责盆景园，从此捧上了铁饭碗。岳墩脚下，小西湖边，一大片荒地野沼由此展开最新最美的画卷。鹤立衔芝、蟠龙剑锋、龙马精神……还有那盆带有传奇色彩的"郭子仪带子上朝"，白手起家的王寿山成年累月地独自食宿于此，精心抚育出了这些得意之作。一份手艺，连带一份传承，一种文化，连带一种情怀，乐于带徒的王寿山，数十年言传身教，子女与弟子循习有成，在业余盆景界，亦有很多粉丝，第一个就当数于涤生。

于涤生的老家在泰兴农村，自小便对花草树木很有感情，中学时代更是迷上了植物学，参加工作后对盆景感起兴趣，遂常到泰山公园赏玩，在这里遇到了王寿山，渐成忘年之交。听大师授课，看大师实践，自挥棕、定棕、逼棕这些扎盆景的棕法入手，进而从树桩的选择、栽培、剪扎，到盆景成型，以至几案配置、背景处理，都学了个八九不离十。名师指点加上自身的悟性高，于涤生所制作的盆景也出手不凡，或端庄或灵动而别饶风韵，在业余盆景界渐有了很高的知名度。仿佛这样还不够，他一度自请担任小城园林管理处的主任，组织盆景园工剪扎造型的技术竞赛，亲自主持评奖，对提升小城盆景艺术水准做出了很多贡献。当然这都是王大师逝世后的事了，当泰州晚报以《无冕盆景师》报道于老师时，有冕的已然不在，只能靠无冕之士来守护这一片郁郁葱葱了。

四月秀葽，也是在汪宅的前院里，我见到了久仰的于老师。汪爹请他来打理几盆杜鹃。花前初识，只见于老师戴着一副眼镜，举止动作轻稳沉着，斯文儒雅的气质不同于通常概念里的盆景师。任务完成，汪爹从内室拿出一瓶快二十年的的梅兰春，如此好酒，我们用小瓷杯慢慢啜饮。席间汪爹拿出一篇新文《寿山外传》，说是王寿山诞辰100周年了，诸多旧事寄情于笔底，属于"撰文怀人，感往增怆"，嘱我在《花丛》用一下。我自是一口应下，汪爹著述不丰，但每作必佳，家学早已决定。我们这才说好，只见于老师叹了一口气，径自独饮了一杯，问之何事？才知道他亦写了几段有关王寿山的文字，只是不擅此道尚未成文，这样的当口又觉得该有所表示。"这愁什么，不是有同华在嘛！"汪爹又一次抚掌大笑，直接替我揽下了这差事。

其时我执编《花丛》已有数年，为他人作嫁衣裳的事情确是做得不少。于老师的几页文稿当天晚就送到我手，连夜一番金线压缝，以《那片葱郁下》为题，与汪爹的文章一起发在了2009年《花丛》的第一期。排版前，我请摄影朋友到泰山公园，将王寿山的几盆精品拍成图片，配进了文章里，"端的无声诗句，分明立体屏风"，委婉地表达了自己对之的钦慕。

夏日闲消，又一次汪宅嘉会。宾主燕谈间，汪爹递给我一裱装好的画轴，徐徐展开众人同赏。一幅牡丹图，黄紫花间的青石上并立着两只八哥在对啼，色彩浓淡相宜，用笔简约而不简单，清新意趣跃然于纸，复看款字——"于涤生写于东河之畔慕石斋"，原来是于老师的作品！"这是老于送你的润笔，秀才人情画一卷！"指着画作汪爹言道。意料之外的欣喜，举手之劳而得贵赐，这人情颇让人有些感动。

于老师竟还是书画家，一手执花剪，一手摘素毫，真正应了那句"艺多不压身"的老话。这年冬天，我开始为肖仁老师整理他多年的艺术随笔，富妙文章，秋水精神，有关文学戏剧、书法美术、音乐舞蹈等各门类的鉴赏评论，准确而又生动乃至深刻，一边学习一边意摹，于我获益良多。提及的书画家不是很多，十数人而已，我看到了于涤生的名字，《话说于涤生》《于涤生的〈双庆图〉》《替树桩造势，为花鸟传神》，还是三篇文章，肖爹推崇斯人用力真正不浅。

细读肖爹的文章，重又打开那幅牡丹图，念及汪宅里的架上叠翠，我深深为于老师的博览广采所叹服。肖爹将之称为造型高手，本着一种凤慧，辅之以复调的运作，如同周伯通的左右互搏，旁人多半可望而不可即。品量他的画，构图立意，情趣盎然，笔墨追求苍劲不失洒脱，敷色浓艳又不媚人，其味潜于画里、延伸画外，继承了花鸟画的不少传统，亦非重复而照搬，化古而不泥古，得古意而能出新样，这该就得益于造型高手的高了，摹绘各状的同时，将之与自己在剪扎树桩营设盆景的经验融贯，艺术同自然邂逅，心灵于毫端际会，纸上的灵性与才情也就丝毫无斧凿之痕了。

这样的感受在应邀观赏于老师的画展时尤甚。泰州南社成立两周年，身为社员的于老师在望海楼举办个人书画展，我侍肖爹、汪爹两位老师同往。数十幅作品一一细观，讶异于绘者画路之宽，连璧的城春草木深，青松配绶带，紫藤配锦鸡，海棠配鲤鱼，水仙配翠鸟，菊花配螃蟹……花木娴静而深浅有致，鸟栖枝头以及石上，或婉转低吟或悠然自得，眉目之间似露情绪，寂寞心中事，谁解笔下意？身临其境，于流连忘返中意会美的享受，亦听肖爹感喟，于老师弱冠学画，受教于喻继高、叶矩吾、尚连璧等名家，五十年来成何事？绘事后素，有此展也足慰平生了。

越两春，我至文联工作，到任便迎新年，便以"癸巳雅集"为题，策划主办了一次花鸟画邀请展。筹展期间，我专门叮嘱承办人员记得邀请于老师。又喜一年春入手，画展的序我自是亲自撰写，对参展十位画家一一赞评，"安详沉静，殊为难得"，是形容于老师的句子，拳拳心意，至今仍清晰地记得。

西出阳关有故人

泰州之地，东濒海南临江北迎淮，兼融吴楚越之韵，素有"汉唐古郡，淮海名区"之称，此地儒风夙冠淮南，其历史人文之盛，毓秀钟灵，允武允文。言之书法，其源头可溯唐之张怀瓘，其人"正行可比虞褚，草欲独步于数百年间"，更著《书断》评判书之三品优劣，自此开泰州千年崇书风气。宋明以来，胡瑗、王艮、郑板桥、刘熙载诸贤，或于书艺或于学理，莫不有精品之作，珍若和璧隋珠。乃至近现代，则出现了参与"兰亭"论辩的一代宗师高二适。而历代文人雅士，范仲淹、苏轼、陆游、赵孟頫……或此地为官，或闻名访胜，如等皆有翰墨流传，并吟咏出"香粳炊熟泰州红"等千古佳句，此类人文艺事，可谓荟萃繁昌。

当今泰州书风之盛，深受当代艺术文化风气之濡染，抗心希古遥承三水之润泽，含毫命素直抒性灵之心声，佳作频仍，人才辈出，其中不乏全国书坛中的翘楚者，如青年书法家纪松先生。其人系中国书法家协会会员，南京艺术学院书法硕士，师从徐利明教授，2016年获得第四届"兰亭七子"之誉，先后数十次获得全国大奖，成为泰州在一段时期内获奖次数最多的书家之一。其擅大草能小楷，草书又取法多元，颠张醉素二王孙黄，章草之厚拙，山谷之理性，前贤遗意，靡不备矣，北碑阳刚之气与南帖婉约之韵兼容并蓄，以飘逸之书风，扬笔墨之精神，气贯神溢间得艺之大自在。

纪松先生擅写唐诗，曾以草书李白诗十首获国家艺术基金，并因此成为2016年度国家艺术基金全国书法创作人才高研班成员。"明月出天山，苍茫云海间。长风几万里，吹度玉门关"，一首《关山月》实为太白诗中之上乘之作，今先生携此万里长风，应邀至新疆办"书道友情"之展，所冀扬葩振藻，播美扬修，当属胜事！又逢新疆本土江苏籍著名书画家子江、陈田先生鼎力助阵，而其师徐利明教授为之题签，则可进益有盛事之感了。

西出阳关有故人，以书会友，不亦乐乎。谨以为序，遥相祝贺。

书家江华

年前，江华先生送来一本透着油墨清香的新书《江华书画篆刻艺术》。和书随赠的还有一卷唐诗长幅，秀劲的笔意金生玉润，我即悬于书斋，晴览雨读，一如品陈年老窖，醇香袭人，满室生春。

我是小城文艺圈的后生，甫近书艺，已是新的一个千年。初见江华作品，是源于20世纪初小城文联成立时的那次展览。初秋的中山广场上，远远就看见十几幅书法作品悬挂在北边的铁栅栏上。疾步近前，位中的一幅是署名江华的草书横卷。我不谙书理，更谈不上鉴赏，但还是被眼前作品喷射出的磅礴气势吸引，目光在挥斥方遒、错落有致的字间跳跃，心灵在跳跃里一次次赞叹。我不识书者，只能从纸上一窥风华气度。睹珍而不知主，未免是件憾事！卷前并立的书届老友晓我所惑后，即将其人于我娓娓道来。

江华与板桥同乡，自古昭阳钟灵毓秀人文荟萃，或许正是一方水土的滋养，江华自小努力修持一种简洁而单纯的"美"的心理。知青老师留下的一支毛笔，废报纸上开始点画描摹，当时他才是个黄口小儿，不过始龀之龄。未握铅笔已提毫，才七八岁的光景，他的一手"欧阳询"竟也临出了七八分像，周边的乡亲已无人不知这小书法家了，春联远柬，央书者络绎不绝。志学之后进了无锡艺专，受书理之体悟，后又连续参加中国书法培训中心的几届研究班。东坡说"看似平常最奇崛"，二三十年"退笔成冢""废纸三千"的苦练，举凡周金汉石、晋帖北碑、唐贤宋哲乃至明清诸家，江华以无日不临池的恒久毅力，广为涉猎，博采众长中又专攻行草，笔墨温厚质朴，柔中有刚，字里行间，洋溢着一种少有的书卷气，他的书法看去平常，但在平常中见真功。

这人真不简单！"江主席，过来一下！"随着一声长唤，走过来一个四十开外的中年人。"这便是江华！"与板桥先贤乱石铺街的怪才相貌相比，眼前的江华并无不同常人的气度。他个子高大，面容清瘦，满脸带着笑容，只一身中式对襟秋服，盎然着古朴祥和的书家气质。寒暄几许，书道人与爱书人的话题，我们就算认识了。

　　之后的交往不是很多，偶有的短晤也多是为求字，当然也缺不了酒会。"颠张醉素"，有了酒，方有妙书，古人有云"醉后草书十数行，酒气拂拂指间出"。去春谷雨，从简邀宴在水云居，江华与锦石等书家莅席，几巡推杯换盏，实诚而又不胜酒力的他已醉山颓倒酩酊如狂。正是公孙舞剑时！宴酣语喧中，众人互携至明月清风茶楼，呼朋引伴，椅榻跌坐，续之以肆语谈笑。微歇之后，只见众人簇拥着酒劲未散的江华，研磨铺纸，笔毫触纸一如高山流水，凌空作势，随意挥洒，得"意"忘"形"的作品无滞无碍，一气呵成。这是我第一次看江华现场作书，印象深刻，今日思来仍觉味之不尽。

　　酒过无痕，浮生半日闲的光景多邀之同品三杯两盏淡茶。或是我的办公室，抑或是江华的"三九堂"书斋。江华的书斋就设在他自营的商店里，在小城已有些名气的他，将这方店堂作为书家聚集阵地，我这般不稔墨象的后学亦曾造访其中。经常于这时端详江华聚精会神的临帖，意到笔随之间，时不时抬眼环视他自己钉在四壁的"墨宝"，一层浅浅的微笑从脸颊边轻轻掠过。释祖拈花，迦叶一笑，物我两忘的他在先贤经典的点画间实现着"自我"，感动于那须臾间的会心无限。在时下书坛浮躁之风仍疾之下，江华能独处一隅，平心静气地探讨和研究传统书艺，实在难能可贵。我也问过他这是为了什么，每询至此，他总会说这皆受启于他的老师叶大根先生。

　　我与大根先生缘悭一面。有人说过，"海陵书坛俊彦，半出大根门下"，江华亦是。幸运的他于先生膝前执弟子礼多年，师生间的点滴往事高雅而又动人。习字之初的循循善诱，初篆之时的体示身范，病中的叮咛，"攀"的掌故，每每到动情处，不觉怆然生泪。徐徐展开大根先生留给他的"日出江花红胜火"条幅，沉着庄重，古朴而不失飘逸，老先生对后来人的若许期待展露无遗。书法尚意，是理念的感性显现，是心灵的外化符号。后来我读到江华写的《怀念叶大根老师》一文，朴实无华的文辞，文以咏志，衷情溢表，对于他对书法的执着与坚持，也就不难理解。

聊与之谋

黑云压城，继而一场大雨，小城的天空被冲洗得湛蓝，连日的暑热暂歇，人们三三两两站到街头，享受一会儿难得的清凉。窗外可见中山塔，几个少年在塔下踩水嬉戏，钟声响起亦置若罔闻，为了一出戏而布置的舞台，大家仍在忠实地扮演着自己的角色，《密谋》中的场景依稀如在眼前。

陈建波送新著来时，我还未从《雷雨》中走出，南大残酷的戏剧思维训练让人淹在一碗药里窒息，厚厚一本《密谋》，于我如露滋心。只是我是怕读小说的，不比散文随笔的小读怡情，所谓大读伤身，一本小说翻开，总要一气读完，多年的习惯，每每让我念之悚然。幸而建波的小说早有"兰州拉面"之誉，读可疗饥，也属养人，想到此也便不由自主地一头扎进吴尚小城。

吴尚属于陈建波的营设，从王安忆的上海、贾平凹的西安、王旭烽的杭州及至毕飞宇笔下我们邻域的兴化，大凡作家至此，都习惯将自己嵌进一座城市，用文字编织一张大网，或者塑成一尊雕像，使之成为一种地标。从这个意义上说，建波也就成为我们这座城市的地标。吴尚，这座在《暗杀》里还名海陵市的小城，被陈建波无限重构，无限缔造。他是擅长讲故事的，庄子无力详述庖丁游刃有余的解牛技术，他却能将消散在我们眼前的前尘往事绘声绘色地予以重新描摹，着力在历史中发现比现实更让人着迷的生活，历尽沧桑入正道，被冠之以"计谋小说创始人"的原因也不外乎此。《暗杀》的兄弟恩怨，《乱花》的谍影重重，《密室》的家族纷争，《诡计》的乱世情长，一直到《伟哥》中文件管理处副处长的人生危途和《杂牌军》里五方势力的激烈角逐，都前赴后继地集中发生在这座吴尚小城。故事涉及不同时代不同人物繁缛的人生，在给今天的读者带来全新阅读体验的同时，于情节的细微处又给人将触未触的史实震撼。这个世界，我们无法预知未来，其实也很难尽知过去，历史本来也不是完全意义上的一个时间概念，有时接近它，就是接近当下，也是在接近人生的内里。当然，作家本身感知历史也靠自身积累，生活永远是其倚靠的坚实后盾。汪曾祺花甲之年才拓展艺路，涉足文学，写起小说来，一出手即不同凡响，用他自己的话解释，"三十多年来，我和文学保持一个若即若离的关系，有时甚至完全隔绝"。陈建波也是这样，他的写作黄金期也就是近十年来的事。20世纪80年代，大量现代西方思想被移译，中国进入又一轮的文学复兴和思想解放的时代，生于20世纪70年代的陈建波亦属于这轮启蒙的受益者。之前与文学几乎"完全隔绝"的人生阅历，因太多理想而产生的痛苦，因太多思考而逼出的迷茫，一朝进入他的小说，如同陈酿的酒，醇厚浓香叫人口齿留香之余，读之极易上瘾。不善饮酒的人也许会嗤之以鼻，亦有人评说建波的小说缺乏所谓文学典型形象的意义，这和某知名教授非议金庸小说武功高境界低如出一辙。其实并不尽然，同是描写乡村风俗的小说，如果把汪曾祺的《受戒》《大淖记事》拿来与鲁迅的《故乡》《社戏》比较，就历史深度和思想意义，是否也不可同日而语？汪先生并非思想家，他追求的不是深刻，世故到天真的地步，更多的是为了诗意化的韵味与作品的和谐美。大师如是，我们又何必苛求陈建波？建波有自己的追求，他当然也受到汪曾祺之影响，泰州与高邮相距不过百余里，更有沙黑在前，他焉能独善其身？读建波的小说语言爽利明朗，似行云流水，情境与人物亦紧紧相连，顺着故事写，贴着人物写，这里面也有汪曾祺所说"揉面"的味道吧！念及汪曾祺在世时对周作人弟子沈启无的评语，"步步追随苦雨斋，终无出息"，我想建波的好处即在于学其法而不袭其态，一脉相承其作品背后隐伏的悲痛，在绵绵不绝地讲述自己的故事同时，用属于自己的方法塑造属于他的人物。《密谋》中的陆西元即是一个典型。

《密谋》的故事首在一个"密"字，《说文》释"密"为山如堂者，本义山中的隐蔽处，即层山叠丘之间的缝隙或小空地处。陈建波的那处空地自然还是吴尚小城，故事的时间这次选取在抗日战争胜利之后，主人公是吴尚市长陆西元，身为"接收大员"的他怆然独对着重重杀机，国民党内军统、中统、伪军三方势力你争我夺而互相倾轧，潜藏匿迹的日军秘密部门，一派乱世世相。面对如此"密"景，陆西元腾挪借力几下周旋，以己谋而站稳脚跟，却又因已谋而陷进另一场"密谋"。上至戴笠、CC二陈乃至"委员长"及其"太子"，下及吴尚城里的将军、特务、前妻、下属、汉奸姨太太各色人等，小说的情节围绕陆西元而环环相扣，悬念迭生，矛盾冲突异常激烈，场景转换令人眼花缭乱、目不暇接，人性的暴戾、脆弱、奸诈，与希望、美好、善良激烈碰撞，恣意演绎着一幕幕荡气回肠的悲喜大戏。一切似乎在不言中，陆西元最终被逼入绝境，他谋人，人谋他，还是天也非人谋？密谋的结局，归结于一个人生的劫数，现实很残酷，谁也逃脱不了命运的拨弄。大陆饭店半开的那扇窗户里，曲终琴声散，点着香烟的陆西元静静等着送他归西的那颗子弹。故事已到尾声，关于主人公的模样却仍然模糊，即便那个伪军头头凌风五，还有"穿了一身浅灰色绸缎短袖薄衫，手里捻着佛珠"的交代，而陆西元似无只言片语。陈建波的小说，对人物形象的描写一直很少，他习惯在情境中刻画人物的个性，真善美，假恶丑，不让之一目了然，而是随着故事的纵深发展开去，人物形象才随之愈加鲜活而跃然纸上，在给读者留下深刻印象的同时，又教大家忘记了有文字和技巧的存在。当然也不乏一些特置的细节，如同鲁迅写《祝福》，鲁四老爷书房的案头摆着一部《近思录》，陆西元在这人间做的最后一件事，是翻阅一本新近在书摊上顺手买来置而未读的林语堂的小说。1947年的光景，林语堂已远涉重洋去了美国，《啼笑皆非》有了最新的版本，陆西元不知是否有幸读到。

郑蓉这个女子也颇让人玩味，陈建波在《伟哥》里塑造了一个郑榕，与之只是相差一个木字，却都是不一般的女子。在建波的小说里，类似的窈窕女人每每出现，美貌多情，更多才多艺。我们在小城编印的一册小刊物《花丛》，建波也偶有赐稿，也常有一白衣女子从文中如风飘过，不知这里面是否有他的情结所注。《密谋》里的郑蓉不是主角，却又贯彻小说始终，陆西元前任郑市长的女儿，不幸成了汉奸姨太太，后来如愿以偿做了许太太，再后来又寻思着将"许"易成"陆"，被迫或主动地周旋于各色男人之间，最终还是一无所依。不由想起《水浒传》里的阎家母女，境况虽不同，却又都是密谋的牺牲品，扼杀红颜，还是值得叹息。"春来秋去，韶华易逝，今宵珍重，明月几时，莫叫他日，惆怅相思——"清亮的歌声不常见于陈建波的小说，往往曲终情未尽，却又都是人世的常情，我视建波的小说如露滋心，也正是这个道理。

　　雨过天晴，中山塔的钟声还在响着，时光走着它的路。塔西不远的退庵里，草庐卜筑小如巢，我自添香唱曲，闲情几许，在我们这个小城可以被人淡忘不计，而陈建波恰如一名侠客，不持显赫师承，不为门派所囿，仗剑而立，叱咤风云，驰骋在他的文学疆场，计谋小说大师聊与之谋，因为他的心机或能永恒，而我冉冉如过客，这也正是文学的永生魅力。

还有多少栏杆待人拍遍

长华先生的《遇见》在我的案头放了有半年之久，他嘱我写篇序。这些年序跋之类的事做了很多，从文学到戏剧，从书法到美术，虽属锦上添花的好事，却时常感到力所不逮，长华的嘱咐也因此拖延许久，然却是我所不能辞的。

可为之事当尽力为之，并非要说我与长华有着多么深厚的交谊，而真正是为了《遇见》里的文字。

见识乃至熟谙长华的文字是因我所执编的《花丛》。前几年，我的邮箱常收到他寄来的文章。后来有过数面之缘，多是他到我的办公室，要么拿杂志要么送稿子，匆匆几句话就走，他属于那种敏于行而讷于言的人。也是一种缘分吧，如今翻看这本《遇见》，近半的文字我都曾编发过，很自然的有种亲近感。

也许是出于偏见，我一直认为，举凡在机关工作过的同志，如果业余写点小说和散文的话，只要是出于内心的需要，大体上都不会差。因为在机关工作久了，对于文字多有一种近乎严苛的追求，使之不敢亵渎，长华大抵也如此。对于他们这一代人来说，少年心事而今已老，文字都是能读出人生的。我对他"传记"一辑中的文字尤为看重，《紫藤花架》《稻河惊魂》《栏杆拍遍》《铁马冰河入梦来》……每一篇都仔细读过，我相信这里记录的许多心事俱出自真实的感受。

我与秉公老师相识有年，他与长华亦熟稔，很欣赏"传记"中的《梧桐花开》，将之定义为一部关于童年和少年的回忆录，以《心花一串串》为题撰写了评论予以推介，盛赞长华语言的不愠不火与从容不迫，新鲜而没有污染，晓畅而拒绝灰色，如见其人，如闻其声，如饮琼浆。我对此深有同感，静思往事，如在目底，铁炮巷巷头满世界的糯米清香中，犹夹杂大炉烧饼的味道……诗人韩东说过,"诗到语言为止",长华文字的真实渐臻朴实,朴实中弥散着一种诗性和诗化。姑且不论他的写作技巧是多么纯正和娴熟,但他的生活功底和人文素质是扎实和深厚的,他的思考和感悟是敏感和精准的,这都使得他的文字具备了一种力量,可以形象地称为绵里藏针。

文字的力量何处而来?有说美感,有说思想,更文艺点说是对现实的揭示,都有道理,又不完全。我先生费振钟与我讲文字,常说味道最关键。"我的家门朝北,临街的墙壁厚些,近一尺,墙壁潮湿,不时有石灰脱落,地上铺的砖头,隔月就得铲去粘在上面的浮泥,不然到雨天,家里'沾潮',铲掉的浮泥叫'千脚泥',是长扁豆丝瓜的好肥家料",我们看长华的文字,这样的描述看似简单,却极有画面感,承载着繁冗而复杂的情绪,在某种心态和心境中,或多或少地让人感受到一种哀伤的味道。长华之所以用这样多的篇幅,写下如许的文字记叙自己曾经的生活,也正是一种精神上的反思与回味。他说"青春正在苏醒,我对美好生活的憧憬从来没有停止过",说自己如果有机会,也愿意"一展鸿雁之志"。他在意过作家柳青的话,"人生虽然漫长,但紧要处常常只有几步",然而雁过无痕,波澜不惊,漫长人生并未因紧要处的多与少停留,生活中诸多遇见的甘苦,也终将别过,剩下的只有深深的叹息,从某种意义上来说,我们与我们所生活的这座社会都在渐行渐远……

何处惹尘埃,这是曹溪惠能大师的偈,我非常喜欢,常用以自况。《遇见》里有同题文章,——眼前是风景,西城河柳树的青翠色与梦的色彩很接近,却远比梦来得真实生动,长华这样的譬喻已近禅机。

似水流年,还有多少栏杆待人拍遍?

庭院深深深几许,住着72家房客的夏家花园我少年时也曾造访过。走过那条青条石铺就的过道,沿着一条小路北上,再左拐至宅院的最深处,我的初中数学老师就住在那儿,在很逼仄的小厢屋里给我们补课。透过小窗可看到前面夏家小楼的檐头,瓦松在或冷或暖的风中摇曳,那会儿的我还不晓得夏家花园曾经身份显赫的主人,只记得老师家里往来不断的邻居,这其中可能就有长华先生。

长华在"传记"之外,《遇见》中还有其他一些文字,散文随笔还有诗歌以及童话剧,我比较喜欢随笔的几篇,同样的真实在其间。在《三日小谈》和《斜桥拆迁后记》里,从脚手架的拆除到公维资金的落实,从黑麦冬的引种到拆迁包保任务的完成,长华记录了日常工作的很多平凡瞬间,百姓日用即道,所谓功成不必在我,他庆幸的只是有过他的身影。

长华对桐花可能情有独钟,不仅有题为《梧桐花开》的文章,在文集收录的唯一一首诗《致友人》中,也有"春风几度,梧桐花开"的句子,这也是我们有缘的地方,我的名字与"桐花"恰属通假古音。

为了这"桐花"二字,可为之事也当尽力为之了。

是为序。

会唱歌的蝈蝈

南大读研的几年,因为同乡好友的关系,我曾在湖南路的省军区宿舍借居多时。曾几何时,每天在号声中醒来,窗外还是灰蒙蒙的一片,玄武湖上的天空才有一角泛着鱼肚白。楼下军人的晨练已然开始,临窗而望,好不羡慕他们,心中有一种怅然若失之感。

君子军中万户侯。今生不可得,如之奈何?

好在我有不少曾经从过军的友人。俞扬先生精通文史,祁华先生博闻宗教,广慧先生独擅丹青……那些与之相处的日子,令我终身受益。然而一陂春水绕花身,几位先生而今多以文士著名,让人一眼就可看出军人出身的不多,国胜是例外。

杨国胜,那只会唱歌的蝈蝈。

蝈蝈有"鸣虫之首"之誉,"雅似长安铜雀噪",据说是乾隆皇帝所赞。国胜自称蝈蝈,除了名字中的谐音,也因为他以"善鸣"出名。我们相识源于工作的原因,他在城东街道宣传科工作,我在宣传部,属于他的上级部门,而他又是我的父母官,老家纪家庙犹在其管辖之下。国胜属于宣传口的老兵,精于案牍各类工作,除品种繁多的领导讲话之外,通讯报道的采写、微电影剧本的编撰都很擅长,散文创作更是颇有名气,所谓国胜"善鸣",也就是这么一回事。

我在小城作协兼职十多年,手上执编一本文学刊物《花丛》,国胜常给我投稿,有时甚至不无谦虚地向我"请教"细枝末节,让人惶恐不已。我的评点不是很多,不是吝惜语言,主要是感觉从写作风格来看,我与国胜走的不是一个路子,也就不好妄加议论。我唱昆曲,写文章讲究遣词造句,有如作诗炼字的感觉,国胜则不然,他语言朴实,以真纯取胜,行文无甚技巧,却又处处可见奔泻涌动的真挚情感。道不同却相为谋,这并不影响我欣赏他的文字，而且"善鸣"的国胜即便在写作中，亦透露出一种军人的本色，他比我勤勉，码字也码出了某种可贵的执着精神，渗透着他对写作的喜爱，厚厚一本《行思集》，就是经年成果之最好检阅。

"业精于勤，行成于思"，韩愈《进学解》中最有名的一句话，国胜引之为书名，可见其深刻用意。坐想行思，汇集"军旅拾趣""生活札记""电影剧本""小说"等四辑文字，70篇文章无不是此中而来。

从甘肃到陕西，再到泰州，故乡在漂泊，人生在历练，国胜笔下写过不少故里风物，风格迥然不同，不管是写自己的家人，还是写曾经的乡亲，又都可见独到的发现。他不掩饰在过去很长一段时间里，亲眼所见的生活贫困，《半夜出诊》里老汉端着海碗用嘴吸着稀稀的面糊糊，《家》是五口人挤住着的一个二十平米大小的房子……梅花香自苦寒来，无可回避也不需回避，没有这经风历雨的打拼，又谈何顽强与不屈的由来？《母亲的档案》可算是"生活札记"一章的压篇之作，今天的我们谁还能想到一张入党申请书对于一个老人的重要性，因为几句流言，漫长的几十年后，为了一张纸千里而寻，过程中的波折与坎坷以及最终的惊喜，读来感人至深。

这一章中还收录了国胜的几篇游记，福建行、江西行、山西行、甘肃青海行……步履所至，国胜将自己的所思所想，投射于江山风物之中，然又不囿于对于自然风光的描绘，徜徉形胜间仍葆有一种深切的现实关怀，这就不能不让人平添一份敬意。更让我心生感动的是另一类文字，《智堡村》《窑头村》以及《放鸦》《垜岸》等文章写的是其工作的城东街道辖区内所见所闻，国胜熟练自如地把百姓日用乡情掌故化作深情的文字。《海陵烧饼》一文，"赤裸着上身的师傅做烧饼开始会用力揉搓发酵后的面粉，擀开后加油、小葱、盐再擀成饼状，用刷子刷上菜油，撒上芝麻，在烧饼上沾点水，麻利地贴到炉膛的四周……"他用近乎白描的方法，简约传神地描绘了泰州城里一个普通吃食的前世今身，几则故事的插入，更是不露痕迹地交代了烧饼能够成为海陵人至爱的缘由。这些散文，着实让我这个在泰州土生土长了三十多年的人汗颜。月前应邀参访台湾名刹，在善导寺听了中长老开示，足迹遍及五洲的老法师并未与我谈甚天南海北，而是对故里泰州的历史文化和风土人情如数家珍信手拈来。很多时候，我们往往好高骛远地把目光伸向远方，却忘却了脚下近在咫尺的土地上却有着真正耐人寻味的风景，这也是一种禅机。

沙黑是我与国胜共同的好友。一直以来，我与沙黑对国胜的文章有一个趋同的评价，那就是他的军旅题材文章最可读。几年从军经历，如同可供撷取的无尽库藏，成为国胜信手拈来的创作素材与巧于切入的写作角度，使之形成某种丰富而独特的品貌。而这一点，正是我们所缺少的，文学来源于生活，而我们的生活有时的确过于片面。"军旅拾趣"一章27篇文章，《英雄壮举》《民俗教育》《表现》《规矩》《山里借住的日子》等文章都是国胜对当年军旅生活的人、物、事的具象描绘，从射击训练、投弹训练、越野训练，到站岗、紧急集合，一直到老兵退伍的日子，行最后一个军礼，国胜回忆并讲诉着那个"新兵蛋子蝈蝈"在部队的经历，目之所见、心之所悟、情之所动，一一化为文字。"到了哨位，一阵风刮过，蝈蝈立刻感到身上有了寒意。看着远方黑漆漆的山，听到山野中不时传来的野兽啼叫声，蝈蝈浑身上下都是鸡皮疙瘩，脑门子一股寒气升起，可汗珠子却从头上往下滴。""天刚蒙蒙亮她就醒了，拉开窗帘，院子里的桃花开得正艳，有几枝开满花朵的枝条伸到了窗户边上，红彤彤地漂亮极了，像是在问候早起的她"，诸如此类真实细腻的文字，正是写作必需的在场感，当年明月在，曾照彩云归，也正因为国胜如此梦萦军营，这般挚爱军旅生活，他的叙述也才蒙上了一层温暖的底色。这层底色源于国胜朴实的文风，这是他一以贯之的写作路子，写最真实的人、最真实的情感和最真实的生活，兴之所至也就有了一种原生态式的味道。拉歌、洗澡、家书、看电影、谈恋爱、营中酒事、吃忆苦思甜饭……一个个朴实又不失有趣的故事，连长、排长、班长、指导员、司务长以及师傅、小敏……一个个生动又不失鲜活的人物，国胜的笔下，没有对军人命运的传奇编织，没有对戏剧冲突的刻意营造，没有引人眼球的噱头，没有世俗生活的喧嚣，有的只是一幅幅基层官兵的特写，于细微处见真情，大道无痕，难能可贵。

蝈蝈的鸣叫声同样难能可贵。百年心事，一犁春雨，阡陌交通的农田而今离城市越来越远，蝈蝈也近乎销声匿迹。国胜去年始工作有了一点调整，不过我们仍常遇，休息的辰光一起钓鱼一起喝酒，当然也谈论文学，"善鸣"的人总是幸运的，长歌未尽意未休，他还会这样一直唱下去……

人间八十最风流

赵辉先生是小潭姐介绍我认识的。那个冬天，他捧着厚厚一沓文稿来到我的办公室，小城正值雪尽寒轻时候。泡了一壶普洱，请之一旁坐下来，老先生说话间一脸诚挚的笑容，让人如沐春风，相谈甚欢在这样的前提下也就自然了很多。

长久以来，我该归属于颇有老人缘的那类，昔日有客评我作"亲长老，远尊优"，对于老人颇有奉承过多之举，尽管"诟病"如斯，我却是乐此不疲的。一有浮生半日闲，陪一清先生吃酒，同秉性先生喝茶，伴洪纶先生说古，和俞扬先生闲话，或与沙黑先生垂纶，或与肖仁老人品文，或与楚凤老人唱戏，亦复是故去的周志陶、朱学纯、尤我明这些老人，多在八十岁上下，长我半个世纪，相识已属人生机缘，幸得相从师事之，更为难得。桃李不言，下自成蹊，也就渐有了我的"诗酒风流属老成"之名，想来亦非故意使然，润物细无声而已，人生徐进，全凭老干为扶持，我将之视为一种福报。

赵辉先生找我为的是刊印他的一本文集，对此我理应效劳，人修善缘惯常为之。说起来他也是我的老学长，同为泰州师范的校友，都在小城的教育战线上工作过，只是我出校门走上工作岗位之时，他已然退休，但将老少分别，岁月难免的一种错过。一个人，一辈子只做一件事情，思易行难，赵辉先生却是如此，联想起他的终身从教，我不免有些惭愧。三尺讲台上亦曾挥斥方遒的我，不久前应邀为泰州中学文学社的孩子们谈论文学时，重进课堂，竟然已有生疏之感。这可是当年我曾执着的一份事业啊，想来不觉唱然。感慨在翻检完赵辉先生的文稿后再次忍不住地长叹，方格稿纸叠起半尺来高，工工整整的文字，长篇小说、中短篇小说、寓言，还有数百首诗词，一笔一画写下了二十余万字。一篇长篇小说《烽火苏中》，竟然是在师范学校就读时写好，中间箧笥搁置逾六十年，直至 2011 年才重新拾起改定，文字还是这些文字,而两鬓青丝发,入暮已成雪!自然而然地想起爱情,如同少年辰光钟爱着一个女子,求之不得后,隐入心头若干年,及至老来重又氤氲,斯人在与不在已不重要,这份爱可谓真爱。人间八十最风流,很多事情只有经历过时间的淬炼,才会沉淀下真实的本初,爱情如是,延伸至文学,亦如是。而今文于我已近乎为业,对之竟偶生懈怠之意,赵辉先生送来的及时雨,给予我的不止于一点感慨,亦有一种警醒。

接下来的日子里,我安排人帮助赵辉先生打印稿件,联系印刷厂为之排版,呈文为之申请准印证号,为其文集的刊印做了一点前期准备工作。先生做事很认真,字斟句酌一字一句地校订,对于我的一些建议也是很审慎地听着,坚持着自己的坚持,对此我深为感佩。这期间因为我在南大的学习,客观影响了文集刊印的进度,每每电话与之联系,事未亲为总觉不够尽心,好在先生并未怪罪,并坚持让我写篇前序,我辞之再辞而不允,只得勉强为之。

诗人刘渝庆有《读取晴辉一片》漫评赵辉先生的诸多作品,文与文互印相得益彰,眼前有景道不得,我自是叹己笔拙的。市幼儿园的一个六岁小朋友不久前在美术馆办画展,父母央我为之写个展序,那会儿我想起自己六岁的时候,在干些什么?这会儿复为赵辉先生写序,不由又想到自己八十岁,又在干些什么?闲情留得几许,风流剩下几何?人生苦短,仓央嘉措的开示,"世间事,除了生死,哪一件事不是闲事"。

端阳佳节,莫负榴花醉一场。南大校园里夜雨疏疏而过,窗外的梧桐湛碧得如同能沁出水来,从宿醉中醒来,天刚蒙蒙亮,展笺溶墨写下自己的一阕旧词:

  幼者羡庄周,蝴蝶情多梦里忧。渐慕杜郎才豆蔻,扬州,长醉青楼对小柔。

  曾想我霜头,此等诗心尚在否?且愿杖朝犹弄玉,风流,只写文章不道愁。

调寄《南乡子》，赵辉先生亦工诗词，且以之赠之。

信笔写来，就算是序吧。

有风在下里

王官采诗，曾几何时，周天子遣遒人于下里，走四方而求歌谣之言，及至孔子弦歌，十五国风终入韶武雅颂之音。古人问道于迩，并不在乎其阳春与否，唯其明德在兹即取之，观风俗，知得失，这未尝不是一种眼界，援可为今人鉴之。

认识王锦洲也有七八年的光景了。那时我在宗教部门工作，蜗居在关帝庙巷统战部的小白楼，与一众方外人士友好，天然近禅，性情静穆日甚，尽自享受着交僧也学著偏衫的生活。祁华是我的顶头上司，在乡镇跌爬滚打半生后调任这里，恰如陆游诗云"老来要觅数年闲"，正好合他心思，案牍之余，常日里与我在办公室拽文说古，剪一段惬意时光缓缓流淌。那是一个夏日的午后，连绵的蝉鸣伴着我们谈兴正浓，吱呀一声，虚掩的办公室门被轻轻推开，走进来一人，一件短袖汗衫，前胸后背都被汗水浸透，结结实实地贴在身上，尽管如此，那只半旧不新的黑包仍然紧紧夹在腋下，一脸憨厚的笑容迎人，活脱脱一老农模样。这便是我和锦洲的第一次见面，印象如此深刻，也是一种眼缘吧。我看得也不差，作为老祁在昔任上的故友，锦洲身上由来的农人之风率真而盎然，看着他们寒暄，糙言粗语兴致勃勃，彼此接连地敬烟，乡长对以老王的互呼，朴实的亲切毫无花哨，让人不由臆想当年的他们，在村口田头谈笑风生的场景，或许也是如此。一位来自基层的普通访客，在统战部亦无甚稀奇，然能与旧日上司如此热络确实也不多见，只这一般难得似，几天后于此更是有了质的改观。

政协筹备换届，统战部负责推荐非党委员，根据分工，我接手了文化界委员的甄别推荐工作，拿到名单，王锦洲赫然在目，让我多少感觉有些意外，带月荷锄归之辈，如何也被荐之登堂入室参政议事了？然而厚厚一沓证明材料案前罗列，又分明给我介绍着另一面的王锦洲，真正是人不可貌相，果如斯言。锦洲最大的名头或就是"泰州赵本山"了,纵观时下艺圈之人,声名如赵氏者可称鲜有,无限风光尽被占,俨然作明星中的大腕,锦洲既能被誉此,自然也有其不同寻常之处。那个秋日之清晨,阳光透过百叶窗射在办公桌上,微微的暖意弥漫开来,一页一页翻看锦洲的履历,英雄莫问出身,草野且有人杰,这种感觉尤甚,敬佩之情亦油然而生。

淤溪在泰城东北,与高密东北乡的贫瘠不同,这里还算是殷实之地,一条泰东河由凤凰墩下的鲍坝而来,又从这里向东台西溪而去,鱼米盐粮辐辏于此,属于北乡下河中的大镇了。锦洲即生于去此不远的潘北村,村南就是鲍老湖,系泰东河上的重要码头。架犁农耕之余,锦洲便流连成长在这湖上的商川舟楫之间,南来北往的见识开阔的是眼界,留下的是志向。作为一个乡村教师的儿子,有愿慷慨,他亦憧憬着属于自己的一段梦想。初中毕业后,锦洲回到老家做了农技员,之后又学过修表,进造船厂当工人,秉持一颗进取之心,他在艰辛中努力学着"执着"。进村里的宣传队是造船厂倒闭后的事情,这在当时足以让人羡慕,仅就挣的公分每天就比旁人多两个,物质贫乏的年代,未尝不是件美差。为了迅速成为文艺队骨干,锦洲骑着他那辆二八大杠自行车走遍十里八乡,"十斤小麦换笑话"的美谈为乡人所传知,当年的幼学如漆也启发将那些源于原汁原味的农村生动素材,重新给予提炼整理,或是快板书、三句半,或是小品、相声,饰之以群众喜闻乐见的形式重新演绎,观者莫不拍手叫绝,随之而来的便是他的声名鹊起,乡上的文艺队亦破格将他收录。1979年改革开放伊始,他根据邻村几农户发展生产的故事创编的《四老汉改行》,一举在当年的扬州市文艺调演大赛获一等奖。欣然夺魁,锦洲是幸运的,有一种达人叫草根,成名无愧色,这也是他十年磨一剑的辛苦所得。这之后的《公媳戒赌》等一系列作品的问世,锦洲一身的喜剧天赋再次得到印证,有道是才堪时用,被荐作政协委员也就顺理成章了。

壬辰仲春,我调动工作,来到宣传部专司文艺。文联贫寒,借理论科办公室一角办公,恰巧这里组建"百姓名嘴"宣讲队,与队员之一的锦洲再次相遇其间,人生何处不相逢,怎一个"巧"字了得。《海陵潮》是我新职上主编的刊物之一，围绕小戏小品创作，增设了"藕花洲"群文专栏，锦洲多有投稿，常在舞台上看他表演，第一次看其形诸文字，细读之下我亦感慨良多。对于锦洲的作品，谙格律学京昆多年的我虽然不尽认同，却感动于他的认真与努力，略显粗俗的段子在令人捧腹之余，穷究于理，竟也有可让我引以为鉴的思考于其中，比如他保留节目——《方言韵白》就是一例。

泰州城乡旧日多有"唱凤凰"与"说合子"之俗，与流传于淮右地区的"送麒麟"一般，其形式多半也源自凤阳花鼓，属于触景生情的即兴说唱。作为一种不失古老的民间曲艺表演形式，由于其贴近百姓生活，唱词诙谐而通俗易懂，见人见物又不乏哲理的表达和情感的流露，故广受人们欢迎。锦洲肯定是熟稔于此的，他在此基础上，综合乡里秧歌与道情说唱，以泰州地域的方言为基调，吸收普通话吐字咬词的语音，尽可能按照合辙押韵的路子，创造性地尝试了一种以说为主的独角表演模式，这或许不是锦洲的绝对原创，但他的表演效果确是绝对的精彩。俗到极致反为雅，他的这部分作品看似鄙陋，内容不外乎传统的孝俭勤廉之类，语言亦多是典型的农民土话，比兴所用也是农村最常见的事物，然而正是这种既大胆又不失分寸的口语使用，恰恰契合了社会生活中最真实的喜怒哀乐，老百姓的所思所想、所爱所恨、所愿所盼，锦洲用他鲜活生动的语言尽自囊括在内。或谓之"脱口秀"，或呼之"顺口溜"，锦洲如此谦称自己的作品，然而"感人心者莫先乎情"，这是白居易之语，他的创作不是为赋新词强说愁而扭捏出来，也不是为发表或参赛获奖而秉烛夜书，生在乡间，长于阡陌，耳闻目睹而独运匠心，大道于野，有风在下里，仅对当下社会生态的真实反映这一点，我就是可望而不可即了。

执红牙度曲，伴红袖读书，沙黑师曾对我"小资散文"的倾向予以过指正，与锦洲相比，除了深深的底层烙印，他创作中一种文化自觉的表现也让我钦佩。没有师承的护佑，缺少体制的荫庇，多少年他路向长江上，在安庆渡口做过工人，到黄梅剧团当过厨师，半生漂泊莫奈何，为生计而疲于奔波，直至回乡经营一家砂石厂，他不能以文为业，却又始终对之不离不弃。近些年来，由他主演的五十多部作品，在海陵、姜堰、兴化等地上演了近千场，

2007年的夏天,《泰州日报》率先以《乡土文化的守护者》为题报道了他的故事,挟此人气,中国戏剧学会亦吸收其加入,每两年开展一次的全省特色文化标兵评选,锦洲成为迄今唯一获此称号的泰州人。越年秋,中央电视台《乡约》栏目组来到泰州,专程采访锦洲,为之量身制作了一期长达45分钟的访谈节目,央视主持人冠之以"农民艺术家",万事功到自然成,这样的认可该是对他最大的奖赏和回报了。

七月流火,锦洲备酒邀客庆生辰,我作为宣传部的代表参加,适其时才知道是他的花甲之日,看取霜鬓六十翁,致辞之时依旧是那不变的幽默,举座哗笑之后,一众宾客或歌或舞,寿宴之上洋溢着锦洲式的喜气,受之感染,我亦波斯献宝地念了一段京白以应其景。锦洲端着酒来谢我,一饮而尽后,将他近年来创作的作品汇编给我,央我为之起个书名并作序,斯时的氛围下,让我没有拒绝的理由。唯凭酒兴,从其名字中拈出一字,谐"锦心绣口"之音,遂赠之以"秀口锦心"之名。至于序,我材轻德薄自不敢为之,不揣冒昧成此一文,溯记与锦洲之事,下里采风,权也作"秀"一把罢了。

行行向不惑（代跋）

有人说，人生最美的相见，是怀念。

廊檐或者阳台，有雨或者有月，独自凭栏，怀念往日的好时光。

很奢侈的想法，在池莉老师眼中，也是很贫瘠的现实。她在文章中这样写过——既然今天有往日的好时光给你怀念，那么，说不定，今天也会是明天的好时光呢？

这个春天并无甚好时光，疫情面前的众生相，令人感慨万端，隔离时期的爱与情，更是对"大树小虫"的另眼看觑。入梅之后，一波又一波的雨没完没了，心情又如何阳光起来？闭居书斋里，焚香喝茶看书还有写作，日复一日，每每凭栏，确有过很多怀念，偏偏时候昏黄，单单剩我凄惶，平添了不尽故人之思。

同来望月人何处，风景可否似去年？

这本《泰州先生》也就在如此境况下整理出来，其中多数文章发表过，也有的从我之旧著里选来。四十年弹指一挥间，如梦幻泡影，跋涉于人生旅途，感谢所有的相遇与相逢，蓦然回首，真的都是难忘的好时光！幸有梅郎识姓名的惊喜，十年一曲又逢君的约定，巴山几场夜雨，秋天的怀念……似水流年，还有多少栏杆待人拍遍？用笔记下了一个个真实的瞬间，而今囊笥检点，竟也有了十数万文字。"山高水长""雨丝风片""鸿爪雪泥"，我将之分为三章，叙述了与这些朋友们的交谊。"先生"当是一个称谓，也可视作某种修为，他们当中有的已驾鹤西去，有的年过耄耋，也有的仍坚守在文化一线，高唱着振奋人心的时代主旋律。泰州学派提倡百姓日用即道，乡曲有誉的小城名流外，笔墨所至，还有我的几位授业恩师，乃及贫贱之知。人事有代谢，往来成古今。那些年与先生们一起走过的岁月，让人留连，让人浮想联翩。

行行向不惑，犹记得三十岁的辰光，大家为我庆贺生日，俞翁席上的那番笑谈。悲莫悲兮生别离，乐莫乐兮新相知，嘱我在为这座城市作传的同时，切记情无适莫，许多年后出本集子就叫《海陵录鬼簿》，不辜负自己，不辜负此生。

　　算是一份预交的作业，但愿先生满意。好时光都应该被珍惜，因为有限。大概也是十年前，我与费师相识，南城河畔的水中汦，一碟盐水花生一只烧鹅，两人喝了一坛白酒，整整五斤！相去不远的当年勇，一旦念及仍醺然欲醉。只是前尘影事道去也，现时酒量也成了一种怀念，别来多恙已为常态，犹如京剧《曹操与杨修》里的那句唱词"坐花间药当酒无事一样"，君子有匪，好在内心的无拘无束还在。

　　"满足乃至喜悦自己的渺小！"我将池莉老师对我的敦教放在了这本书前，人知足会喜悦，心简单能幸福，素来笃信的箴铭。今天说不定也会是明天的好时光，安住当下，来日方长里总有些许的希冀。

　　聊跋片语，先生如晤。

　　愿朋友们年华畅好，也祈望家人平安！

徐同华
2020年巧月于海陵守雌堂